BIBLIOTHÈQUE DES MÈRES DE FAMILLE

UN
CONTE DE FÉES

HISTOIRE VRAIE

MA VOISINE ROSE

POURQUOI LES HÉRITIÈRES DE BOISRENAUD

RESTÈRENT VIEILLES FILLES

PAR

Mme ÉTIENNE MARCEL

PARIS

LIBRAIRIE DE FIRMIN DIDOT FRÈRES, FILS ET Cie

IMPRIMEURS DE L'INSTITUT, RUE JACOB, 56

BIBLIOTHÈQUE DES MÈRES DE FAMILLE

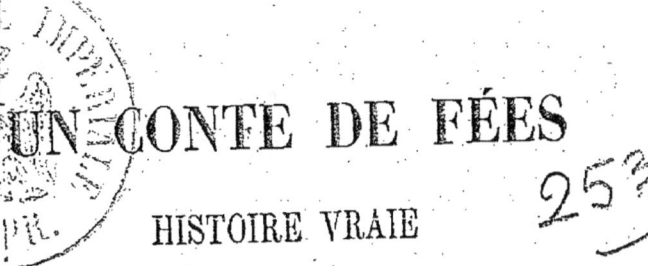

UN CONTE DE FÉES

HISTOIRE VRAIE

TYPOGRAPHIE FIRMIN DIDOT. — MESNIL (EURE).

UN

CONTE DE FÉES

HISTOIRE VRAIE

MA VOISINE ROSE

POURQUOI LES HÉRITIÈRES DE BOISRENAUD

RESTÈRENT VIEILLES FILLES

PAR

Mme ÉTIENNE MARCEL

PARIS

LIBRAIRIE DE FIRMIN DIDOT FRÈRES, FILS ET Cie
IMPRIMEURS DE L'INSTITUT, RUE JACOB, 56
1869

UN

CONTE DE FÉES

HISTOIRE VRAIE.

———

PROLOGUE.

Qui donc a parlé de la *sombre horreur* des
bois? Les bois ne sont-ils pas plutôt l'asile du
repos charmant, de la sérénité douce, surtout
lorsqu'ils sont tout veloutés des fraîches ver-
dures du printemps, tout parfumés des premières haleines de mai, tout empourprés des
dernières lueurs du soleil chaud et rouge,
ainsi que l'étaient les bois d'Aurelles en ces
lointaines années, par cette belle soirée tranquille?

C'était une clairière étroite, mollement ar-
rondie, largement découverte, encadrée par
les hauts panaches des peupliers, par les

1

larges parasols des pins, par l'épais taillis de
rameaux que formaient les chênes, les frênes et
les châtaigniers, en entrelaçant leurs branches.
Les premières brumes du crépuscule voilaient
à demi et rayaient de larges ombres noires
cette muraille de troncs noueux, de ramées
ondoyantes et de feuilles légères ; c'était comme
une grande salle tapissée de vivante verdure,
ayant pour tapis un lit de mousse veloutée,
et pour plafond un ciel d'or où quelques étoiles
faisaient rayonner çà et là leurs yeux de diamants. Une toute petite maison, basse et
brune, s'abritait dans un coin à l'ombre de
quelques grands chênes, ouvrant ses deux fenêtres rondes aux premiers rayons de l'aurore,
comme deux yeux toujours ravis ; une toute
petite rivière coulait sous l'épaisse feuillée, et,
traversant cette petite plaine moussue, s'en
allait au loin se perdre dans les riches vallons
du Midi. Il y avait là réuni tout ce qu'il faut
pour vivre, pour jouir des jours que le ciel
nous a donnés : de l'air, de l'eau, du ciel, du
soleil et de l'ombre. Ceux qui se trouvaient
en ce moment dans la clairière semblaient
aussi goûter à loisir les douceurs de leur jolie

solitude, et ne paraissaient pas disposés à la quitter.

Ces solitaires n'étaient que deux : un vieillard, une petite fille. L'enfant était assise et le vieillard debout; elle avait son tablier plein de fleurs et finissait sa guirlande ; lui, portait au côté une vaste carnassière et s'appuyait de ses deux mains à la crosse d'un long fusil; elle, babillait; lui, souriait; elle faisait prestement mouvoir ses petits doigts; lui, balançait lentement et gravement sa tête grise. La jeune bouquetière avait la robe blanche élégamment brodée, la ceinture bleue à longs pans et les soyeuses boucles brunes d'une fillette riche, d'une demoiselle de château; le vieux chasseur portait la veste de drap gros vert, les longues guêtres de cuir et la plaque de cuivre d'un garde-chasse. Somme toute, malgré cette notable différence d'occupations, de rang, d'âge et de costume, nos deux solitaires paraissaient parfaitement amis et parfaitement joyeux.

« Écoute bien, Major, » disait en ce moment la petite fille (le vieillard aux guêtres de cuir, avant d'être garde-chasse, avait été soldat,

et son grade de sergent-major lui avait valu,
par abréviation, ce titre assez pompeux que
lui donnaient familièrement les maîtres et les
gens d'Aurelles), « écoute bien, Major, je vais
te dire ce que nous ferons demain. D'abord,
tu n'oublieras pas de donner une bonne brassée
de foin bien sec et une poignée de sel dès le
matin à Rosette, ma petite biche, que j'entends bramer dans ton enclos. Ensuite, je
viendrai te prendre avec mon album, mes
crayons, et tu me mèneras jusqu'à l'Étang-
Noir, où je veux esquisser le groupe de chênes.
Maman les a trouvés si beaux, et maman a
tant de goût! tu sais bien? De là, nous irons
voir travailler les bûcherons qui sont dans le
bois de la Haie-Basse. C'est entendu, n'est-ce
pas, Major? Pour une demi-journée, les chevreuils de papa se garderont bien tout seuls,
et tu voudras bien prendre ta belle casquette
neuve, ton beau ceinturon et ton plus aimable
sourire, afin de m'accompagner.

— C'est convenu, mademoiselle Ella. Aussitôt que le merle qui a là-haut son nid dans
les branches commencera à trompetter, —
c'est là ma diane, à moi, maintenant; — la

petite Rosette aura sa pitance ; ensuite, pour faire honneur à sa gentille demoiselle, on astiquera son uniforme et on requinquera son fourniment ; et puis l'on ira à l'Étang-Noir, à la Haie-Basse, partout où vous voudrez, mademoiselle Ella. Par exemple, je serai bien étonné si quelque vaurien ne se met pas à la guette pour me voir partir, et si quelque jeune faon ne tombe pas, pendant mon absence, entre les mains de ce coquin de Jean-Pierre.....

— Hé! laisse là Jean-Pierre ; ne gronde pas, Major, c'est si peu amusant!..... Et puis, entre nous soit dit, ne sois pas trop sévère pour les pauvres gens qui n'ont pas de viande à manger, et qui l'aimeraient pourtant comme moi, comme toi, comme Noiraud. Je voudrais, moi, vois-tu, qu'il y eût ici-bas du chevreuil pour tout le monde. »

En parlant ainsi, la fillette s'était levée, tenant d'une main sa guirlande diaprée, qu'elle soulevait pour la poser sur ses cheveux d'un geste plein de grâce nonchalante, et secouant de l'autre les plis de sa robe blanche d'où tombaient à terre, en flots d'or, de neige et de pourpre, les crocus, les jacinthes sauvages et les coquelicots dédaignés. Sa jolie taille, droite et noble, mais très-fine et très-frêle, comme l'est celle d'une enfant de douze à treize ans, se révéla, à ce mouvement, dans tout son avantage; en même temps qu'elle attachait sur le visage brun et ridé du vieux garde le regard le plus éloquent et le plus tendre, et le sourire le plus propre à le désarmer.

« Et maintenant, » continua-t-elle, « je vais partir. Il est tard; je devrais déjà être au château......J'aurais même dû y être depuis deux heures; si j'avais voulu être une bonne fille, je serais restée là pour aider maman. Avec la soirée qu'elle donne aujourd'hui, elle a tant à faire !.... Je me suis proposée au moins, tout en craignant fort que maman n'acceptât mes services. Mais non, elle a souri, comme si elle avait deviné : « Je n'ai pas besoin de toi, Ella, » m'a-t-elle dit; tu n'es encore qu'une petite étourdie; tu ne comprendrais rien aux graves mystères de l'antichambre, de l'office et de la cuisine. Plus tard, bientôt, je t'enseignerai tout cela, mon amour..... En attendant,

va courir, va respirer au grand air, dans
les bois, et que je n'entende plus parler de cette
tête ni de cette poitrine. » Elle m'a embrassée
en me parlant ainsi, cette chère maman, et
elle m'a regardée surtout avec un regard si
doux, si tendre !... Mais tu vois que j'ai bien
profité de sa permission, Major; j'ai couru,
j'ai respiré, j'ai sauté à perdre haleine; je me
suis ensuite reposée et amusée chez toi; enfin,
j'ai bien fini ma journée. Du reste, je ne veux
pas abuser de la bonté de maman; il se fait
tard, je vais partir. »

Avant que le garde eût pu répondre à cette
déclaration de la fillette, un interlocuteur,
présent et cependant inaperçu, lui coupa la
parole; une voix faible, rauque, au timbre bas
et étrange, prononça ces quelques mots d'un
accent confus et mal articulé :

« Partir? pas encore..... pas encore ! Partir?
non, non, non.

—Hé ! c'est Noiraud, » reprit-elle en riant...
Noiraud ! Noiraud ! où te caches-tu donc, mon
brave ? »

Tandis qu'elle cherchait des yeux le causeur,
tournant la tête à droite, à gauche, puis la

levant pour regarder les branches, il se présenta
soudain à elle, sautant gauchement sur le
gazon, agitant ses grandes ailes et ouvrant
son grand bec de corbeau; il répétait de son
timbre enroué :

« Partir ! partir! pas encore.....

— Vous voyez bien, mademoiselle, comme
les vieux ermites sont indubitablement contents
quand vous venez les voir dans leur solitude, »
dit alors le garde en souriant. «Jusqu'à Noiraud
qui ne voudrait pas vous laisser aller, et qui,
à force de m'entendre vous prier lorsque vous
parlez de partir, a appris à répéter comme
moi : « Non, non, pas encore ! »

— Eh bien ! je resterai encore un peu pour
faire plaisir à Noiraud, puisqu'il est si sage, »
dit la fillette, « quoiqu'à vrai dire il me voie
encore plus souvent que toi, Major, car il lui
arrive maintes fois de venir me faire visite
dans ma chambre, au château, quand j'ouvre
ma fenêtre. Mais, puisque je reste un peu, tu
vas me faire plaisir aussi, toi, n'est-ce pas? et,
pour cela, tu vas me conter l'histoire de ce
combat où tu as sauvé la vie à papa, tu sais?
et où tu as reçu en même temps cette glorieuse

blessure, qui n'est pourtant, ma foi! qu'une vilaine estafilade. »

En parlant ainsi elle attachait ses regards malins sur une longue et noire balafre qui sillonnait obliquement le front ridé du vieux Major; puis elle se rassit. L'effronté Noiraud, sautillant sur le banc, s'en vint, au bout d'un instant, prendre place sur son épaule, agitant comme un panache d'ébène, sur la robe blanche de la jeune fille ses deux grandes ailes noires, effleurant sa chevelure lustrée, sans qu'on pût dire si c'étaient les plumes de l'oiseau ou les boucles d'Ella qui fussent les plus soyeuses et les plus sombres.

« Eh bien! puisque vous le voulez, Mademoiselle, » reprit Major, « cela ne sera pas fort long ni fort difficile à conter. Vous saurez donc que, pour lors, j'étais sergent tout court, et nous faisions conséquemment la guerre en Espagne. Je servais dans le 2ᵉ régiment de dragons, commandé par le colonel Plantier, un solide que celui-là, un juste, un bon brave, et, de plus, mon *pays*, Mamselle, sans me vanter, un enfant de mon village. Combien de fois dans notre enfance, nous avions pillé des

1.

cerisiers ensemble, et nous nous étions battus
à coups de cailloux! combien de fois même
je m'étais alors permis de lui lancer des calottes!
C'était pas mal impertinent pour sûr; mais,
dame! je ne savais pas, dans ce temps-là, ce qu'il
deviendrait un jour. Depuis, Henri Plantier
avait grandi, comme vous le pensez bien;
mais il s'était toujours souvenu de moi, et
m'avait pris sous sa protection quand il m'avait
retrouvé dans l'armée. Quand il était allé à
Paris, en congé, il m'avait même emmené avec
lui. J'avais aussi des affaires avec son beau-
père, qui était le notaire de notre village.....
Au temps dont je vous parle, notre pauvre
colonel était bien triste, mademoiselle Ella,
pour des raisons..... qu'il est inutile de vous
dire, non plus que les affaires que j'avais eues
avec le notaire..... D'abord, ça n'a pas le
moindre rapport avec le combat.... Pas le
moindre, n'est pas le mot pourtant. Il était
facile de voir que notre colonel ne tenait pas
beaucoup à la vie. Il avait comme un méchant
plaisir de se jeter là où il faisait chaud et où
l'on tapait fort. Et puis, il y avait dans le
régiment pas mal de jeunes volontaires, qui

ne boudaient pas non plus : des blancs-becs, des étourdis, mais des Français et des braves. Votre père en était, mademoiselle Ella ; il est bien entendu que vous n'étiez pas au monde ; il y a de cela vingt ans, M. d'Aurelles en avait vingt-cinq. C'était déjà un lion pour la bravoure, et avec cela si gai, si jeune, si malin, pas fier du tout ; et en même temps complaisant, aimable, et toujours prêt à écouter les paroles d'un chacun, si bien qu'un enfant aurait pu le conduire. C'est même, sauf votre respect, mademoiselle Ella, ce qui nous a si mal conduits au jour dont je vous parle. Le colonel nous avait détachés, en avant-garde, pour aller occuper une petite bourgade à demi-lieue du camp ; il nous avait recommandé, autant que possible, de suivre la route des hauteurs, afin d'éviter que ces coquins de guérilleros nous tendissent une embuscade. Mais, bah ! à peine sommes-nous partis, que voilà cinq à six conscrits qui trouvent la route incontestablement mauvaise, qui se plaignent que les angles des rochers leur coupent la peau des guêtres, et aussi un peu la peau des mollets. Votre père, qui était notre lieutenant, prend pitié de ces

pleurnicheurs; il ordonne de descendre, et
nous voilà au fond de la gorge. Mais nous n'a-
vons pas fait cent pas que nous voilà aussi les
Espagnols sur le dos; quelques-uns de nos
hommes tombent, d'autres fuient; il y en a
quelques-uns qui résistent. Monsieur d'Aurelles, naturellement, était de ceux-là. Mais, bah !
au bout d'un moment, le voilà à terre avec
une balle dans l'épaule; les coquins se jettent
dessus pour l'achever; mais j'étais solide alors,
et je n'avais encore rien reçu; et, je ne saurais pas vous dire pourquoi, mais cela me fit
de la peine dans le moment, de penser qu'un
si noble, si jeune et si beau garçon allait être
sabré là, dans un coin, entre un tronc d'olivier
et un quartier de roche, sans pouvoir se dé-
fendre, et si loin de son pays. Je n'avais rien à
perdre, moi, rien que ma peau, depuis la fail-
lite du notaire, et je savais qu'il avait, lui, une
promise et une mère au pays. Je me jette donc
devant lui, je tire mes deux coups, et puis
après je ferraille. Dame ! j'étais alors un des
bons de la salle d'armes, voyez-vous, mademoiselle Ella. Et puis, derrière moi, quelques-
uns de nos fuyards se rallient pour emporter

le lieutenant. Nous n'en serions tout de même
pas venus à bout, bien sûr, si le colonel Plantier, qui se méfiait du tour, ne nous avait pas
suivis de loin avec une bonne escorte. Avant
qu'il fût arrivé, néanmoins, j'avais reçu ce coup
de sabre dont vous voyez les restes, qui m'en-
voya alors tout de mon long sur le quartier de
roc, et qui me retint ensuite deux grands mois
à l'infirmerie... Mais votre père, qui y était
aussi, acheva de me prendre en amitié,
mademoiselle Ella, et il me promit alors qu'à
quelque moment que ce fût, je serais toujours
le bienvenu dans sa famille. Le brave colonel
Plantier surtout, je crois, décida M. d'Aurelles à m'accorder sa bienveillance, car si mon
lieutenant savait déjà que j'étais bon soldat,
mon colonel et *pays* était là pour garantir que
j'étais honnête homme..... C'est ce qui fait,
Mademoiselle, que lorsque je suis devenu vieux
et cassé, et que je me suis retiré du service ,
j'ai trouvé un bon petit coin tranquille et une
brave petite maîtresse ici.

— Et j'en suis bien contente, va, » dit-elle
toute joyeuse, en passant son bras blanc autour du cou du brave homme, « et j'en suis

vraiment reconnaissante à tout le monde; aux Espagnols, d'abord; je leur pardonne même les coups de sabre et la balle qu'ils ont envoyée à papa.

— Mais je ne les leur pardonne pas, moi, à ces gredins! » murmura Major entre ses dents, et crispant ses vieilles moustaches.

« — Si, si, il faut leur pardonner, Major; n'as-tu pas entendu le sermon de M. le curé, dimanche?..... Et je suis reconnaissante, après eux, à ce brave colonel...

— Oh! oui, un vrai brave, celui-là! » soupira le vieillard en essuyant une larme.

« — Major, tu parais triste.... Il est donc mort? » dit Ella.

« — Oui, hélas! il est mort bien affligé, ce qui me fait encore plus de peine.

— Ah! je sais... Et sa femme, n'était-ce pas cette belle Mme Plantier dont parle quelquefois mon père?

— Oui, Mademoiselle. M. d'Aurelles, du temps qu'il était lieutenant, a été présenté naturellement dans le salon de son colonel.

— Oui, effectivement. Sais-tu bien, Major, que cette belle madame Plantier est, dit-on, devenue très-pauvre depuis la mort de son mari? Papa et maman en ont plusieurs fois parlé en ma présence, et une fois même mon père a dit : « Quel dommage que Plantier soit mort, et que tant de choses se soient passées ! Il a laissé, dit-on, deux petites filles charmantes, qui auraient été de si aimables compagnes pour Ella ! » Maman n'a rien répondu d'abord, mais j'ai bien vu qu'elle secouait doucement la tête, comme elle le fait quand quelque chose la contrarie, ou qu'elle prévoit une impossibilité; puis elle m'a dit aussitôt : « Ella, va me chercher mon carnet sur le guéridon de ma chambre; je l'ai oublié, mon enfant. » Je suis sortie alors, mais, dans l'antichambre, j'ai entendu maman parler. Je te l'avoue, Major, j'avais exprès laissé la porte ouverte. « Pardon, mon ami, » disait-elle, « mais Mme Plantier, d'après ce que j'ai entendu dire de ses succès comme beauté à la mode et femme du monde, doit avoir donné à ses filles des goûts et des exemples de frivolité, d'oisiveté, de luxe et peut-être d'étourderie, que je ne pourrais désirer chez les futures compagnes de mon enfant. » Papa a ré-

pondu alors, en haussant les épaules : « Mais,
ma chère, avec vos sages idées de retenue,
de simplicité et d'éducation, vous ferez d'Ella
une véritable petite sauvage, si vous conti-
nuez à l'enfermer dans la solitude de ce château, et elle finira par s'ennuyer, j'en suis
sûr. Un peu de bruit, d'éclat et de mouvement sont si nécessaires à la jeunesse! » Ici,
Major, je n'ai plus rien entendu; mais papa
se trompait pour sûr... Je ne m'ennuierai
jamais, jamais ici, avec maman chérie, avec
mes pauvres et avec toi, avec mon vieux Noiraud, mon petit poney Blackey, ma nourrice
Geneviève et mon cousin Georges.... Et puis,
je ne sais pas si, comme papa le dit, je suis
sauvage, mais je suis heureuse, bien heureuse assurément.

— Oui, assurément, et si heureuse, si heureuse, que tu oublies l'heure, et que ma
tante est obligée de m'envoyer te chercher.
Ah! l'on s'aperçoit bien que tu ne t'ennuies
pas ici, Ella; tu n'avais pas besoin de le
dire. »

Celui qui parlait ainsi, et dont le son de
voix jeune, sonore et un peu hautain, fit

brusquement envoler Noiraud et tourner de son côté la tête de la fillette, était un bel adolescent, ayant dix-sept ans au plus, un peu pâle, délicat, et élancé comme on l'est à cet âge, dont les cheveux châtains, naturellement bouclés, ombrageaient un front droit et large, au nez mince et aquilin, à la bouche petite et dédaigneuse, fine et altière : un vrai d'Aurelles en un mot, ainsi que le disaient Major et tous les gens de la maison. Il portait un costume de campagne d'une grande simplicité; mais en même temps d'une sobre élégance, et en s'approchant il prit, des bras du domestique qui le suivait, une écharpe de cachemire qu'il se prépara à jeter sur les épaules de sa cousine. Conservant un air froid et presque sérieux, il ne répondit au respectueux salut de Major que par un imperceptible geste de courtoisie, et continua de s'adresser à la fillette :

« Hâte-toi, Ella, » lui dit-il, « ta mère est à sa toilette; elle voudrait te voir et te parler avant que les invités arrivent.

— Me parler?.... Ce n'est pas pour me faire paraître au bal j'espère? » s'écria Ella, qui,

18   UN CONTE DE FÉES,

au moment de nouer son écharpe, s'arrêta
court en ouvrant des yeux agrandis par la
terreur.

« — Eh ! non, assurément ; puisque tu n'es,
comme mon oncle le dit, qu'une petite sauvage ; puisque tu n'as pas voulu apprendre à
danser, » répondit Georges d'Aurelles avec
une espèce de soupir.

« — Oh ! c'est bien..... j'y cours, alors....
Donne-moi la main, Georges, nous arrive-
rons plus vite. A demain, Major ; n'oublie pas
Rosette... Bonsoir, bonsoir, Noiraud ! »

Et la mignonne créature, secouant de loin
sa jolie tête brune pour faire un signe d'adieu
à ceux qui restaient dans le bois, s'élança
dans les grandes allées avec la rapidité d'une
jeune chèvre sauvage, tenant toujours la
main de son cousin, qui se laissait entraîner
aussi par cette gaieté vive, et se mit également à courir avec l'insouciant sourire d'un
enfant. Au bout de quelques instants, néanmoins, ils durent modérer leurs pas pour reprendre haleine, et ils continuèrent à marcher en se tenant par la main, et en silence,
Georges parce qu'il était essoufflé, Ella

parce qu'elle était songeuse, comme si elle eût été occupée en ce moment à résoudre un problème ardu ou une difficulté grave qui se serait présentée à son esprit. Elle mit bientôt au jour le cas épineux et le doute affligeant qui était éclos dans sa petite cervelle.

« Georges, » dit-elle subitement à son cousin, en attachant sur le beau visage de celui-ci ses deux prunelles étincelantes, « tu as dit tout à l'heure, toi aussi, que j'étais une petite sauvage, et tu as sans doute raison. Mais, jusqu'à présent, je ne suis pas fâchée de l'être, parce que maman m'aime ainsi, et Major, et Geneviève, et ma biche, et Blackey, et tout le monde enfin, j'en suis sûre; parce que mon père m'aime aussi, je le crois, quoiqu'il ne me le montre pas autant, puisqu'il est souvent en voyage. Mais toi, Georges, me trouves-tu bien ainsi? es-tu content de ta petite Ella, de ta bien vieille amie, et m'aimerais-tu mieux si j'apprenais à danser? »

La fillette, en parlant ainsi, avait un air si naïf et si ému, elle tenait ses grands yeux fixés sur son cousin avec une expression d'amitié si sincère et si profonde, que celui-ci,

véritablement touché de tant d'humilité et
de candeur, ne lui répondit d'abord qu'en lui
adressant un sourire de bonne amitié, et en
passant la main sur ses belles boucles noires
avec un geste de caresse :

« Allons, ne t'inquiète pas, Ella, » lui dit-
il, « pour le présent je t'aime ainsi; tu es,
puisque je suis orphelin, tout ce que j'ai de
plus cher au monde, et, pour l'avenir, il me
semble que je ne changerai point, surtout
si tu veux suivre mes conseils : apprendre
à te poser, à te tenir, à te présenter, ainsi
qu'il convient aux jeunes filles de ton rang et
de ton âge, afin que je n'aie point à rougir
de toi lorsque je te présenterai à mon bras,
quelque jour, dans un salon.

— Rougir de moi! » répéta-t-elle en pâlissant. « Personne ne rougira jamais de moi;
toi, surtout, ce serait affreux!... Va, Georges,
rassure-toi, » reprit-elle au bout d'un instant
avec un charmant sourire, tant son doux
visage était mobile et passait en un instant de
la terreur à la confiance, de l'émotion la plus
franche à la plus naïve gaieté; « laisse-moi
un an de liberté encore, je n'ai que douze ans

et demi : ce n'est pas demander beaucoup; et
alors, dans un an, quand j'en aurai treize,
quand je commencerai à vieillir, et qu'on
allongera mes robes, tu verras comme je re-
cevrai à bras ouverts ce bon monsieur Barbeau, et comme je t'en ferai de ces jetés, de
ces battus, de ces ployés, de ces bandeaux
gonflés, de ces grands airs et de ces révérences! D'ici là, laisse-moi, Georges, causer
avec Major, m'amuser avec Noiraud, courir
avec toi, porter des tabliers à bretelles et les
cheveux au vent; je suis comme cela si contente, si gaie, si heureuse! »

Si contente, si gaie, si heureuse! Tels
étaient les mots qu'elle répétait encore, lorsqu'ayant traversé, toujours donnant la main
à Georges, le parc, les parterres et la pelouse,
elle se trouva au haut de l'escalier de la terrasse, et, y rencontrant sa mère, Mme Nelly
d'Aurelles, elle se jeta dans ses bras.

C'est qu'elle était si élégante, si charmante,
si souriante aussi, cette mère gracieuse et bril-
lamment parée! Sa taille noble était si frêle,
son joli visage était si délicat et si pur qu'on
l'eût prise aisément pour la sœur aînée de sa

fille il y avait sur son teint cette exquise transparence, dans ses regards cette mystérieuse
douceur, dont le pinceau des grands peintres
revêt les visages des anges, et qui annoncent
fatalement une courte jeunesse, une transfi-
guration prochaine aux faibles créatures d'ici-
bas. Mme d'Aurelles n'était pas Française ; son
origine irlandaise se révélait dans l'extrème
blancheur de sa peau satinée, dans la luxu-
riante beauté de ses cheveux d'ébène, dans
le charme profond et mélancolique de ses
yeux de sphinx. C'était là, peut-être aussi, ce
qui donnait à sa démarche, à ses gestes et à
ses traits ce caractère mystérieux, voilé,
presque aérien, de grâce et de douceur inef-
fable. Mais en ce moment, où elle tenait
son Ella dans ses bras, elle paraissait bien
vraiment appartenir à la terre ; elle rayonnait,
elle souriait comme toutes les mères rayonnent et sourient lorsqu'elles regardent et
embrassent leur enfant.

« Ainsi, tu es heureuse, mon Ella? » dit-
elle.

« — Oh! oui, mère, je le suis, tout à fait,
sans regrets, sans désir.

— Sans désir, Ella? Ne devrais-tu pas désirer que ton père fût près de nous toujours, et surtout en ce jour de fête?

— Oh! oui, c'est vrai, maman, » reprit Ella, qui avait rougi. « Mais, puisque papa voyage quand il n'y est pas obligé, c'est qu'il se trouve bien et s'amuse sans doute. Et nous deux, nous sommes si bien ici n'est-ce pas, chère maman? Tenez, en ce moment, je suis vraiment heureuse de vous regarder. Entrez un peu dans le salon, je vous prie, pour que je vous voie tout à fait, et que j'admire comme vous êtes belle. »

En parlant ainsi et en riant, Ella entraîna sa mère par la main dans une grande pièce meublée avec un goût parfait et une élégance un peu sévère, où les bougies commençaient à rayonner au milieu des massifs de verdure et des corbeilles de fleurs. Là, elle défit précipitamment, de ses petits doigts de fée, le long bournous blanc dont s'enveloppait Mme d'Aurelles, et elle jeta alors des regards éblouis sur les plis de la robe de moire, sur le merveilleux réseau de fines dentelles, sur le beau visage un peu pâle, mais entouré de

pierreries et de fleurs, qu'elle contemplait
avec tant d'amour. Mais il y avait surtout
dans cette toilette un objet rare et éblouissant
qui arracha un cri d'admiration à la fillette.

« Mon Dieu, les beaux diamants ! » murmura-t-elle en jetant des regards d'extase sur la
rivière de brillants un peu antique, mais large, scintillante, et merveilleusement irisée,
qui resplendissait au corsage de Mme d'Aurelles, et sur l'étoile aussi resplendissante qui
brillait dans ses cheveux. « Qu'ils sont beaux
et qu'ils vous vont bien ! On les croirait faits
pour vous, maman. Comme vos bras, votre
front, vos cheveux, méritent d'être parés
ainsi que ceux d'une reine ! N'est-ce pas, Georges, que maman est adorable ainsi ?

— Petite étourdie, » reprit Mme d'Aurelles
en souriant, « de t'émerveiller ainsi de l'éclat
de quelques pierres ! Mais je suis contente, Ella,
que mes diamants te plaisent ; moi-même je
les aime beaucoup, car ma mère, avant moi,
les a portés, et ils seront à toi un jour. Mon
enfant, c'est peu qu'ils soient beaux et chers ;
qu'ils te soient, avant tout, respectables et
précieux, car ils ont paré bien d'autres fronts

avant le tien, et ce sont vraiment des diamants de famille.

— Oh! ne parlons pas de cela, maman chérie, » répondit Ella, ayant sur les lèvres un sourire et dans les yeux une larme. « Les diamants ne seront pas pour moi de sitôt, les bluets me vont mieux. Et puis on ne s'habille pas pour le bal quand on ne sait pas danser, n'est-ce pas, Georges? Ceci dit avec un regard malin à l'adresse du jeune garçon.

« Assurément, Ella, et même, quand on ne sait pas danser, on ne reste pas au bal, » interrompit Mme d'Aurelles, avant que son neveu eût pu répondre. « J'entends un bruit de voitures dans l'avenue, ce sont sans doute des invités qui arrivent. Tu vas t'habiller un peu, n'est-ce pas, Georges? Et, quant à toi, bonsoir, dors bien, Ella, ma chère enfant! »

Mme d'Aurelles, ayant alors embrassé tendrement le front pur et les lèvres souriantes de sa fille, replaça son bournous sur ses épaules, et se dirigea vers la grande porte du salon. Ella s'enfuit d'un autre côté, toute rouge, toute riante, pensant à la bonté, à la beauté de sa mère, et se répétant en montant l'esca-

lier : « Mon Dieu! que la vie est donc belle,
que les mères sont donc tendres et que les
enfants qu'on aime sont heureux! »

I.

Deux mois après, les bois d'Aurelles avaient
encore toute leur parure et leur fraîcheur ;
l'été régnait encore, tiède et pur, sous les
grands chênes, mais dans les appartements
du château, dans ses grandes salles vides,
dans ses chambres fermées, régnait la sombre
majesté de la douleur. La mort y avait passé ;
Ella était en deuil, Ella était en larmes. De
tous les cœurs qui s'ouvraient pour elle, celui
qui l'aimait le plus et qui l'abritait le mieux
ne battait plus ici-bas, et attendait, pour renaître et se réjouir, ce grand réveil du dernier
jour qui réunira dans la paix les enfants et les
mères. Il avait fallu peu de chose pour briser
les espérances de cette jeune vie ; Mme d'Aurelles, assurait le docteur, avait éprouvé un
violent refroidissement lors de cette dernière
soirée, sans doute au moment où elle quittait

le salon pour aller reconduire jusqu'au bas de
la terrasse une vieille dame des environs pour
laquelle elle avait le plus grand respect. Il n'a-
vait pas fallu plus que cela ; un frisson léger,
une toux plus légère encore, puis la fièvre,
la douleur et l'angoisse étaient venues, et comme Mme Nelly d'Aurelles avait à peine trente
ans, le tempérament impressionnable et la
poitrine délicate, comme sa mère et une sœur
déjà avaient péri fort jeunes, emportées par la
phthisie, la maladie de famille avait suivi son
cours, mais à pas pressés, impitoyables, fou-
droyants, et un mois ne s'était pas passé
qu'Ella se trouvait orpheline.

La pauvre mère avait souffert cruellement
avant de partir, souffert surtout parce qu'elle
laissait sa fille après elle. Et cependant, dira-
t-on, que de choses elle lui laissait encore !
Une fortune assurée, un beau nom, un père
au cœur noble et à l'intelligence éclairée, de
fidèles serviteurs, quelques vieux amis, et,
mieux que tout cela, des conseils de piété,
de douceur et de force, des leçons de vaillance
et de sagesse, des exemples de vertu, de modération et d'amour qui pouvaient; à défaut

même d'autres trésors, soutenir, diriger et
consoler sa vie. Mais, lorsque la mère serait
partie, qu'allait devenir tout cela? En quelles
mains tomberaient ce doux royaume de la
maison, cette sainteté pure et tendre du foyer,
qui devait être, avant tout, le refuge et la sauvegarde de l'orpheline? Y aurait-il jamais
près d'elle une main pour la diriger quand
elle serait faible, une voix pour la consoler
quand elle serait triste, des bras pour la recevoir quand elle serait lasse, un baiser pour
la réchauffer quand elle aurait froid au cœur?
A qui donc irait Ella lorsqu'elle voudrait chercher une caresse, un éloge, un reproche, un
conseil, elle à qui personne ne répondait plus,
lorsque, toute pâle, solitaire et altérée d'a-
mour, elle appellerait : « Ma mère? »

C'était à tout cela que pensait la pauvre
mourante, c'était là ce qu'elle se disait dans
l'immense amertume de son cœur lorsque,
quelques heures avant sa fin, voyant que son
mari était loin, que son Ella était bien jeune,
et que sa mort était bien proche, elle cherchait des yeux et du cœur autour d'elle, et,
excepté Dieu, ne rencontrait pas d'appui. Elle

venait de recevoir les derniers sacrements ;
quelques-uns des serviteurs agenouillés pleu-
raient dans la chambre sombre ; Ella, anéantie
sous le poids de sa douleur, cachait sa tête
dans ses mains en poussant des sanglots déchi-
rants. La pauvre mère cherchait toujours, et
à la fin son regard s'éclaira, comme sous
l'influence d'une consolante pensée : « Oh !
si ma tante Judith était ici ! » murmura-t-elle.
« Ella, je t'en ai parlé souvent... elle est si sage,
si dévouée, si bonne ! elle m'aimait tant ! elle
t'aimerait bien aussi ! » Et Ella entendit bien
ces quelques mots de la mourante, mais ils n'é-
veillèrent en son cœur aucun souvenir, aucune
pensée ; que lui faisaient les parents, les amis,
la tante Judith et tout le reste du monde en
ce moment ? Est-ce qu'elle pourrait encore
donner sa tendresse et sourire à quelqu'un !
est-ce qu'elle pourrait survivre à sa mère ?

Mais Mme d'Aurelles, ayant conçu cette idée,
s'y rattachait, ainsi que le font d'ordinaire les
mourants, avec une vivacité tenace : « Ma tante
Judith... lorsqu'elle m'a écrit la dernière fois ..
était à New-York, » murmura-t-elle, balbu-
tiant légèrement sous l'influence du délire qui

2.

commençait à la reprendre. « Depuis... où
est-elle allée?... Elle devait partir... oui, mais
elle m'avait envoyé son adresse... Je l'ai, oui,
je l'ai... quelque part... cherchez, Geneviève;
cherchez, Major... dans mon bureau, dans
mon secrétaire, dans mon portefeuille... une
grosse lettre... d'une écriture anglaise, croisée
sur toutes les pages, et qui sent la lavande...
Cherchez, cherchez bien. »

Les deux fidèles serviteurs, plutôt dans le
but de satisfaire au caprice d'une mourante
que dans l'espoir d'aboutir à un résultat important, commencèrent des recherches actives; Geneviève s'agenouillant, pour les tirer,
devant les tiroirs des commodes, devant les
rayons inférieurs du secrétaire; Major ouvrant délicatement et fouillant plus délicatement encore, de sa grosse main musculeuse
et ridée, main de chasseur et de soldat, les
coffrets de boule, le bureau de palissandre,
le pupitre de marqueterie. Les pas des deux
vieillards glissaient sans bruit sur le tapis;
le petillement des bougies allumées se faisait
seul entendre, joint aux sanglots d'Ella, aux
paroles brèves et entrecoupées de la mou-

rante, au chant lointain d'un oiseau des forêts qui gazouillait sous les vertes ramées, le
corbeau de Major, par moments, passait,
agitant ses grandes ailes noires, devant la
fenêtre ouverte, comme si la mort, pour annoncer son approche, eût détaché au-devant
d'elle un des oiseaux de son char. Et les instants se passaient, la mourante faiblissait,
Ella sanglotait, les pauvres gens cherchaient
toujours : ils ne trouvèrent rien pourtant, et
lorsqu'ils se rapprochèrent de leur maîtresse
pour lui demander de nouvelles instructions,
ils n'en apprirent rien de plus, car elle n'a-
vait plus de voix; son regard seul vivait encore. Et ce regard errant, anxieux, désolé,
s'arrêtait tour à tour avec une expression navrante sur chacun des meubles de la chambre; puis s'en éloignait amer, hagard et
vide, comme si la pauvre femme, en dépit
de tous ses efforts, ne se rappelait rien. Et
ce regard de mourante et de mère continua
jusqu'au déclin de la nuit, où il s'éteignit
enfin, Mme d'Aurelles l'ayant jusque-là constamment reporté de cette petite tête aux cheveux bruns penchée auprès de son lit, à la

tête couronnée d'épines qui souriait en face
d'elle ; du crucifix d'ivoire aux grosses boucles d'ébène ; de sa fille à son Dieu. Lorsqu'elle cessa de regarder Ella, c'est qu'alors
elle cessait de vivre.

Maintenant ce jour fatal était passé, comme
passent tant d'autres jours qui n'en laissent
pas moins, sur toute notre vie, des traces jamais effacés. Ella ne défaillait plus, ne sanglotait plus à se briser le cœur, mais elle pleurait encore. Elle était assise, au coucher du
soleil, sur la terrasse du château, tout en
noir, si abattue, si pâle, la pauvre petite ! Tous
les beaux rayons de joie et de jeunesse s'étaient
éteints dans ses yeux ; ses lèvres écarlates
étaient devenues rosées, et ses joues rosées
toutes blanches ; jusqu'à ses belles grosses
boucles crispées qui semblaient avoir perdu
leur éclat et leur vigueur, et qui, au lieu de
former des rouleaux lustrés et soyeux, retom-
baient en larges ondes noires, amollies et flottantes, comme des franges de velours ornant
une tenture de deuil. Ella regardait tristement
le bel horizon empourpré qui se découpait
comme une dentelle d'or derrière les pilastres

de la terrasse ; parfois une larme roulait lentement sur sa joue, parfois ses yeux noirs tout gonflés se voilaient sous ses mains.

« Il y a juste un mois aujourd'hui, » disait-elle à son cousin Georges, qui se tenait fort grave auprès d'elle, et attachait sur elle un regard affectueux et compatissant ; « le soleil se couchait ainsi derrière les grands chênes de l'Étang-Noir ; je me souviens encore comme il brillait, tout rouge, sur le tapis de *sa* chambre, sur ses draps blancs, sur ses pauvres chères mains, ô mon Dieu ! il descendait, faiblissait, s'en allait peu à peu ; elle, elle pâlissait, se glaçait, et s'éteignait peu à peu aussi... Et moi, je suis encore ici pour te raconter cela !... O mon Dieu ! quand on n'a plus de mère, comment peut-on vivre en ce monde ?

— On peut y vivre, ma bonne Ella, et y être heureuse encore, surtout lorsque, comme toi, on a de bons amis.

— De bons amis !... comme mon père, comme toi, comme Geneviève et Major ?... Oh ! oui, je les aime tous bien, mais ce n'est pas encore ma mère ! Et puis papa est loin ; au lieu de venir me retrouver ici pour que nous

pleurions tous les deux, il m'écrit qu'il doit
rester à Paris pour arranger ses affaires...
Peut-on faire des affaires quand on pleure,
Georges, dis-le moi?... Pour moi, je ne pourrais plus maintenant écrire un seul chiffre, ni
lire aucun papier, puisque j'ai toujours les
yeux gros de larmes... Et Major est bien vieux,
et Geneviève s'en ira retrouver ses enfants, si
papa m'emmène à Paris, comme on dit qu'il
est disposé à le faire. Tu vois donc bien, Georges, que je n'aurai peut-être pas longtemps
d'amis, excepté toi. Mais tu me resteras, dis?
tu me le promets?... Je te retrouverai toujours,
n'est-ce pas? à Paris, ou ici, ou ailleurs? Aussitôt que tu auras un moment de liberté et de
repos, tu viendras auprès d'Ella, ta petite, ta
vieille amie? Nous nous dirons tout ce que
nous avons fait en nous attendant; nous par-
tagerons nos rêves, nos travaux, nos chagrins,
nos espoirs, et nous parlerons d'elle ensemble.
Oh! que je serais heureuse si je pouvais ne jamais te quitter!

— Il pourra venir un jour où nous ne nous
quitterons plus, en effet, chère Ella, » reprit
le bel adolescent avec un sourire grave. « Il

y a un projet que mon oncle a formé pour mon avantage et pour le tien ; il pense réunir, par un mariage, les grandes propriétés de la famille. Si tu deviens ma femme, Ella, nous serons toujours ensemble et tu auras un ami.

— Ta femme ? » répéta l'enfant étonnée, comme si, pour la première fois, cette idée d'un autre âge lui fût venue à l'esprit. « Et alors je devrais, n'est-ce pas ? t'aimer par-dessus tout, songer avant tout à satisfaire tes goûts, tes désirs, prier pour toi quand tu serais loin, penser à toi toujours, surtout pour me consoler quand je serais triste ; être tout à fait ce qu'était ma mère pour mon père qu'elle aimait tant ? Oh ! comme ce serait doux, et avec cela si facile !

— Peut-être pas si facile que tu crois, Ella. Il faudrait cesser d'être enfant, et, sans vouloir t'offenser, il me semble que tu le seras longtemps, pauvrette. Je désirerais vivement, dans la femme que j'épouserai, une parfaite éducation, des manières nobles et élégantes, de la beauté, de l'esprit même ; je veux que Mme Georges d'Aurelles fasse un jour honneur à mon salon. Et... tu peux avoir tout cela,

songes-y bien, Ella; seulement il faut te r-
former : marcher posément, réfléchir à e
que tu dis, courir un peu moins, étudier d-
vantage; apprendre à t'habiller, dans les jou-
naux qu'on t'envoie de Paris; ne plus ête
aussi familière avec ces vieux...

— Hélas! » dit-elle en soupirant, « c'et
de Major et de Geneviève que tu parles?..
Ils sont simples, ils sont vieux, c'est vra;
mais ils m'aiment tant, et ils sont si honn-
tes!... Enfin, c'est bien heureux encore que t
ne me demandes pas d'apprendre à danser.

— Oh! non, pas à présent... pendant to
grand deuil... ce ne serait pas convenable,
répondit le jeune garçon.

« — Assurément; comment pourrais-je dar
ser en robe noire?... et si près de *sa* tombe,
mon Dieu! » Et ici, Ella éclata en sanglots, se
couant sa tête brune avec désespoir, et met
tant ses deux mains tremblantes sur son vi
sage. Au bout d'un instant, cependant, ell
se calma et doucement leva les yeux : « Par
donne-moi, Georges, ce que j'ai dit; je fera
tout ce que tu voudras, » dit-elle. « Je sera
grave à présent, j'étudierai, je réfléchirai, j

tâcherai de vieillir... Tout cela pour que tu
sois content, pour que tu ne m'oublies jamais,
pour que toujours tu m'aimes. Tu sais bien,
Georges, à présent que ma mère est morte
et mon père loin d'ici, je ne vivrais pas longtemps, je crois, si j'étais toujours triste, abandonnée, toute seule!...

— Tu ne seras pas toujours seule ; ton père
reviendra, mon enfant, » répondit Georges,
lui prenant la main et lui souriant pour la
consoler. « Il s'est arrêté maintenant à Paris
pour s'occuper d'affaires, et il fait bien. Il lui
faut régler mille difficultés, s'occuper de mille
détails, t'assurer la fortune de ta mère. Ces
sortes de choses sont très-nécessaires, Ella, et
tu dois avoir confiance en ton père, assurément; il est si loyal, si délicat, si tendre !

— Oh! oui, » répéta l'enfant en secouant sa
jolie tête éplorée ; « mais j'ai un peu froid,
Georges, et je me sens fatiguée. Je veux rentrer, donne-moi la main. »

Elle se leva de son banc, Georges lui tendit
son bras, et tous deux s'éloignèrent. Sur la
terrasse, rien ne se voyait plus qu'un dernier
rayon de soleil qui glissait en s'y jouant en-

3

core, quelques feuilles de chêne empourprées par l'automne que le vent du soir y chassait en passant, et, au pied du banc de pierre, un étroit ruban noir qui s'était détaché de la robe de l'orpheline.

I.

Georges d'Aurelles, en parlant de son oncle, le père d'Ella, le baron Gilbert, avait dit qu'il était « si loyal, si délicat, si tendre ! » Il n'avait pas dit, en même temps, « si prudent, si ferme ; » c'est que, tout jeune qu'il était, Georges était assez clairvoyant, ou que peut-être il avait entendu parler ailleurs des incontestables qualités et des défauts évidents de son oncle.

M. Gilbert d'Aurelles, en effet, avait un de ces caractères impressionnables, changeants, légers, faciles, un de ces esprits mobiles et inquiets, trop ardents pour pouvoir être fermes, trop passionnés pour pouvoir être justes, pour lesquels la vie, la vie prospère surtout, est pleine de dangers et d'embûches, parce qu'à chaque instant se rencontre un aspect nouveau, une contrée inconnue, un charme divers, au bord du chemin. M. d'Aurelles, maintes fois déjà, s'était épris tantôt d'une idée, tantôt d'un but, tantôt d'un espoir, avec toute la vivacité d'une âme généreuse et loyale ; puis, à mesure qu'il réalisait cette idée, qu'il approchait de ce but, ou qu'il voyait s'affermir cet espoir, il commençait à s'en lasser, à souhaiter quelque autre chose ; il prenait en pitié le jouet qu'il avait tant désiré jadis, et le laissait tomber de sa main. D'abord, il s'était promptement, dans sa jeunesse, lassé du métier de la guerre, et l'excellent colonel Plantier, auquel, après Major, il était redevable de la vie, s'étant aperçu de cette disposition de son jeune lieutenant, avait fait tout ce qui était en son pouvoir pour lui ménager une retraite honorable, ce qui était assez difficile, car la guerre avait lieu alors. M. d'Aurelles avait rêvé ensuite les joies et les devoirs de la vie de famille. Il avait épousé la mère d'Ella, miss Nelly O'Byrne, une aimable, et douce, et charmante créature ; et pendant quelques années il s'était senti complétement, intimement heureux. Au

bout d'un certain temps cependant son humeur
changeante et mobile avait repris le dessus ;
il s'était lassé de vivre aux champs, où vivent
les sages et les forts, les travailleurs et les
penseurs, les moissons et les chênes, et s'il
ne s'était point lassé de la douce affection
de sa belle épouse aux yeux bleus, de l'af-
fectueuse gaieté de sa petite Ella aux boucles
brunes, il avait du moins pensé qu'il en
jouirait plus s'il en jouissait moins souvent.
En conséquence, il avait ressenti le désir de
voir d'autres lieux, d'autres cieux, des monta-
gnes, des lacs et des mers ; il avait entrepris de
fréquents et longs voyages. Sa femme, qui
l'aimait ardemment, mais simplement, sans
force pour le dominer, sans habileté pour le
retenir, pleurait parfois en attendant son retour. Un jour arriva enfin où elle cessa de le
rappeler et de l'invoquer ici-bas, et où elle
s'en alla au ciel l'attendre. La fatale nouvelle
fut transmise au voyageur, qui achevait alors
une excursion dans le nord de l'Allemagne. Il
se sentit comme foudroyé, cruellement frappé
au cœur, et se hâta de revenir à Paris. Là, le
règlement de sérieuses affaires d'intérêt né-

cessitait sa présence; il était d'ailleurs trop
accablé moralement et physiquement pour
pouvoir se mettre immédiatement en route. Du
reste, qu'avait-il besoin de se presser si fort
pour retourner à son château, où *elle* n'était
plus, qu'il retrouverait tout plein de souvenirs, mais vide de sa chère présence? Ella
était en sûreté auprès des vieux serviteurs qui
l'avaient en quelque sorte élevée; il se contenta
donc de lui écrire, lui annonçant qu'il se rendrait près d'elle aussitôt qu'il aurait repris
un peu de force, et que ses affaires lui donne-
raient quelque répit. Et il resta à Paris, fort
triste, fort accablé, fort malheureux, mais nullement isolé cependant, car il avait de nombreux amis, qui, tous, connaissant les qualités
et les charmes de la baronne Nelly, déplo-
raient vivement avec lui le malheur qui l'a-
vait frappé.

Un matin, au milieu des journaux, des papiers d'affaires et des messages de toutes sortes
que le facteur venait d'apporter, et qui étaient
amoncelés sur son bureau, le baron d'Aurelles
distingua une jolie petite enveloppe satinée,
portant quelques lignes d'une écriture fémi-

nine, plus petite et plus jolie encore ; il la découvrit avec surprise, et l'ouvrit avec curiosité, se demandant d'où pouvait lui venir un pareil message. C'était une lettre de condoléances fort jolie, fort discrète et fort bien tournée, signée Caroline Plantier, née Damoy, adressée au baron d'Aurelles par la veuve de son ancien colonel. Les visites fréquentes que le baron avait faites autrefois dans le salon du brave militaire autorisaient complétement cette marque de bon souvenir, et si, depuis, de fâcheuses circonstances, une querelle de ménage, une séparation temporaire et la mort du colonel avaient rompu forcément toutes relations de société entre les deux familles, il n'y avait rien d'étonnant cependant à ce que la veuve se trouvât autorisée à témoigner quelque sympathie à un vieil ami de son mari. « Éprouvée, » ainsi qu'elle le disait, « par la même douleur sans bornes et sans consolations qui pesait déjà sur sa vie à elle, pour toujours triste et à jamais brisée, elle comprenait combien il devait être amer, et pénétrant, et cruel, ce souvenir des belles années passées à deux, sur lesquelles la grâce,

les vertus et la tendresse de cette jeune femme,
si tendre et si digne d'amour, avaient jeté à
pleines mains les sourires, les rayons, et jamais d'ombres! Car, même lorsque celui qu'on
pleurait avait parfois erré, s'était parfois
montré injuste, on oubliait tout pour le re-
gretter, et pour le suivre des yeux et du
cœur. »

A une première lecture, cette lettre étonna
le baron Gilbert : « Tiens! elle sait donc pleurer maintenant » dit-il, « cette madame Caroline, qui avait jadis de si mignonnes dents
et de si constants sourires? » A un second
examen elle commença à l'émouvoir. « Celle
qui l'a écrite connaît vraiment la douleur;
c'est une pauvre femme, bien malheureuse, »
se dit-il. Puis il la mit de côté, et s'occupa
d'autre chose; mais lorsqu'il la reprit le soir,
parce qu'il n'avait rien à faire, parce qu'il
pleuvait fort, et qu'aucun de ses amis n'était
venu le visiter, il se trouva, nous ne savons
comment, que cette lettre le charma soudain,
et qu'il se sentit touché, attendri, reconnais-
sant jusqu'au fond de l'âme. « Il faut que
j'aille voir cette pauvre femme pour la remer-

cier, » pensa-t-il ; « quand on est affligé d'un malheur commun, on se doit du moins de communes marques de sympathie. »

Le résultat de cette lecture et de ces réflexions fut que le lendemain M. d'Aurelles apprit d'un de ses amis l'adresse de la veuve, et qu'il se présenta dans son petit salon au quatrième, à l'extrémité de la rue de Clichy, le jour suivant, fort pâle, fort triste, en très-grand deuil, et le ruban de la Légion d'honneur noué à sa boutonnière. Mme Plantier et ses filles en furent dans le ravissement ; leur salon leur en parut tout illuminé, comme par le rayonnement d'une étoile. A la connaissance d'Emma et de Blanche, aucun baron riche n'y était jamais entré.

C'était une singulière et triste existence que celle de la veuve et de ses filles. Elle ne paraîtra singulière pourtant qu'aux provinciaux, aux campagnards, aux heureux, qui vivent en gens paisibles et simples, car de telles existences ne sont pas rares à Paris. Le salon aurore était encore à demi neuf, et pimpant et lustré, et coquet, quoiqu'on eût attaché, par-ci, par-là un clou doré pour cacher un

trou, ou une frange en cristal pour dissimuler
une tache; mais le mobilier du reste de l'appartement n'aurait point juré dans une man-
sarde, et souvent on éteignait, pour tout le
jour, le feu dans la cuisine, après que, le matin,
ces dames avaient pris leur café. Le mercredi
de chaque semaine on dînait d'une salade,
mais il y avait thé et soirée à sept heures, et les
petits gâteaux qui restaient de la fête permet-
taient le lendemain aux aimables hôtesses de
faire bombance, ajoutés aux œufs durs ou au
saucisson qui formait le menu du jour. Le
ménage et la cuisine se faisaient peu ou point;
ces dames, à partir de onze heures, étaient
parées, coiffées, belles et charmantes à faire
plaisir, et faisaient dans leur salon de la musique, du crochet ou de la tapisserie. Ces
derniers travaux étaient destinés aux mar-
chands, et servaient à faire marcher le ménage. La première occupation avait pour but
d'intéresser et d'éblouir les visiteurs et les
amis. La mode élégante, la mode souveraine,
la mode du Bois et du Boulevard, ces som-
mités du monde parisien, avait son reflet et
son écho dans le petit salon de la rue de Cli-

3

chy ; mais elle y pénétrait forcément rapetis-
sée, adoucie, avec quelques accommodements
et beaucoup de raccommodages. Il se trouvait
bien encore, dans le fond des armoires de la
veuve, quelque ancienne robe de moire, qui
faisait si bon effet reteinte ! quelque vieux
châle de Chantilly, qui se prêtait si bien à
recouvrir une ombrelle ! Mais la vieille femme
de ménage qui venait laver la vaisselle le
lendemain des jours de réception se plaignait hautement de n'avoir que des lambeaux
de rideaux brodés à employer en guise de
torchons de cuisine, et déclarait non moins
hautement qu'elle n'aurait pas voulu prendre
pour coucher son chien le vieux petit châle
des Indes troué, passé et graisseux, dont Madame s'affublait le matin avant de revêtir sa
robe de soie et sa pèlerine de dentelle.

A Dieu ne plaise que nous voulions ici rail-
ler et flétrir la grande, l'austère, la sainte
pauvreté ! Il y a une pauvreté féconde, noble
et sainte, que les plus forts et les plus vaillants
ont connue et d'où ils sont sortis plus forts,
plus vaillants et meilleurs. Mais s'ils en ont
retiré un si immense profit, c'est qu'ils l'a-

vaient embrassée avec ardeur, subie avec
humilité, honorée avec candeur, et portée
loyalement, franchement, sans vanité, sans
honte, sans malaise et sans murmures. Ce
n'était pas ainsi que la veuve et ses filles ac-
ceptaient la leur; elles voyaient en elle un
bourreau, une marâtre, une ennemie. Parfois,
pour lui échaapper, elles faisaient de vaillants
efforts, mais ces efforts n'aboutissaient jamais
qu'à un but misérable. Ainsi, quand Caroline,
assise dans sa pauvre chambre la nuit, auprès
d'une pauvre chandelle qui bourgeonnait et
puait bien fort, passait de longues heures, la
tête dans ses mains, livrée à des réflexions profondes, elle ne pensait point à la manière
d'assurer l'avenir de ses filles, d'en faire des
femmes chrétiennes, modestes et résignées,
mais bien à la façon d'allonger les lés d'une
robe avec la garniture d'une autre, ou de
transformer un vieux corsage de velours en
un chapeau tout neuf. Lorsque Blanche et
Emma, terminant un ouvrage bien payé, per-
daient l'appétit et le sommeil, s'acharnaient
à pousser l'aiguille, elles ne se livraient pas
à ce labeur fatigant et ardu pour procurer

quelque repos, quelque aisance à leur mère, mais bien pour s'acheter un bijou faux, une robe neuve, ou pouvoir louer quelque place de troisième rang au théâtre un jour de brillante représentation.

Voilà ce qui se passait au fond, mais extérieurement, tout était éclat, douceur, beauté, sourires : l'éternelle histoire de la charpente de bois blanc sous la draperie de velours. Les visiteurs assez nombreux et les très-rares amis qui paraissaient dans ce salon étaient émerveillés de la grâce de ces dames, de l'élégance de leurs toilettes, du charme de leur accueil, de la distinction de leurs manières ; car, il faut bien l'avouer, la distinction est naturelle à quelques femmes, à beaucoup de femmes, et Caroline Damoy, fille d'un simple notaire de campagne, avait pris étonnamment vite, au contact de la société de Paris, ce charme puissant et complet du maintien, des discours, du tact, du regard, du sourire, de l'expression, du costume, qu'elle avait, en bonne mère, transmis à ses filles comme son héritage le plus précieux, et que, chose remarquable, elle n'avait ni altéré ni perdu,

au milieu de sa gêne, des tiraillements mes-
quins de tous les jours et de ses occupations
serviles.

M. d'Aurelles, comme tous les autres, fut
charmé, et charmé plus que tous les autres
peut-être. Tout en parlant de sa pauvre Nelly
avec un regard navré, d'une voix dans laquelle tremblaient des larmes, il éprouvait
une douceur secrète, comme une espèce de
consolation, à voir se mouiller de pitié, de
tendresse aussi, les yeux jadis si brillants,
peut-être plus beaux encore sous les pleurs,
de cette belle femme, dont les gestes étaient
si gracieux et si désolés, les paroles si sympathiques, la voix si douce, et qui paraissait
si noble, si fière et si blanche dans cette parure toujours noire, cette ample robe de
veuve qui, autour d'elle, flottait à longs plis.
Emma et Blanche le charmaient également;
toutes jeunes qu'elles étaient, elles étaient si
gracieuses, si dignes, si brillantes, si polies!
Et, à cette première visite, tout le monde se
mit si bien à l'unisson de sa gravité et de sa
douleur! Mme Plantier pleura avec lui, et lui
fit, dans les termes les plus chaleureux   les

plus délicats, l'éloge de la pauvre morte.
Emma, priée de faire un peu de musique, ne
joua que *la Marche funèbre* de Chopin et *la
Dernière pensée* de Weber. Blanche, ayant
appris que le noble visiteur avait une fille un
peu moins âgée qu'elle-même, qui s'était
trouvée seule au lit de mort de sa mère, et
depuis restait seule dans son grand et triste
château, s'écria les yeux en pleurs :

« Oh ! que n'est-elle ici, pour que nous
allions la voir, la consoler, la pauvre chère
orpheline ! »

S'était-on donné le mot, en prévoyant la
visite du baron, tandis qu'on prenait le café
à la chicorée le matin dans la cuisine ? Personne ne le saura jamais ; mais ce que nous
saurions dire pourtant, c'est que M. d'Aurelles, en sortant de chez la veuve, voyait
l'horizon moins sombre, le ciel moins terne
et la vie moins aride qu'il ne les avait vus
depuis bien des jours, et s'étonnait de ce
qu'il pût y avoir tant de douceur à pleurer.

Cette première impression, si favorable, se
confirma encore dans les quelques visites que
M. d'Aurelles fit ensuite au petit appartement

de la rue de Clichy. Se livrant au plaisir d'être
bien accueilli, plaint et presque consolé par
ces trois femmes si aimables, et qui lui paraissaient si dignes et si méritantes; il admirait,
avec une naïve bonne foi, combien le malheur
transforme, grandit et adoucit le caractère;
combien cette même Mme Plantier, qu'il avait
connue jadis si capricieuse, si étourdie, si volontaire et si brillante, montrait de vertu, de
douceur et de charmante résignation dans l'adversité. Et ses deux filles, qui en dépit de leur
pauvreté et de leur obscurité relative, avaient
de si grandes manières, une si exquise politesse, tous ces avantages précieux de la femme
aimable, de la femme du monde, lesquels,
jusqu'à présent, manquaient totalement à Ella !
« Quel malheur que ma pauvre Nelly soit
morte ! » se dit un beau jour M. d'Aurelles avec
tristesse. « Si elle vivait encore, je pourrais inviter Mme Plantier et ses filles à venir passer
au moins quelques mois au château. Ce serait
bien avantageux pour Ella; j'ai vu les choses
de près maintenant, et je ne comprends pas
vraiment quels préjugés avait sa mère. »

Mais malheureusement M. d'Aurelles, étant

veuf, ne pouvait point inviter chez lui Mme Plantier et ses deux filles, à moins d'avoir quelque
excellente raison, quelque raison qu'il ne pouvait trouver. Bientôt même il dut quitter Paris,
ayant terminé à peu près les affaires qui l'oc-
cupaient si fort, et étant rappelé au manoir par
les pressantes instances de sa fille. Il la revit
enfin, il la trouva plus tendre que jamais, mais
bien pâle, bien triste, bien seule ; les vacances
de Georges étaient finies ; l'hiver commençait alors ; la nature et la maison étaient en
deuil. Comme ce grand château, presque désert, semblait froid et vide ! Comme ce foyer
de famille était solitaire et morne, maintenant
que le sourire de la femme dévouée, de l'aimable maîtresse de maison, ne le parait et
ne l'animait plus ! Ella, la pauvre chérie, était
bien là, pourtant ; mais ce n'était après tout
qu'une enfant sauvage et naïve, gauche et timide ; elle avait bien l'ardeur et la force de
l'affection, elle n'en pouvait pas avoir encore la
souplesse et l'habileté. Elle avait bien voué un
culte à la mémoire de sa mère, mais elle ne
s'était pas encore approprié toute l'incessante
sollicitude de son affection prévoyante, toutes

les ingénieuses ressources de son dévouement; elle la rappelait, elle la vénérait, mais
elle ne la remplaçait point, et, pour rien au
monde, elle n'aurait voulu chercher à la faire
oublier; elle aurait cru, en agissant ainsi, faire
preuve d'une légèreté impie, manquer au respect qu'elle devait à ce cher souvenir. La conséquence de tout ceci fut que M. d'Aurelles se
sentit horriblement triste et seul, et s'ennuya
profondément pendant ces deux mois d'hiver
passés à la campagne. Le naïf babil d'Ella, les
vieilles histoires de guerre de Major et les
respectueuses communications de Geneviève
n'étaient guère propres à le distraire, pendant
les longues journées où les arbres du parc
ployaient sous leur fardeau de neige, où les
chemins étroits qui conduisaient aux châteaux
voisins disparaissaient sous les torrents de
pluie. Ils étaient peu propres surtout à lui
faire oublier l'accueil charmant, plein de
grâce et de vivacité, les discours animés, tantôt malins, tantôt mélancoliques, les soins délicats et les mille prévenances dont le pauvre
veuf avait joui dans le salon de Mme Plantier.

Si le temps avait été beau, du moins; s'il avait pu sortir, se promener, chasser, rendre des visites; mais la mauvaise saison usait de ses droits avec une ténacité des plus rigoureuses. Qui se rendra jamais compte de l'effet que produit, sur les natures nerveuses, l'horrible persévérance du brouillard et de la pluie? Parfois le bonheur de bien des gens a dépendu d'un soudain retour de ciel bleu, d'un clair et frais rayon de soleil. Mais le soleil refusa de se montrer, et la langueur, l'ennui, le deuil, l'hiver, continuèrent à régner dans cette grande maison presque déserte.

« Ella, » dit un matin M. d'Aurelles à sa fille, au lendemain d'une longue soirée, morne et triste, la plus morne et la plus triste peut-être de toutes celles qu'il eût encore passées dans son château, « ne t'ennuies-tu pas beaucoup ici, ma pauvre enfant? Ne serais-tu pas bien aise d'avoir auprès de toi, constamment, quelques compagnes de ton âge? »

Ella, surprise de la question, et plus surprise encore de la proposition qui en semblait être la conséquence, tressaillit, releva la tête, pâlit un peu, rougit sans savoir pourquoi, et répondit à la fin, d'une voix basse et tremblante :

« Non, je ne m'ennuie pas, mon bon père. Je suis bien triste, assurément, et je ne sais pas peut-être vous amuser beaucoup, mais c'est tout à fait autre chose. Geneviève m'apprend à diriger la maison, vous le savez; et M. Benoît, l'instituteur, m'enseigne la géographie et l'histoire; et M. André, l'organiste, me donne des leçons de piano; et Major, le bon Major, me conte de belles histoires..... Avec cela, j'ai Blackey, Rosa, Noiraud..... Mais cela ne m'empêcherait pas de me réjouir assurément si j'avais une compagne, une petite amie bien douce, bien constante, bien vive, qui aimât comme moi les gens simples, les oiseaux, les poneys, les champs et les fleurs.

— Naturellement; et qui, de plus, eût plus d'expérience et de savoir-vivre que toi, mon enfant; qui pût t'apprendre à te tenir, à t'habiller, à saluer, à parler, à sourire comme il convient, comme il convient à ma chère enfant, qui est née noble et riche, et qui doit être un jour brillante et admirée? »

Ella pâlit d'abord un peu en entendant cette énumération de mérites et de qualités qui lui causaient toujours un effroi presque insurmontable ; puis elle se rappela soudain les aveux et les sollicitations de Georges, et les projets de son père, dont son cousin lui avait parlé. Alors elle cessa d'avoir peur, et ne trembla plus ; elle se réjouit au contraire à l'idée de se rendre digne des deux chers amis qui s'intéressaient à elle, digne de son père, digne de Georges, de son époux futur, et elle répondit en relevant vivement la tête, un sourire brillant sur les lèvres et un rayon dans ses yeux noirs :

« Oui, cher père, c'est cela ; il faut qu'elle m'apprenne à me présenter, à m'habiller, à me bien tenir, à parler gentiment, à saluer gravement. J'ai grand besoin de ces leçons-là, vraiment, car je ne suis maintenant, je le sens bien, qu'une petite sauvage..... Vous êtes trop bon d'avoir pensé à cela ; si vous saviez, cher papa, combien je vous remercie !

— Et moi, je suis bien heureux, ma chère enfant, de te voir ainsi contente. Je me suis soulagé d'une grande crainte au sujet de ton avenir, au sujet du mien, qui sait? que je voyais si triste. Maintenant, ne va pas t'affliger de nouveau, et aie confiance en moi, pauvre petite. Pour pouvoir te présenter les compagnes dont je te parle, il va falloir que je retourne à Paris.

— Hélas! vous allez encore me quitter! » murmura Ella d'une voix triste. « Si vous connaissez les jeunes amies dont vous parlez, ne pourriez-vous leur écrire? Je ferais préparer pour elles un si beau petit parterre, je leur arrangerais une si jolie chambre en les attendant!

— Tu feras tout cela, mon enfant, à loisir; seulement, je te l'avoue, pour..... mener à bien mon projet.... ma présence à Paris.... en ce moment, est absolument nécessaire, » balbutia M. d'Aurelles, qui, en parlant ainsi, se hâtait de replier son journal et de finir son déjeuner, comme s'il eût désiré terminer le plus tôt possible cette conversation et se soustraire à l'explication qui pouvait s'ensuivre.

« C'est bien, papa; vous ferez ce que vous voudrez; seulement, vous m'écrirez souvent, n'est-ce pas? et vous ne resterez pas trop longtemps absent, si c'est possible? » répondit Ella soumise, baissant la tête et s'essuyant les yeux. « Et quand partirez-vous?

— Au plus tard dans trois jours. Je vais d'abord à Paris, prévenir quelqu'un de mon arrivée.

— Alors, cher papa, je vais me hâter de finir votre cache-nez, afin que vous l'ayez pour le voyage, et je vais dire à Geneviève de préparer vos malles et votre porte-manteau. »

Elle sortit. M. d'Aurelles, resté seul, se leva de table, alluma un cigare, passa dans le salon, et, en proie à une préoccupation profonde, s'assit tout rêveur sur un canapé. Au bout d'un moment, il vint à lever la tête; ses regards s'attachèrent un instant sur le portrait de sa femme, placé en face de lui.

« Ma pauvre Nelly! » murmura-t-il en contemplant avec une triste douceur ce pâle et charmant visage, « pourquoi nous as-tu quittés sitôt, moi et elle?... La solitude nous est fatale, l'isolement nous pèse..... C'est à elle surtout que je pense en agissant ainsi, à ta fille, qui ne doit pas pleurer toujours, mais qui doit

grandir, devenir belle et briller, et que tu ne
verras pas ainsi, pauvre mère!.... Ne t'offense
pas, pauvre Nelly; c'est toi, c'est ton ombre
qui sera toujours la plus chère, la mieux
aimée! »

L'esprit humain a une merveilleuse facilité
à se dissimuler ses propres impulsions, à co-
lorer et transformer ses motifs, à faire des
fantaisies et des rêves qu'il conçoit, de graves
questions à résoudre, de sérieux devoirs à accomplir. M. d'Aurelles, qui était certainement
bon père, et qui avait été tendre époux,
croyait fermement servir les intérêts de sa fille
en même temps que les siens, peut-être même
avant les siens, en s'efforçant de lui donner
deux aimables et charmantes compagnes, deux
sœurs, et une nouvelle mère aussi, en retournant à Paris pour demander la main de l'aimable et belle veuve.

III.

L'hiver s'écoula; avril refleurit clair et tiède;
le fin gazon printanier commença à croître sur

la tombe de la pauvre jeune mère; les babil-
lardes hirondelles revinrent nicher aux pi-
gnons du vieux château. Ella voyait avec
plaisir tous ces gais précurseurs de l'été et du
soleil, qui s'en revenaient la saluer dans cette
grande maison, où elle était toujours seule.
M. d'Aurelles, un mois environ après son départ, avait annoncé à sa fille que sa santé, encore chancelante, l'obligeait à rester à Paris,
et qu'il ne reviendrait à sa terre qu'à la fin
de l'été, après avoir passé un ou deux mois
aux eaux en Allemagne.

« Je suis bien triste, cher père, de devoir
vous attendre si longtemps, » avait répondu
Ella; « mais, du moins, puisque vous me man-
quez, faites quelque chose pour moi, afin que
je ne m'ennuie pas trop en vous attendant;
rappelez-vous la promesse que vous m'avez
faite; envoyez-moi mes amies. »

A quoi M. d'Aurelles avait répondu par le
courrier suivant :

«Je n'oublie pas ma promesse, chère enfant;
j'ai trouvé pour toi les amies que tu demandes
et que je rêvais; je les vois tous les jours

elles sont jeunes, vives, aimables, charmantes ;
je suis sûr d'avance que tu les aimeras de tout
ton cœur. Mais des circonstances qu'il est inutile de te détailler en ce moment font qu'elles
ne pourront se rendre auprès de toi qu'en automne. Je te les amènerai , Ella , et alors je ne
te quitterai plus. D'ici là, prends patience ; ne
pleure pas beaucoup, compte sur moi et aie
confiance en moi, ma chère fille ; je t'envoie
mes plus tendres baisers.

« Ton père bien affectionné,

« GILBERT D'AURELLES. »

« *P. S.* Tâche de ne pas trop te familiariser
avec notre bon vieux Major ; tu acquerrais in-
failliblement, dans sa société, des expressions
empruntées au vocabulaire de la vieille garde.
Prie aussi ta bonne Geneviève de ne pas t'attacher les cheveux comme elle le fait pour la
nuit, et aie grand soin, dans tes promenades,
de porter toujours le grand chapeau que je
t'envoie. Les conseils que je te transmets ici,
mon Ella, te sont envoyés par une femme aimable et charmante, pour laquelle j'ai le plus

4

grand respect, et qui te porte un très-vif intérêt. Je ne veux point que mon Ella aît à rougir
lorsqu'elle se trouvera au milieu de ses gracieuses et gentilles compagnes. »

« Elles sont donc terriblement bien élevées
et polies, mes futures et élégantes amies ? » se
dit la naïve enfant. « Elles auront donc meilleure opinion de moi si j'ai le teint bien blanc
et si je suis bien coiffée ?... Mais n'importe,
papa est bien bon de penser ainsi à tout, à mon
avenir et à mon costume, à mon bonheur et
à mes cheveux.... Et il a vraiment raison ; je
suis si étourdie, je m'inquiète si peu d'ordinaire de me griller la peau au grand soleil !
Je vais faire assurément ses recommandations
à Geneviève..... Mais ne pas causer avec Major,
le laisser tout seul, ce serait vraiment trop
douloureux !..... Oh ! non , j'irai encore le voir
souvent, le voir tous les jours ; seulement, je
ferai tant d'attention à ne pas imiter ses fautes,
à parler presque bas, correctement et posément, que mes amies, j'en suis sûre, seront
émerveillées de mon beau langage..... Mais
quel dommage que je doive si longtemps les
attendre ! Qu'est-ce que des jeunes filles de

mon âge peuvent avoir qui les retienne à Paris?.... Enfin, résignons-nous, et soyons bien sage d'ici-là...... En automne je vais tant me réjouir ! Mon père, Georges et mes amies, ils viendront tous ; alors j'aurai tous les bonheurs ensemble. »

Ella passa donc encore seule le printemps, et puis le commencement de l'été, se faisant par degrés à cette solitude et à cet abandon, mais acquérant chaque jour, par suite de cette éducation grave et solitaire, plus de maturité et de force, plus de tranquille énergie à la fois et de tranquille douceur. Elle s'ennuyait parfois un peu, et elle pleurait souvent en pensant à sa mère ; mais elle travaillait courageusement, elle priait avec ferveur, elle faisait de bonnes et fréquentes visites à sa tombe chérie ; elle faisait humblement et vaillamment l'aumône, de ses mains et de son cœur de châtelaine, ajoutant à ses dons, parfois, le charme de ses affectueuses paroles, de ses humbles conseils, et toujours le charme de sa tendresse et de sa pitié. Et puis elle lisait de bons livres, elle causait avec ses bons vieux amis, elle soignait son poney, ses fleurs, sa biche ; elle se promenait tous les jours, elle espérait et attendait surtout ; et assurément, lorsqu'on est jeune, naïve et confiante comme Ella, c'est déjà un bonheur d'attendre.

Et un jour qu'Ella était au comble de son espoir enfantin et de sa joyeuse attente, voici ce qu'elle lut dans une lettre de son père, qui était revenu d'Allemagne, et lui écrivait de Paris :

« Ma bien chère enfant,

« Je suis maintenant si près d'accomplir un projet depuis assez longtemps formé, que je ne puis tarder davantage à t'informer de la réalisation de mes espérances. N'as-tu pas pressenti comme moi, ma fille, que le malheur qui nous a frappés aurait pu avoir, pour l'avenir de notre famille, les conséquences les plus fatales ; que ta pauvre mère chérie, en nous quittant si vite, avait laissé à notre foyer un vide que rien ne pouvait remplir ? Et, pour notre bonheur, mon Ella, il faut que nous soyons réunis ; que notre maison

redevienne, comme par le passé, brillante, ani-
mée, toute pleine. C'est dans ce but que j'ai
cherché pour toi les deux amies, les deux
sœurs que, d'ici à trois semaines, j'aurai le
plaisir de te présenter. Mais ces deux charmantes jeunes filles ne sont pas seules, mon
enfant. Plus heureuses que toi, elles ont leur
mère encore, et une mère si tendre, si prévoyante, si sage et si dévouée, que j'ai cru
agir surtout en vue de ton bonheur présent
et de ta sécurité future, en la priant de consentir à devenir la tienne aussi. Elle est veuve
d'un de mes plus anciens et de mes meilleurs
amis. Au temps de sa prospérité, elle a brillé
comme une étoile; quand le malheur est venu,
elle y a fait face et l'a supporté en femme fort
intelligente et courageuse. Elle a pleuré avec
moi, mon Ella, et, je l'avoue à sa gloire,
elle m'a presque consolé. Elle te consolera
aussi, elle te protégera, elle t'aimera : elle
t'aime déjà, ma petite amie. Toi, tu la res-
pecteras et l'aimeras, j'en suis sûr, et tu me
remercieras un jour, mon enfant, de t'avoir
donné pour mère et pour amie cette excellente
et charmante femme, Mme Caroline Plantier.

4.

« La cérémonie de notre mariage aura lieu
ici dans quelques jours, sans aucun faste,
car je ne suis qu'à la fin de mon deuil, et
Mme Plantier, depuis dix ans, n'a pas quitté
le sien. Immédiatement après, nous partirons
pour Aurelles. C'est dans huit jours au plus
tard, mon enfant, que nous aurons le plaisir
de t'embrasser. »

Ella avait presque achevé sa lettre, mais
elle l'avait lue sans bien la comprendre,
sentant à chaque instant, presque sans savoir
pourquoi, ses regards devenir plus troubles,
ses joues plus froides, ses mains plus tremblantes; elle s'était appuyée sur la rampe
du balcon auprès duquel elle était assise,
laissant tomber à ses pieds la lettre fatale, et
inclinant sa tête accablée parmi les rameaux
de chèvrefeuille, les touffes de roses et les
panaches des iris qui embaumaient sa fenêtre. Geneviève, tout en rangeant ses armoires au fond de l'appartement, la vit se pencher et défaillir ainsi, et accourut toute tremblante.

« Mademoiselle! qu'avez-vous? » dit-elle.

« Monsieur est-il malade? » et elle ramassa la lettre tombée à ses pieds.

« Non..... oh ! non..... grâce à Dieu ! » murmura-t-elle avec un amer soupir..... « Mais..... c'est quelque chose que je ne comprends pas bien..... que je ne pouvais prévoir..... Une autre femme..... une autre mère.....

— Monsieur se remarie ! » s'écria la nourrice, comme frappée d'un trait de lumière. « C'est donc pour cela que Baptiste, son cocher, m'avait conté l'an dernier qu'il le conduisait bien souvent à Paris je ne sais plus où...... chez une veuve..... Ah! comment a-t-il pu penser à remplacer ici Madame, une si bonne épouse, une sainte? Comment a-t-il pu croire?..... »

Mais ici Geneviève, qui s'était laissée aller sans scrupule à la vivacité de son ressentiment et de sa première impression, avec cette franchise hardie des anciens et fidèles serviteurs, qui ne se gênent point pour contrôler les actions de leurs maîtres, s'arrêta soudain, et changea de visage en voyant l'effet que ses paroles imprudentes avaient

produit sur Ella. Elle souffrait déjà beaucoup,
la frêle enfant; elle se prenait à douter un
peu; il ne fallait point l'accabler ni l'irriter,
mais bien plutôt l'encourager et la consoler,
la pauvre petite.

« Eh ! ma chère mignonne, » reprit-elle en
saisissant la jeune fille dans ses bras et en
appuyant sa jolie tête sur sa poitrine robuste,
couverte d'un fichu à haute dentelle; « pourquoi te faire du mal et t'affliger ainsi?.....
Monsieur était seul; il s'ennuyait, cela se
comprend. S'il épouse une bonne et honnête
femme, qui saura lui tenir compagnie, l'occuper, l'égayer, personne n'y trouvera à redire
assurément, pas même celle qui est là-haut,
et qui sourira en vous voyant heureux, la
pauvre chère sainte. Et, quant à toi, tu n'as pas
besoin d'avoir peur; avec ton bon cœur, ton
esprit, ta jolie figure et tes gentilles façons,
tu seras toujours bien chérie, bien aimée.

— Personne ne pourra m'aimer comme *elle*
m'aimait, » dit Ella; « et moi, je n'aimerai
plus personne comme je l'aimais, *elle*...; et
celle-ci surtout qui viendra ici à sa place, qui
prendra son fauteuil, ses livres, ses fleurs,

qui n'aimera pas qu'on en parle, qui fera tout pour qu'on l'oublie. Oh! mère, mère! pourquoi l'as-tu permis? pourquoi.... en t'en allant.... pourquoi m'as-tu laissée? »

Et la jeune fille, s'abandonnant à une irritation et à une douleur sans bornes, sanglotait sur l'épaule de Geneviève, ne parlant plus, tremblant toujours, et n'écoutant pas les exclamations, les soupirs, les mots de tendresse de la pauvre femme qui s'efforçait de la consoler. Celle-ci, affligée et effrayée de l'état violent où se trouvait Ella, allait sonner et appeler du secours, lorsque le bruit d'un pas pesant retentit au-dessous du balcon, mêlé au retentissement métallique et prolongé que faisait entendre la crosse d'un fusil traîné sur les dalles de la terrasse. Geneviève allongea la tête :

« Enfin, voici Major! » dit-elle avec un soupir de satisfaction. « Hé! le vieux, arrivez donc vite. »

Major ne se fit pas prier; on l'entendit bientôt traîner sur l'escalier, puis sur le parquet de la chambre d'Ella, sa jambe gauche légèrement roidie par les rhumatismes et par une balle qui y restait comme un respectable souvenir de Lutzen; puis il entr'ouvrit la porte du balcon, et se montra, la casquette à la main, la face triomphante : il apportait ce jour-là, de sa tournée dans le bois, deux jeunes ramiers au plumage noisette, au collier d'un noir de velours, qu'il s'empressait de présenter à sa petite amie. Mais en voyant Ella ainsi pâle, renversée, frémissante, le brave homme pâlit aussi, s'arrêta court, posa brusquement la cage à terre, et s'avançant tout saisi de terreur et de colère :

« Mille bombes ! qu'est-il donc arrivé ? » s'écria-t-il.

« — Quelque chose de triste, allez ! Monsieur se marie... Tenez, lisez cela, » dit Geneviève, qui ne se gênait pas pour reprendre son ton de mépris et de colère, en voyant qu'Ella, dans sa douleur, ne la regardait pas et ne l'entendait plus.

Major se mordit la moustache, fronça le sourcil, prit la lettre et l'épela lentement, péniblement, à voix haute, les bras tendus, la tête droite, comme s'il lisait à des conscrits une proclamation du grand capitaine, ou un

ordre du jour du régiment. Grâce à son attention profonde et à son impassibilité militaire,
il avait, pendant la plus grande partie de sa
lecture, fait assez bonne contenance; mais
lorsqu'il fut arrivé à l'avant-dernier paragra-
phe, la voix lui manqua tout à coup, et lorsque, par un effort de courage, il fut enfin
parvenu à prononcer le nom de Caroline
Plantier, il l'accompagna immédiatement de
cet éloquent commentaire et de cette reten-
tissante exclamation : « Il ne manquait plus
que celle-là ici! Fichu sort! Beau parti! Mille
millions de tonnerres! »

Le commentaire de Major, par malheur, fit
sur Ella une bien plus vive impression que les
protestations et les consolations de sa nourrice. La pauvre enfant cessa de sangloter tout
à coup, serra convulsivement ses deux mains,
releva sa tête pâlie, et murmura, attachant
sur le visage basané du vieux brave ses yeux
brûlants d'indignation et de douleur :

« Tu la connais?..... je le sais..... Dis-moi
qui elle est.... Elle n'est pas aimable comme
mon père le dit?.... Elle n'est pas bonne?...
Elle nous rendra tous malheureux, et moi d'a-

bord? Oh! Major, ce que tu sais, dis-le, par pitié, dis-le-moi..... Je me le rappelle maintenant, ma mère ne voulait pas la voir..... Et elle était pourtant si indulgente, si tendre pour tous, ma tendre, ma vraie, ma seule mère! Dis, Major, dis-moi tout, si tu as pitié de moi, si tu m'aimes!..... »

Et la pauvre Ella serrait entre ses petites mains tremblantes les mains ridées du pauvre garde, et attachait sur son visage ses yeux suppliants, tandis que Geneviève, plus inquiète encore, et toute rouge de colère, faisait des signes de menace, et murmurait tout bas:

« Que Dieu confonde votre maudit babil, vieux pandour que vous êtes!

— Ma chère petite maîtresse.... mademoiselle Ella..... » balbutiait le vieux brave, plus embarrassé et mal à l'aise en présence des pleurs et du désespoir de la pauvrette, qu'il ne l'eût été devant une troupe de braconniers où une batterie de canons; « sur l'honneur, sur ma croix, vrai comme je m'appelle Major, je ne sais rien du tout..... ou du moins peu de chose, si ce n'est que Mme Plantier était, comme son premier mari le colonel, une enfant de

mon village.... Si son père, le notaire Damoy,
a fait banqueroute en emportant l'argent de
bien des pauvres diables, et le mien entre pa-
renthèses, qui donc nous prouvera catégori-
quement que mademoiselle sa fille, parce
qu'elle aimait à s'habiller et à s'amuser, y ait
été pour quelque chose?... Si, ensuite, elle
s'est souventefois chamaillée avec son premier
mari, toujours et itérativement sur ce chapitre
des visites, des bals, de la toilette, et une
foule d'autres brimborions de ce genre-là; eh
bien! mademoiselle Ella, je vous déclare que,
dans mon opinion, cela ne lui nuit conséquemment en rien, parce que le colonel Plantier, c'est
connu, ça, au régiment et ailleurs encore, était
un homme tout simple, tout rond, mais un peu
ours, sauf excuse, qui se moquait pas mal
du luxe, des bals et des salons dorés, et qui
ne se trouvait heureux que quand il avait sa
femme à ses côtés, ses deux petiotes sur ses genoux et sa grosse pipe entre les lèvres.... Eh!
dame, ces goûts-là ne s'accordent conséquemment pas du tout avec ceux d'une belle personne
bien éduquée, bien fêtée, bien cossue, bien
vêtue, qui aime à voir le monde et à se faire

admirer..... Mais avec votre père.... avec
M. d'Aurelles, mademoiselle Ella..... ce sera si
différent!.... Pourquoi vous tourmenter ?...
Vous verrez comme Mme Plantier porte bien a
tête, et comme elle a de grands airs... des air,
quoi !..... des airs distingués..... Elle vous le
donnera..... vous deviendrez quasiment et indubitablement une petite marquise..... Vote
père vous félicitera, votre cousin Georges vou
aimera, votre vieux Major vous admirera...
nous serons tous contents... et... et... je ne
sais vraiment plus ce que je dis.....

— Non..... tu ne le sais plus, ou plutôt tu
ne me dis pas ce que tu pourrais dire, » répondit la pauvre enfant, qui, grâce à sa finese
d'instinct et sa précoce maturité d'esprit, devi-
nait de profondes réserves, de tristes réticence
derrière les palliatifs insuffisants et les excuse
peu adroites que Major, pris ainsi au dépour-
vu, s'efforçait d'accumuler pour justifie
Mme Plantier aux yeux de sa future belle-fille

« Tu me caches la vérité; c'est mal, c'est bie
cruel..... Oh! je n'ai plus de mère, je n'ai plu
d'amis, je n'aurai plus de père bientôt; i
sera tout à ses autres enfants, à cette femme...

Mon Dieu! mon Dieu! je souffre trop, je n'ai plus de force, je voudrais mourir! »

Ella, sanglotant et s'agitant alors plus violemment qu'elle ne l'avait encore fait, tomba bientôt, à force d'épuisement et de douleur, dans une sorte de défaillance. Geneviève s'empressa de la mettre dans son lit; puis, revenant auprès de Major, qui se tenait toujours sur le balcon, les bras croisés, mordant sa moustache et secouant sa tête grise :

« Nous voilà bien embarrassés, » lui dit-elle. « Mademoiselle pleure toujours. Si elle ne parvient pas à se calmer, elle se rendra sérieusement malade, la pauvre chérie!..... Que ferions-nous donc bien pour la consoler un peu?

— J'ai une idée, » dit Major; « et vous?

— Moi aussi, j'en ai une; seulement, par manière de politesse, je voulais d'abord vous demander votre avis.

— Tiens! vous êtes bien polie à présent! » murmura le vieux grognard, qui avait encore sur le cœur les gestes menaçants et les rudes épithètes de la nourrice.

« Monsieur Major, je le suis toujours, excepté lorsqu'on me fait sortir de mon caractère. Mais ce n'est pas de cela qu'il s'agit. Voilà quelle était mon idée : il faut aller prévenir M. le curé de ce qui se passe ici; il viendra, il la raisonnera, il la consolera, lui qui prêche si bien ! En vérité, il n'y a que lui qui ait pu parvenir à apaiser mademoiselle Ella après la mort de sa mère..... Maintenant, voyons votre idée, à vous.

— Eh bien, c'est la même que la vôtre, Geneviève Moreau...... C'est assez drôle, n'est-ce pas, que nous nous rencontrions une fois? cela ne nous arrive pas d'ordinaire. Mais c'est que M. le curé est un si brave et digne homme ! Quand on est quelque part dans la peine, on ne peut manquer de penser subséquemment à lui.

— Assurément, c'est un brave et digne homme.... Ce n'est pas lui qui jurerait des mille millions de tonnerres, pour faire tomber en syncope une pauvre enfant qui suffoque à force de pleurer.

— Et ce n'est pas lui non plus qui traiterait

de damné bavard et de vieux pandour un honnête homme, un brave soldat français, comme
le fait certaine vieille femme de ma connaissance.....

— Vieille femme! » répéta Geneviève avec
un regard et un geste d'indignation.

« Allons, mettons que je n'ai rien dit,
dame Geneviève, » répondit l'honnête sergent. « Ce n'est pas, selon mon opinion, le moment de nous disputer, tandis que nous sommes
tous les deux dans l'embarras, et Mademoiselle
dans la peine. Je vais donc partir du pied
gauche, et aller chercher M. le curé; cela vau-
dra conséquemment mieux que de rester ici à
me chamailler avec vous, tandis que Mademoiselle se désole.

— Partir du pied gauche! Il est gentil, ton
pied gauche, vieux bavard, vieux fou! » murmurait Geneviève en suivant son vieux compagnon, qui s'éloignait dans la grande allée,
d'un regard à la fois familier, amical, mé-
content et grondeur, comme elle en échangeait
souvent avec cet ancien et fidèle serviteur de
la maison, séparé d'elle par quelques diver-
sités de caractère et d'humeur, mais uni à elle

dans les mêmes affections, les mêmes dévoue-
ments et les mêmes pensées. « On dirait que
le vieil étourdi a laissé une moitié de son esprit
avec la moitié de son petit doigt en Espagne.
S'il n'avait pas bon cœur, qu'en ferait-on, grand
Dieu! car, quant à ça, il est loin d'avoir une
bonne tête. »

En parlant ainsi elle revint s'asseoir auprès
du lit d'Ella, lui baisant la main, lui baignant le frond d'eau froide, et attendant le
prêtre; car c'est le prêtre qu'on attend toujours avec anxiété, qu'on appelle avec instances, et qu'on voit arriver avec joie partout
où il y a du trouble et des larmes, de la
faiblesse et des douleurs.

Le curé vint, et, à sa voix paternelle, Ella
retrouva un peu de résignation, de calme,
de paix, mais point, hélas! d'espoir ni de
confiance. Lorsque le prêtre, lui rappelant
les épreuves des saints, les tourments des
martyrs, les exemples de son Dieu et les recommandations de sa mère, lui prouva qu'elle
n'avait pas le droit de se montrer rebelle,
insoumise, impatiente, mais qu'elle devait,
tout en gardant comme une sainte relique

et un trésor le souvenir de la pauvre morte
bien-aimée, se réjouir du bonheur de son
père s'il le trouvait dans cette nouvelle
union, et travailler à compléter ce bonheur
par son obéissance, par sa confiance, par
son respect envers l'épouse qu'il s'était
choisie, elle répondit à la fin d'une voix
humble et en baissant les yeux :

« Je serai reconnaissante à cette étrangère,
monsieur le curé, si elle rend mon père heureux; je sais bien maintenant que je n'ai
pas su le rendre heureux moi-même; il s'est
trop ennuyé l'hiver dernier auprès de moi;
c'est ma faute, assurément. Mais la reconnaissance, voyez-vous, monsieur le curé, ce
n'est pas encore l'amour; et tout l'amour
que j'avais dans le cœur, je l'ai donné à ma
pauvre mère, à ma vraie mère, qui l'a emporté ailleurs, comme elle l'avait avec elle
ici. J'avais toujours pensé qu'on ne pouvait
vivre qu'à la condition d'aimer tous ceux
qui étaient autour de nous et qui nous
aimaient de même. Je vois que je m'étais
trompée, car certainement elle ne m'aimera
pas, elle, tout en me faisant, comme vous

dites, beaucoup d'amabilités et de caresses, afin que la maison soit tranquille et mon père heureux... J'essayerai de vivre ainsi, puisque Dieu l'a voulu; mais, je vous le dis d'avance, monsieur le curé, si vous voyez que je suis faible ou méchante un jour, ne vous en étonnez pas; c'est qu'une vie telle que celle-là aura été pour moi trop triste et trop difficile. »

Le bon prêtre n'essaya pas d'obtenir, dès le premier jour, d'autre résultat que cette résignation morne et passive. Il compta, pour compléter et pour affermir son œuvre, sur la grâce de Dieu, sur le secours du temps, sur la jeunesse et la bonté d'Ella, sur l'amabilité et le bon accueil de sa nouvelle famille. Mais la pauvre enfant, elle, ne comptait sur rien de consolant ni de doux; elle n'espérait rien gagner avec l'avenir, ni conquérir ces cœurs dans lesquels on lui promettait une place; tout ce qu'elle demandait, c'était de ne pas perdre du moins plus qu'elle n'avait déjà perdu : c'était de conserver les cœurs aimants et purs dans lesquels elle s'était fait son nid, et se savait bien accueil-

lie, bien aimée. Lorsque son cousin Georges
arriva quelques jours plus tard pour passer
ses vacances au château, il fut un peu surpris,
non pas des abondantes larmes d'Ella, car
il avait appris, lui aussi, le mariage du
baron Gilbert, mais de l'émotion extrême et
presque passionnée avec laquelle l'enfant,
en le voyant paraître, lui sauta au cou, lui
serra la main, et se mit à sangloter en s'é-
criant :

« Oh! Georges! Georges! te voici!.... que
tu es bon !.... Tu penses donc à moi encore?....
Tu ne m'as pas oubliée, comme ailleurs on
m'oublie?

— Personne ne t'oublie, je te le jure,
cousine, » répondit Georges en lui serrant
la main beaucoup plus tranquillement. « Tu
es un peu contrariée, je le vois et je m'y attendais, du mariage de mon oncle; mais je
t'assure, Ella, que tu as tort de t'affliger.
D'après tout ce que j'ai appris, ton père
épouse une femme charmante, une femme
du monde, dont la présence, soit dit entre
nous, était bien nécessaire ici, pour toi sur-

5.

tout, et à laquelle, si tu veux l'écouter, tu devras certainement beaucoup, cousine. Tu ne parais pas goûter mes raisons, tu secoues la tête, tu fais la moue?.... Eh bien! pour te consoler un peu, pauvre petite fille, je t'affirme que, d'un côté du moins, le dévouement et le souvenir ne te manqueront point, non plus que la tendresse; car si tout le monde se détachait de toi et t'oubliait, moi, je t'aimerais toujours et je ne pourrais t'oublier.

— Est-ce vrai? bien vrai? Oh! alors, je serai encore heureuse..... Rappelle-toi ce que tu promets aujourd'hui, Georges..... Que je puisse compter sur ton affection, mon cher petit cousin, sur ton indulgence, sur ton cœur.

— Tu peux y compter; je suis homme, Ella; je sais ce que je pense, ce que je veux et ce que je dis, » répliqua l'adolescent d'un air grave.

« Oh! merci, merci, mon bon Georges!..... Quel bien tu m'as fait, cousin!.... Comme je me sens maintenant plus tranquille, plus con-

tente, meilleure!..... Il me semble à présent,
vois-tu, que lorsque je reverrai papa, je
pourrai lui sourire, et... et... à cette femme
aussi, si elle le rend heureux. Mais je ne l'ap-
pellerai pas ma mère; oh! non; ce nom-là
est bien trop cher, bien trop sacré, et la première venue n'a pas le droit de le prendre... Maintenant... il faut que tu viennes
avec moi voir ma vraie mère, n'est-ce pas?.....
Je ne lui ai pas encore porté son bouquet
aujourd'hui; et toi, en arrivant ici, tu lui
dois une visite, une petite prière et des
larmes.... Viens, Georges, viens; elle se
réjouira, bien sûr, en nous voyant réunis. »

Toute autre promenade, assurément, eût
été plus du goût de l'élégant collégien que
cette lugubre visite au cimetière; mais il
n'osa point cependant refuser, et par respect
pour la mémoire de sa tante, et par compassion pour Ella, sa petite amie. Il la prit donc
par la main, et s'éloigna avec elle à travers
champs, écoutant en silence les confidences
amères, douloureuses, passionnées, de son
âme naïve et de son cœur gros de souvenirs.

IV.

Deux jours après l'arrivée de Georges, un courrier, envoyé par M. d'Aurelles, se présenta au château vers la fin de l'après-midi, et annonça que son maître, dont il avait laissé la voiture à peu de distance de là, arriverait dans une heure. Tout fut immédiatement en confusion et en rumeur pour la réception du baron et de sa nouvelle épouse. On ouvrit les fenêtres, on apporta des fleurs, on dressa la table; Geneviève et la fille de cuisine donnèrent un tour de main à leur toilette; le jardinier prépara un petit brin de discours et un bouquet; Major lui-même arriva en grommelant, l'arme au bras, le ruban à la boutonnière, la pipe à la bouche, et, pour tout dire, la larme à l'œil, mais calme néanmoins, respectueux, et solide au poste. La nourrice d'Ella avait voulu la coiffer, la faire belle, mais l'enfant, sauvage et désolée, s'y était refusée obstinément : « Je ne veux pas me parer, » avait-elle dit,

« pour recevoir ici celle qui vient y prendre la place de ma mère. » Mais Georges, qui avait beaucoup de pouvoir sur elle, et qui, en ce moment, ne quittait pas sa main, avait promis à Geneviève de la raisonner en attendant, et de faire si bien qu'elle se présenterait à son père et à sa nouvelle famille avec une contenance tranquille, respectueuse et polie, sinon joyeuse.

Bientôt la voiture apparut à l'extrémité de l'avenue. Quelques coups de fusil retentirent, souhaitant la bienvenue au maître qui, en franchissant la grille, se pencha à la portière pour recevoir le bouquet du jardinier. Georges regarda Ella en ce moment; elle avait affreusement pâli. « C'est horrible! ils se réjouissent, » murmura-t-elle, « parce que cette femme vient, parce que ma mère est partie! » Mais en cet instant Georges la tira par la main et l'entraîna vers la porte, car la voiture venait de s'arrêter au bas du perron. « Viens, sois aimable, Ella, » lui dit-il, « il le faut, je t'en supplie!..... » La pauvre enfant obéit; elle s'avança, les lèvres tremblantes, les yeux baissés, sans rien voir de ce qui se présentait à-elle, mais, comme elle l'avait promis, faisant tous ses efforts pour sourire, et tendant sa petite main :

« Mon père, » dit-elle, « je vous suis bien reconnaissante..... »

En parlant ainsi elle leva les yeux en entendant crier : « Vive madame la baronne ! » Ce n'était point son père qui était descendu le premier, mais bien une femme déjà mûre, et pourtant belle encore, de taille moyenne, un peu trop cambrée, mais très-élégante; ayant les yeux vifs, un sourire triomphant et joyeux, qu'elle s'efforçait de rendre majestueux et digne, un visage rond et rose, un regard insouciant et léger, une parure éclatante et joyeuse aussi, toute de nuances claires et de reflets brillants, de fleurs et de bijoux, de rubans et de dentelles; une femme, en un mot, qui ressemblait à la baronne Nelly, à la pauvre morte, aussi peu qu'une orgueilleuse tulipe, panachée de mille couleurs, peut ressembler à un pâle lis des eaux, tout blanc, tout isolé et penché sur sa tige. Elle se sentit subitement blessée au cœur par ce sourire triomphant et cette parure de fête; elle jeta un regard amer, un regard affligé sur sa pauvre petite robe noire, son unique parure d'orpheline; puis, se rappelant ses promesses au curé et à son cousin, elle murmura : « Madame, je désire..... j'aurais voulu..... » Puis, la force et la parole lui manquant à la fois, elle porta la main à son front, pâlit affreusement et s'appuya à la rampe sculptée.

« En vérité, la pauvre enfant faiblit..... La surprise, l'émotion..... Vite, Emma, donnez-moi mon flacon..... Et vous, Blanche, dégrafez-la, » s'écria Mme d'Aurelles en s'élançant au secours d'Ella avec un empressement tout aimable, tout naturel, qui fit sur les gens de la maison l'impression la plus favorable.

Ella, en conséquence, si bien soignée; appuyée mollement sur cette épaule couverte de dentelles, de velours et de satin, rouvrit presque aussitôt les yeux, et aperçut d'abord la main potelée et blanche de sa nouvelle mère qui lui tenait sous le nez un flacon armorié, tout brillant d'émail et d'or; puis, les yeux bruns et brillants et le sourire affable de Mme d'Aurelles, qui n'exprimaient pas sans doute une émotion bien profonde, mais une gracieuse sollicitude et un aimable intérêt. Cette vue fit du bien à Ella, qui s'était figuré que sa belle-mère ne lui aurait jamais souri.

« Merci, » dit-elle en lui serrant la main, « je me sens mieux ; vous êtes bien bonne, Madame.

— Elle est bonne, en effet, » murmura Geneviève à l'oreille de Major ; « seulement elle s'habille..... qu'on dirait que nous sommes en carnaval !..... Avez-vous jamais vu une si drôle de toilette ? »

Le vieux serviteur secoua la tête et ne répondit rien ; il crispait la main sur le bois de son fusil, mordait sa moustache et regardait toujours.

Mais Mme d'Aurelles, voyant qu'Ella avait rouvert les yeux, et que de fraîches couleurs commençaient à monter à ses joues, avait posé sur la tête de l'enfant sa petite main grassouillette, qui disparaissait presque entièrement au milieu des boucles noires, mal relevées et terriblement ébouriffées.

« Avez-vous suivi, à propos de votre chevelure, mon enfant, » lui dit-elle avec son éternel sourire séduisant et tranquille, « les conseils que je vous ai adressés par l'entremise de votre père? Jusqu'à présent on ne le dirait pas; qui donc vous coiffe ici?

— Geneviève, » répondit Ella en étendant la main vers sa nourrice.

« Geneviève est, je n'en doute pas, une excellente personne, mais elle n'a pas le talent de vous coiffer, et vous êtes si jolie, mon enfant! C'est bien dommage. Nous remédierons à cet inconvénient, ma chère Ella; vous aurez une femme de chambre de Paris.... Et maintenant, embrassez votre père, qui vous aime tant, vos sœurs Emma et Blanche..... Nous sommes tous bien fatigués; bonjour, mille remercîments, mes amis! »

Mme d'Aurelles, inclinant gracieusement la tête en adressant ces paroles aux domestiques, se dirigea vers la porte du salon, qu'elle distingua aisément, car cette porte, toute grande ouverte, laissait apercevoir les meubles antiques, le vieux lustre de cristal et les grands vases de fleurs. Au moment où elle allait pénétrer dans cette pièce, un bruit d'ailes accompagné d'un cri rauque et irrité se fit entendre; un gros oiseau noir, sortant à tire d'ailes de cette grande salle vide, se jeta au-devant d'elle et lui effleura le visage en passant.

Mme Caroline d'Aurelles s'arrêta en poussant un cri :

« Qu'est-ce donc que cette horreur? » dit-elle.

« C'est le corbeau de Major, » répondit Ella toute tremblante.

« Le corbeau... de Major?... Je ne comprends pas bien.

— Pardon, excuse, Madame, » dit alors le vieux garde en s'avançant, « ce n'est rien qu'une pauvre bête que j'ai ramassée toute petite et toute nue, un jour, au pied d'un chêne, à bas duquel l'orage l'avait jetée pendant la nuit. Je l'ai élevée et apprivoisée pour faire plaisir à mademoiselle Ella, et puis, comme je vis seul, pour me tenir un peu compagnie. L'animal, voyez-vous, bien traité, bien gâté, en est venu subséquemment à se permettre des folies, comme de pénétrer dans les appartements quand il y a moyen, et de jacasser comme il peut avec les gens du voisinage. Mais il n'y a rien à craindre, Madame. Noirot est notoirement inoffensif; seulement, c'est une bête qui aime à prendre la parole et à fréquenter la société.»

La nouvelle baronne ne répondit pas un seul mot à cette explication et à cette chaleureuse plaidoirie; elle se contenta de l'écouter en souriant ironiquement et en toisant le brave homme de son regard clair, dédaigneux, un peu malin; puis elle lui tourna le dos et entra dans le salon en faisant ondoyer gracieusement derrière elle la traîne de sa robe de satin et les riches dentelles de sa mantille. Aussitôt qu'elle y fut entrée avec sa nouvelle famille, elle se tourna avec un charmant sourire, et tendit d'un geste gracieux la main à son mari :

«Si j'étais superstitieuse, mon ami,» lui dit-elle, «je m'effrayerais considérablement de ce présage de douleur. Vraiment, j'arrive ici pour la première fois, toute joie, toute confiance et tout espoir; et, au moment où je mets le pied sur votre seuil, un corbeau, fort laid et fort noir, me vole à la figure !..... Mais je ne puis croire à de tels présages, mon ami, car je compte, pour assurer notre bonheur, sur mon dévouement et sur votre bonté.... Seulement, je vais, dès l'abord, me permettre une observation de maîtresse de maison. Dans l'intérêt du bon ordre, de la conservation des meubles et des appartements, il me semble impossible de permettre que cet oiseau si mal-appris continue à se promener chez vous avec une liberté grande.

— Chez nous, vous voulez dire, ma chère Caroline, » répondit M. d'Aurelles à sa femme en lui baisant la main. Puis, faisant quelques pas vers la porte, il l'entr'ouvrit : « Major! » cria-t-il à son vieux serviteur; « à l'avenir, vous aurez soin de tenir votre oiseau soigneusement enfermé dans sa cage. »

Le garde-chasse tressaillit, se mordit la moustache, mais répondit au bout d'un instant :

« Oui, Monsieur.... » d'un ton de soumission parfaite; puis il murmura en s'éloignant avec l'oiseau pour reprendre le chemin de sa cabane : « Oh! il me semblait pourtant qu'elle ne m'avait pas reconnu; n'importe, voilà la guerre qui commence. »

Pendant ce temps, Geneviève, restée dans le vestibule, levait les yeux au ciel et joignait les mains à la vue du nombre prodigieux de malles, de coffres, de caisses, de cartons à chapeaux, qu'on déchargait des deux camions envoyés par M. d'Aurelles, et qu'on empilait les uns sur les autres dans cette vaste salle, à peine suffisante pour les contenir.

« Et tout cela, c'est plein sans doute de brimborions, de chiffons, d'affiquets, comme ceux que Madame et Mesdemoiselles portent sur la tête et sur les épaules, » murmurait-elle avec un soupir railleur et indigné. « Elles ne sont que trois, pourtant, et il y aurait là, ma foi! de quoi habiller la moitié de la province. Et tout cela, c'est acheté avec l'argent de Monsieur, sans doute, car Major m'a dit que, depuis la mort de son premier mari, cette belle dame n'avait plus le sou. Ah! ça lui coûtera gros, à ce pauvre homme,

ces grandes queues de robes de soie, et ces
chapeaux pleins de fleurs, et ces casaques de
dentelle, et ces flacons tout d'or, comme si
Madame se croyait déshonorée si elle tenait
une petite bouteille d'eau des Carmes entre
ses doigts! Et ces deux suivantes-là, donc,
presque aussi requinquées et aussi braves
que leurs maîtresses; et celle qu'on fera venir
de Paris pour mademoiselle Ella, pauvre ange! La vieille Geneviève coûtait moins cher,
et elle se serait ôté le manger et le sommeil
pour faire un plaisir à sa jeune petite demoiselle chérie; mais, dame! elle ne sait pas
coiffer, ni tuyauter, ni gaufrer, ni friser, ni
faire un tas d'autres mirlifichures, et c'est là
ce qu'il leur faut, à ces péronnelles de
Paris... Ah! mon Dieu! pourvu qu'on ne lui
mange pas toute sa fortune, à ce pauvre ange
innocent, à force de grands airs, et de grands
dîners, et de beaux bals! car on aime à s'a-
muser, et on s'amusera, excepté elle sans
doute. Oh! je ne resterai pas ici pour voir
cela, je le jure sur la bonté du bon Dieu!...
Cela me ferait trop de mal de voir une écerve-

lée qui porte des frisons et des queues telles
que celle-là, venir prendre ici la place de
Madame, qui avait toujours une parole de
bonté pour chacun de ses domestiques, qui
permettait au corbeau de Major de venir sauter sur ses épaules, et qui ne s'habillait pas
toute de soie et de dentelle pour venir en dé-
finitive dire bonjour à ses gens... Allons, si
vous voulez me suivre, Mesdemoiselles, c'est
par là la cuisine, cria-t-elle plus haut, d'une
voix encore indignée, aux deux élégantes
femmes de chambre qui se tenaient dans le
vestibule, ayant achevé de surveiller le trans-
port des ballots.

« La cuisine ! » répétèrent les soubrettes
étonnées et légèrement scandalisées..... « N'y
a-t-il pas une chambre, une salle?.....

— Un salon pour vous, quoi? Non, l'on
n'en a pas fait encore, mais on en fera peut-
être bien. La maison va changer pour sûr
quand toute cette nouveauté arrive..... Mais
du temps de Madame, ma maîtresse, qui était
une demoiselle noble et une femme sainte,
on n'y mettait pas tant de façons, voyez-

vous. Moi, qui vous parle, et qui ai rendu
à ma maîtresse au moins autant de services que vous en rendrez jamais à la vôtre,
j'ai passé quinze ans de ma vie dans la cuisine, et je ne m'en suis pas trouvée plus mal.
Il est vrai que le monde a marché depuis
lors, je le vois bien. » Et Geneviève, levant
la tête d'un air fier et dédaigneux, se mit en
devoir d'ouvrir la marche, se dirigeant vers la
cuisine. Les deux Parisiennes, moitié riant,
moitié pestant, la suivirent, se promettant
bien de faire leurs représentations à Madame
le lendemain.

Dans le salon, pendant ce temps, se passait
une autre petite scène. La nouvelle baronne,
étendue dans le premier sofa qu'elle eût rencontré sur son passage, étudiait l'appartement
dans tous ses coins, sous toutes ses faces, avec
toutes ses faiblesses et ses splendeurs, promenant son regard perçant, sec, brillant, et un peu
railleur, sur la vieille tapisserie des murs, sur
les siéges antiques, sur le lustre aux branches un
peu noircies, sur les tapis du commencement
du siècle, et sur les vases de Sèvres tout au plus

du derfer. M. d'Aurelles, la considérant attentivement, paraissait étudier l'expression de ce regard clairvoyant et terrible.

« Voicnotre grand salon ; vous plait-il, ma chère Ccoline ? » dit-il enfin.

« Oh ! comme pièce, certainement ; quelles belles dimensions, quelles larges croisées ! et cette noile vue sur le parc et les jardins !... Mais comme ameublement, mon ami, il y aurait beaucou à dire. Le mobilier n'est pas assurément à la hauteur de l'élégance et de la grandeu de ce bel édifice aristocratique ; et si, comme cela est assez probable, vous désirez pendant votre séjour ici recevoir quelques hôtes de châteaux voisins.....

— Assirément ; aussi nous changerons tout ce qui n' conviendra pas.... Je m'en remets entièrement à votre bon goût, ma chère, et à votre exquise élégance. Mon architecte viendra demain, et vous n'aurez qu'à écrire à mon tapissier à Paris.....

— Les autres pièces du château, notamment les chambres à coucher, auront sans doute besoin aussi de réparations et d'aménagement, » interrompit-elle en jouant nonchalamment

6

avec le pendant de son bracelet de perles.

— C'est assez probable : vous les trouverez sans doute bien mesquines, bien négligées, » répondit M. d'Aurelles en rougissant un peu. « Ma pauvre Nelly depuis longtemps n'est plus là pour tout surveiller, et.....

— Et je m'efforcerai, mon cher ami, de remplacer cette aimable et digne épouse à cet égard comme à tous les autres, autant que mon faible mérite pourra me le permettre. Mais avez-vous faim, mon ami? voici qu'on nous annonce le souper. »

La famille passa dans la salle voisine et se mit à table. Le repas fut animé par le joyeux babil d'Emma et de Blanche, qui se sentaient tout heureuses et tout aises dans ce grand et noble séjour, et par les remarques demi-ironiques, demi-bienveillantes de la nouvelle baronne, qui trouvait beaucoup à réformer dans la cuisine du château, de même que dans l'ameublement et dans le personnel des domestiques. Elle ne mangeait pas, et répondait à peine aux vives questions et aux observations piquantes que lui adressaient les deux sœurs. Lorsqu'elle cessait un instant de regarder sa belle-mère, elle regardait Georges, qui, lui aussi, mangeait peu et semblait fort préoccupé. Le bel et élégant jeune homme, qui s'était ennuyé si souvent dans ce vieux château solitaire et triste, se trouvait, en présence de ce luxe, de cet entrain, de ce babil, de cette animation et de cette vie nouvelle, comme transporté subitement dans sa sphère, dans son élément naturel. Sans se livrer aussitôt avec un empressement et un sans gêne qui, selon lui, auraient été des preuves de mauvaise compagnie, il se tenait sur la réserve et jouissait, avec un plaisir délicat, des avantages de cette brillante société, qui semblait prendre à tâche d'éblouir ses yeux et de charmer ses oreilles. Il regardait et étudiait surtout Emma et Blanche, placées, comme par un cruel hasard, aux deux côtés d'Ella. Comme elles étaient blanches, souriantes, bien coiffées, bien vêtues, gracieuses! Combien la pauvre petite cousine paraissait chétive et triste à côté d'elles, avec son teint un peu sombre, ses yeux plus sombres encore et baissés presque toujours, sa robe noire mal faite et ses boucles noires mal rangées!

Combien elle avait besoin de leurs conseils, de leurs leçons, de leurs exemples! En profiterait-elle jamais même, comme il le fallait, complétement, noblement? Georges n'en savait rien, et, par moments, il doutait, se prenait à trembler. Il décida néanmoins que, si Ella ne profitait pas des beaux modèles d'élégance qu'elle avait sous les yeux, ce ne serait du moins pas de sa faute, car, le soir même, au moment où la famille se séparait pour la nuit, il murmura à l'oreille de sa cousine, en lui disant bonsoir :

« Fais-toi coiffer demain par la femme de chambre d'Emma et de Blanche... et écoute comme elles parlent, regarde comme elles saluent. Elles sont élégantes et distinguées à faire plaisir; il faut que tu le deviennes aussi. »

Conseils en partie sages peut-être, mais paroles imprudentes, paroles cruelles, parce qu'elles faisaient naître un germe de jalousie et de rancune dans l'âme d'Ella, et ajoutaient un tourment de plus aux tourments dont son jeune cœur était déjà navré.

V.

La nouvelle Mme d'Aurelles, qui ne manquait pas d'activité, s'empressa de mettre à exécution les différents plans qu'elle avait conçus relativement à l'embellissement de la demeure conjugale, qu'elle avait trouvée, disait-elle, » sombre, maussade et surannée, ainsi que pouvait l'être une maison en deuil ou le château de la Belle au bois dormant; et dont, avec un peu d'argent, un peu de goût et beaucoup de bonne volonté, elle voulait faire une véritable petite merveille. » En conséquence, les architectes, les tapissiers, les jardiniers, les décorateurs, l'occupèrent, pendant les premiers temps, du matin au soir; les tentures nouvelles, les meubles et les glaces de Paris, les tapis d'Aubusson, les laques et les porcelaines de Chine, firent par larges fournées leur apparition à Aurelles, et furent distribués dans les divers appartements du château. L'honnête Geneviève se scandalisait hautement de ce remue-

6.

ménage, ainsi qu'elle l'appelait, et de ces
éblouissantes splendeurs, comme, à la vérité,
elle se scandalisait de tout le reste. « Et vous
verrez, » disait-elle un soir à Major, qui ne
se présentait plus guère à la grande maison
que lorsque ses devoirs l'y appelaient; « vous
verrez que de tous ces brimborions, ces bi-
belots dorés et ces meubles reluisants comme
l'Étang-Noir au grand soleil, il n'y aura rien
pour mademoiselle Ella, notre pauvre petite.
On ne se souciera guère d'elle; ce n'est qu'une
pauvre enfant sans mère, qui ne connaît rien
du luxe de Paris; *on* trouvera que sa vieille
chambre dans un coin du château est tout à
fait bonne pour elle. »

Geneviève se trompait étrangement; elle
s'était fait une idée défavorable des belles-
mères en général, mais, en particulier, elle
ne connaissait point Caroline. Un jour, les
trois jeunes filles furent convoquées dans le
petit boudoir bleu de la baronne pour admirer des plans et y recevoir une importante communication. Les dessins que Mme
d'Aurelles leur montra représentaient une
jolie chambre à coucher gris-perle à orne-

ments bleus, avec des meubles d'érable et
de bambou, qui était élégante et simple à
la fois, et qui semblait faite pour être le séjour d'une gracieuse et riche jeune fille. Mme
d'Aurelles, après avoir joui du sourire extrêmement satisfait d'Emma et de Blanche,
déclara que trois chambres semblables allaient être tendues et meublées immédiatement à leur intention.

« Hé quoi! il y en aura une pour moi
aussi... maman? » s'écria Ella (grâce aux
puissantes instances de Georges et du curé,
elle avait fini par se servir parfois de ce
mot *maman;* mais il avait peine cependant
à sortir de ses lèvres, et elle le prononçait
toujours, du reste, avec un regard et une
expression qui faisaient mal).

« Certainement, mon enfant.... Est-elle
à votre goût?... ne la trouvez-vous pas
jolie?

—Elle est jolie, mais je ne la voudrais
pas, » balbutia l'enfant; « j'aime bien mieux
la mienne.

— Comment! cette vieille petite horreur,
qui a de petits meubles étriqués, rabougris,

du temps de l'Empire, recouverts, pour
comble de disgrâce, d'un camaïeu fané ?

— Ils sont laids sans doute, mais je les
aime, » répliqua l'enfant, les larmes aux
yeux. « Il y en a beaucoup qui ont appartenu à ma mère quand elle était toute jeune...
Je suis si heureuse de m'agenouiller à son
ancien prie-Dieu, de travailler auprès de sa
petite table à miroir, de m'endormir dans ce
même lit où elle a reposé sa tête !.... Oh !
madame..... maman..... je vous en prie ;
tout passés et vieux qu'ils sont, je les aime ;
laissez-les-moi.

— Chère petite mignonne ! qu'elle est
naïve avec ses souvenirs et ses sentiments ! »
répliqua Caroline en passant dans les cheveux bruns d'Ella ses petits doigts chargés
de bagues scintillantes. « Mais vous n'y pensez
pas, chère enfant, je ne puis pas vous accorder votre requête, je ne puis décemment
agir autrement que je n'agis. Que dirait
votre père, que diraient les gens de la
maison, que dirait le monde, si je faisais une
telle différence entre mes propres enfants
et la fille de mon mari ?... Cela ne se peut

pas, Ella; réfléchissez-y bien. Voudriez-vous
me faire passer pour une femme sans savoir-
vivre, pour une marâtre enfin?..... Non,
mon enfant, vous aurez, comme Blanche et
Emma, une belle petite chambre grise pom-
ponnée de bleu, avec prie-Dieu gothique et bibliothèque à l'avenant, et vous verrez que,
par la suite, vous en serez contente..... Quant
aux vieux meubles que vous chérissez si fort,
et avec raison, tranquillisez-vous; ils seront,
par mon ordre, rangés bien convenablement
dans une petite chambre sous les combles,
où vous pourrez aller en pèlerinage chaque
fois que le cœur vous le dira, ou que vous
aurez envie de pleurer. »

Cette dernière phrase était un reproche en
manière d'épigramme, car Mme d'Aurelles
avait plusieurs fois déjà plaisanté agréable-
ment sa belle-fille sur son air timide et éploré,
et lui avait représenté doucement que les
larmes font grand tort, parce qu'elles rendent le teint brun et les yeux rouges. Mais
il paraît qu'Ella, nonobstant ces indulgentes
plaisanteries et ces bons conseils, avait encore
envie de pleurer en ce moment, car, un

instant après, elle souleva sans bruit la portière du petit boudoir bleu, et s'enfuit dans
sa pauvre petite chambre condamnée, où
elle entra éperdue, sanglotant, pleurant,
invoquant sa mère et Dieu, et où elle passa,
ce jour-là, de longues et tristes heures, rappelant tous ses chers souvenirs de joie et de
tendresse, attachant ses regards désolés,
passant sa main tremblante, et quelquefois
posant ses lèvres altérées sur l'appui de ce
prie-Dieu, sur le chevet de ce lit, sur le
marbre de cette table boiteuse, vieux et chers
amis dédaignés, proscrits, dont on allait
la séparer pour toujours.

Mais il fallait se résigner; la nouvelle
maîtresse, la nouvelle châtelaine, la nouvelle
mère l'ordonnait. Quelques jours après, les
tentures et les meubles promis arrivèrent;
il fallut qu'Ella, tremblante et désolée, s'oc-
cupât de son déménagement, transportant
ses livres, ses vêtements, ses anciens jouets,
ses bijoux modestes, dans ces armoires, ces
commodes, ces bureaux nouveaux venus, qui
lui semblaient si froids, quoique si brillants
à l'œil, et qu'elle avait presque peur de tou-

cher. Blanche et Emma s'offrirent pour
l'aider dans ce travail, et la pauvre enfant
n'osa pas refuser leur secours, quoiqu'elle eût
bien préféré accomplir sa tâche toute seule,
ce qu'elle aurait fait alors avec plus de re-
cueillement et bien plus de larmes. Les deux
jeunes Parisiennes se mirent donc à explorer
les coins, à fouiller les tiroirs, à ouvrir les
placards des murs, et à en tirer mille objets
divers, chers bien souvent au cœur de la
pauvre enfant, et qui, pourtant, à l'occasion,
excitaient leur étonnement ou leurs plaisanteries. Soudain Emma, qui mettait beaucoup de cœur à sa besogne, fit entendre une
bruyante exclamation au moment où, ouvrant le tiroir d'une vieille commode, elle y
saisissait un petit coffret d'ébène à coins
de cuivre.

« Oh! les magnifiques diamants! » s'écria-
t-elle. « Viens donc les voir, Blanche!.....
Comme ils changent de couleur, comme
ils rayonnent! Je crois vraiment que maman
n'en a pas d'aussi beaux que ceux-là! »

Blanche, naturellement, accourut, et les
deux sœurs, tirant du coffret et étalant sur

le marbre cette splendide parure de brillants,
firent entendre en son honneur un concert
de louanges.

« Il faut que maman les voie, » dit Emma;
« c'est une véritable merveille. »

Mme d'Aurelles parut bientôt. Si on l'était
venu chercher pour écouter les doléances de
quelque pauvre femme du village, ou pour
rétablir dans la salle des domestiques l'ordre
qui n'y régnait pas toujours, elle aurait pu
se faire attendre; mais il s'agissait de voir
des diamants, elle accourut émue, impatiente.

« Ils sont fort beaux, en vérité, » dit-elle
en les considérant, les lèvres souriantes, le
regard ébloui; « d'une monture antique,
mais qui pourrait être transformée et remo-
delée à son grand avantage. Comment donc se
fait-il, ma chère Ella, que ces brillants,
d'une très-grande valeur, soient chez vous?

— Ce sont les diamants de ma mère, » ré-
pondit-elle en tremblant, « elle m'avait dit...
autrefois... qu'ils seraient à moi après...
après... que je ne l'aurais plus. Et, à cause
de cela, Geneviève, qui l'avait entendue,

m'a dit..... ensuite..... tandis qu'elle arran-
geait tout dans son appartement : « Tiens,
mon enfant, voici les bijoux qu'elle te desti-
nait. Emporte-les, ma fille, comme un souvenir d'elle. »

« C'est fort bien ; mais je vois, une fois de
plus, que Geneviève s'arroge ici des droits
qu'elle ne peut posséder, mon enfant. Comment a-t-elle pu avoir l'imprudence de vous
confier, à vous, ma chère mignonne, qui êtes
très-aimable assurément, mais qui êtes aussi
très-étourdie, des diamants d'une aussi grande
valeur ? Êtes-vous d'âge à les porter, ou
d'humeur à en prendre soin?

— Oh ! je ne songe pas à les porter, sûrement.... » balbutia Ella ; « mais je suis si heureuse de les avoir, parce que ma mère me les
a laissés !..... Elle les portait à son dernier
jour de santé, de joie et de fête..... le dernier,
hélas !..... elle est tombée malade le lendemain... Et elle était si belle ainsi!.... Il me
semble la revoir quand je revois ces belles
pierres scintillantes.

— Mais, ma chère enfant, vous comprenez
que cette parure ne peut rester chez vous...

7

Vous avez à peine quatorze ans, et vous ne pourrez vous en servir que lorsque vous serez mariée..... En attendant, comme elle n'est point gardée d'une façon suffisante, elle peut tenter la cupidité d'un domestique, attirer ici quelque malfaiteur qui vous en dépouillera pour toujours.

— Je le crois bien, » fit observer Emma, « la commode n'était pas même fermée.

— En conséquence, » reprit Mme d'Aurelles, « vous me permettrez, mon enfant, de les prendre chez moi et de les conserver avec mes propres bijoux et ceux de votre père, les tenant naturellement à votre disposition pour le temps où vous pourrez vous en servir.

— Ah!... j'aurais tant aimé les avoir toujours là, près de moi! » dit Ella en fondant en pleurs; « vous voyez bien que, jusqu'à présent, personne ne les a volés, personne.

— Mais vous voyez bien aussi, mon enfant, que, comme maîtresse de la maison, je suis en quelque sorte responsable de la conservation des valeurs qui s'y trouvent..... Et je ne puis vous confier des bijoux aussi précieux, pas plus que je ne les confierais à Blanche et à Emma..... Cessez donc, ma bonne Ella, d'insister et de vous affliger; autrement je serais forcée de soumettre cette question à la décision de votre père, qui blâmerait sévèrement Geneviève, sans nul doute, pour l'inconcevable négligence dont elle a fait preuve en vous laissant ces joyaux. »

A cette menace, Ella pâlit, dévora ses larmes et se tut. Pour elle-même, elle ne craignait rien : elle aurait volontiers prié, lutté, menacé, souffert, afin de pouvoir conserver auprès d'elle, sous ses yeux, sous sa main, tous les chers souvenirs d'amour qu'on lui enlevait pièce à pièce; mais elle ne voulait pas faire gronder Geneviève, si irritée déjà du nouvel ordre de choses, Geneviève, qui avait plusieurs fois prononcé le mot fatal de départ, et qui, sous le plus léger prétexte, mettrait sans doute son projet à exécution. Seulement, le soir venu, la fillette se jeta en pleurant entre les bras de sa nourrice, et lui conta ce qui était arrivé, ajoutant naïvement, pour fléchir la colère de la vieille femme, que sa belle-mère avait raison sans doute de vouloir garder les diamants de sa mère bien soigneusement dans le coffre-fort, mais qu'elle n'en avait pas moins un grand chagrin de ne plus voir, quand elle le voudrait, cette parure qui lui était si chère, parce qu'elle rendait sa mère si jolie.

La vieille femme, à ce récit d'Ella, pâlit, frémit, garda le silence un instant, puis répondit d'une voix sourde et en secouant la tête :

« Elle a osé faire cela !.... Ma pauvre enfant ! ma pauvre orpheline !

— Oh ! je ne serai pas encore malheureuse si tu me restes, si tu m'aimes ! » s'écria Ella en se jetant dans ces bras qui l'avaient jadis si tendrement bercée, et qui l'abritaient maintenant si tendrement encore.

« Pauvre petite ! je resterai, je te consolerai, va..... Qui donc pourrait ne pas t'aimer, ne pas souffrir pour toi ? Tu es si bonne et si malheureuse, si triste et si douce ! »

Cette assurance de Geneviève consola un peu Ella, qui, cependant, pleura beaucoup avant de s'endormir dans sa chambre neuve, au milieu de ses meubles brillants et de ses

élégantes tentures. Le lendemain, comme elle
se sentait encore un peu triste, elle prit en
grand secret, par malheur, la résolution un
peu hardie de se rendre à la petite maison du
bois pour aller y chercher un peu de gaieté et
de distraction. Il y avait si longtemps qu'elle
n'avait vu son vieil ami Major, ou, lorsqu'elle
l'entrevoyait par hasard au château, elle lui
parlait si peu! Un petit bonjour amical, un
sourire et un signe de tête en passant, voilà
tout ce qu'elle pouvait se permettre. Aussi,
quel contentement de cœur elle éprouva
lorsque, s'étant esquivée par la porte de l'office sans qu'on l'aperçût, elle se trouva seule
et libre sous cette voûte de grands chênes!
Sur le gazon vert semé des ombres du feuil-
lage, le soleil d'octobre découpait de grandes
plaques d'or; les merles, sautillant aux branches, faisaient entendre leurs dernières chan-
sons; les jeunes chevreuils, à demi sauvages,
à demi apprivoisés, passaient près d'Ella en
cachant leurs dos fauves dans les herbes.
Tout cela parlait de liberté, de mouvement,
de joie et de vie, et Ella retrouvait la liberté,
le mouvement, la joie et la vie sous les grands

chênes auprès de la petite maison de Major.
Il y eut bien d'abord quelques larmes, quelques récits douloureux; mais le vieux brave,
qui n'avait pas pourtant la moindre éloquence,
savait si bien distraire et consoler! Et puis
Ella, qui avait à peine quatorze ans, après
tout, avait si grand besoin de respirer un peu,
d'oublier un peu et de sourire! Il arriva enfin
qu'avec les confidences d'Ella, et les récits
de Major, et les gambades de Rosette, et le
babil de Noiraud, on passa une bonne et
joyeuse matinée, mais on oublia l'heure. Il y
avait si longtemps que ces quatre créatures
innocentes et un peu farouches, le vieux soldat, le corbeau, la jeune biche et l'enfant, ne
s'étaient trouvés ensemble! Ils ne pouvaient
pas se lasser si vite du plaisir de se revoir.

Soudain Rosette se mit à bramer d'un air de
terreur, Noiraud s'envola brusquement, le
garde-chasse et sa jeune maîtresse tressail-
lirent comme deux écoliers pris en faute, car
un groupe joyeux, brillant et railleur, sortait
d'une des petites allées du bois, et débouchait
sur la clairière. Mesdemoiselles Emma et
Blanche Plantier, en élégant costume de pro-

menade, avec une de leurs amies parisiennes
qui leur était arrivée le matin, et accompa-
gnées d'un laquais en grande livrée, venaient
chercher la fugitive et la relancer jusqu'à son
asile favori.

« Nous étions bien sûres de vous trouver ici,
Ella, » dit Emma en riant, et en répondant à
peine par un petit signe de tête écourté au
respectueux salut que leur fit Major. « Vous
avez des goûts à vous..... excentriques, cham-
pêtres, incroyables. Vous vous réfugiez, pour
babiller et pour rire, dans une chaumière,
quand, d'ordinaire, vous bâillez et vous bou-
dez au salon.

— C'est sans doute » ajouta Blanche mali-
gnement, « qu'elle se trouve beaucoup moins
dans son élément au salon qu'à la chaumière.

—Vous dites bien vrai, » s'écria l'enfant
courroucée. « Comment pourrais-je me trouver
bien dans votre salon? Qu'y dit-on, qu'y fait-
on, je vous prie? Un peu de mauvaise musique.
M. Schroder, mon vieux professeur, me dit
que tous vos morceaux modernes de Goria,
d'Ascher, et de je ne sais qui, sont pitoyables
à entendre; — et puis un peu de tapisserie,

ce qui n'est pas très-amusant. Quant à ce qu'on
y dit, ce sont des choses mauvaises ou inutiles :
on parle de babioles, de toilettes ou des affaires
des voisins..... A des conversations semblables
ma mère ne m'aurait pas permis de me mêler,
et je n'ai pas du tout même envie de les entendre..... Mais quand je suis ici avec Major
toute seule, nous parlons de maman, du temps
où nous étions bien heureux, et puis des
grandes guerres d'autrefois, de batailles et de
voyages; Major me conte l'histoire des ani-
maux, des oiseaux et des plantes qu'il y a dans
la forêt. Cela me fait plaisir à écouter, cela ne
nuit à personne, et il me semble qu'après tout
j'emploie mieux mon temps ainsi, que si je le
passais à discuter la forme d'un chapeau ou à
me moquer du langage de la voisine.

— Enfin, voilà qui est parler, » dit Emma,
riant de tout son cœur de la boutade de la petite. « Vous êtes très-franche au moins, Ella,
si vous n'êtes pas très-polie. Mais vous oubliez
que par votre naissance, par votre éducation
et votre rang, vous êtes appelée et obligée à
vivre dans le monde, et que dans quelques
années d'ici, par la force des choses et par la

volonté de votre père, vous serez entourée d'une société tout autre que celle d'un vieux garde et d'un vieux corbeau. Il n'est donc pas mauvais que vous vous y habituiez un peu, si vous ne voulez pas y paraître un jour tout à fait gauche et ridicule. Et comme nous avons, ma sœur et moi, quelques années de plus que vous, il peut bien nous être permis de vous donner quelques conseils, et de vous proposer notre exemple. C'est en profitant, mon enfant, des bons avis de notre mère, et de la connaissance des personnes élégantes dont, à Paris, elle composait sa société, que nous sommes parvenues à nous rendre agréables au monde et à devenir enfin ce que nous sommes aujourd'hui, convenables, distinguées, gracieuses, sensées.

— Non, non, pas encore, pas encore, » murmura, dans la direction de la cabane, une voix rauque, interrompant sans façon cette longue et pompeuse énumération de la jeune fille. Emma s'arrêta toute rouge et courroucée ; elle fixa ses regards irrités sur le visage de ses compagnes et d'Ella qui éclataient de rire, sur celui de Major, qui mordait opiniâtrément sa

7.

moustache, sans pouvoir parvenir à retenir
sa gravité, et aperçut enfin le méchant Noiraud qui, familiarisé déjà avec l'aspect de ce
groupe brillant, sautillait sur l'herbe en ouvrant son large bec jaune et en répétant :
« Non, non, pas encore. »

« Enfin, » reprit-elle d'un ton encore plus sec
et plus dédaigneux, « je viens, Ella, vous dire,
au nom de ma mère, qu'il est bien temps que
vous vous priviez de la société de ce vieux domestique et de cet oiseau. Vous avez, pour les
voir, négligé vos devoirs ce matin ; la couturière
de B***, qui vous apportait des toilettes, a dû
repartir sans vous les avoir essayées... Maman
est très-mécontente ; elle demande que vous
rentriez au château tout de suite, et qu'à l'a-
venir vous ne reveniez plus ici sans sa permission, sinon..... »

Ella, qui s'était redressée toute tremblante
et pâle de colère, baissa la tête et pâlit d'effroi à ce dernier mot. Faisant un signe de tête
douloureux à son ami Major, elle devança, sans
répondre, les jeunes filles qui s'engagèrent
dans la sombre allée, et disparut dans la direction du château.

« Vieux domestique ! » criait en colère le garde-chasse en regardant la dédaigneuse Emma s'éloigner. « Si, par le plus grand de tous les malheurs, je suis votre domestique aujourd'hui, c'est parce que votre grand-père m'a..... »

Ici le brave homme se mordit la langue et s'interrompit. La prudence et l'affection qu'il avait pour Ella l'emportèrent dans son cœur sur son ressentiment, et il se dit qu'il ne fallait point irriter, par des vérités dures et amères, cette jeune fille irritée déjà, qui se vengerait sans doute en accablant de sa rancune et de ses dédains sa pauvre petite belle-sœur. Le vieux brave se contenta donc de secouer la tête en soupirant, rappela Noiraud en le menaçant du doigt, et entra avec lui dans sa petite maison déserte.

VI.

Quelques jours se passèrent; Ella aurait presque oublié cet incident, si elle n'eût ressenti d'une façon bien amère la privation de

ses promenades joyeuses et de cette vieille
amitié. Mais Geneviève lui restait au moins, et
c'était avec elle qu'elle s'épanchait, causait,
pleurait, souriait parfois, et, pour se consoler,
allait, ainsi qu'elle le faisait jadis, porter ses
aumônes aux pauvres du village. Elle voyait
peu son père, qui était alors très-occupé à
surveiller les travaux d'embellissement qu'il
faisait faire à son château et à ses terres;
d'ailleurs, elle n'avait jamais été très-familière
avec lui. Pendant quelques jours elle se trouva
rarement avec sa belle-mère et ses sœurs,
qui faisaient de grands préparatifs pour paraître avec éclat à un bal donné dans un château voisin. Comme elle ne se tenait jamais
auprès de Mme d'Aurelles que lorsqu'elle y était
absolument forcée, elle n'assista point à
toutes les séances préparatoires, à tous les
conciliabules; le soir même de ce grand jour
elle avait mal à la tête, se coucha de
très-bonne heure, s'endormit, et, par conséquent, ne vit point Caroline et ses filles
partir en grand appareil. Soudain, au milieu
de son sommeil et d'un rêve agité, il lui
sembla entendre auprès d'elle un murmure

confus, un bruit mêlé de sanglots et de larmes; elle tressaillit, fit un effort, s'éveilla, et aperçut Geneviève les yeux enflammés, les mains jointes, pleurant auprès de son lit.

« Qu'as-tu? » demanda-t-elle. « Il est déjà si tard! Pourquoi ne vas-tu pas te coucher? Pourquoi pleures-tu, nourrice?

— Ce n'est rien, ce n'est rien, » répondit Geneviève, confuse d'avoir été entendue.

— Si, si, il y a, il doit y avoir quelque chose..... Je ne t'ai jamais vue pleurer ainsi depuis la mort de ma mère (Ella ne savait pas que la pauvre femme, dans le secret de sa chambre, versait souvent, la nuit, d'amères larmes sur son sort), et tu ne pleurerais pas ainsi s'il n'y avait pas un malheur... Est-ce mon père qui est malade, ou bien Georges, ou Major?... Je vais me lever, aller le demander à d'autres, si tu ne me le dis pas... Ainsi, dis-le-moi, dis-le-moi, tout de suite.

—Non, reste, ma pauvre enfant, » balbutia la nourrice. « Il n'est pas arrivé de malheur, ainsi que tu le crois; il s'est fait seulement ce soir une chose qui m'a affligée, oh! affligée, vois-tu, plus que je ne pourrais te le dire...

Quand *elle* s'est habillée ce soir pour le bal (la
nourrice et la jeune fille savaient bien qui voulait dire ce mot *elle* dont elles se servaient pour
désigner l'objet de leur commune crainte et de
leur commune antipathie), elle a osé... prendre... mettre les diamants, les diamants de Madame, qu'elle t'a ôtés l'autre jour. Je l'ai vue
toute parée et brillante alors qu'elle descendait
le grand escalier...... Oh! n'avoir pas plus de
honte, n'avoir pas plus de cœur! Et nous autres
vieilles gens qui vivons ici, voir les beaux
joyaux de cette chère maîtresse, de cette
sainte, sur le front de cette nouvelle venue,
de cette étourdie!.... Ah! c'est plus de peine
pour nous que nous ne saurions le dire, c'est
plus que nous n'en pouvons supporter.....
Mais, vois-tu, j'ai eu tort de te conter cela, mon
enfant, » continua Géneviève qui, en voyant
les joues d'Ella se couvrir d'une rougeur brûlante, puis d'une pâleur mortelle, ses yeux
lancer des éclairs et sa poitrine se gonfler de
sanglots, se repentit trop tard de l'imprudent
récit qu'elle avait fait à la pauvre fille.

« Oh! non; tu n'as pas eu tort, » murmura
Ella d'une voix basse et tremblante; « il faut

que je sache tout ce qu'elle fait, tout ce qu'elle
affronte, tout ce qu'elle ose, pour la mépriser
et la détester comme elle le mérite, pour ne
jamais lui pardonner... » Puis la fureur de la
pauvre enfant tomba, et elle fondit en larmes :

« Oh ! ma mère ! » s'écria-t-elle, » toi qui vois
tout cela, toi qui m'as tant aimée, pourquoi
me laisses-tu souffrir ainsi? pourquoi ne me
rappelles-tu pas là-haut ?

Geneviève, à cette explosion de désespoir,
serra la petite dans ses bras, et, à force de
baisers, parvint à sécher ses larmes. Mais la
nuit, pour la vieille femme et l'enfant, fut agitée et mauvaise; Ella dormit peu et mal, Geneviève ne dormit pas : toutes deux se levèrent
le matin dans un état d'accablement et d'irritation assez prononcée, dans une fâcheuse
disposition enfin qui était tout à fait de nature
à déterminer par elle-même une scène ou une
catastrophe. Les premières heures de la journée se passèrent du reste assez paisiblement;
mais vers onze heures la baronne, qui était
enfin réveillée, fit mander Ella et sa nourrice
dans son appartement.

« Mon enfant, » dit-elle à sa belle-fille,

« voici un an et trois mois que vous avez perdu votre excellente mère; vous en avez porté le deuil jusqu'à présent, ce qui n'était que juste; mais le moment est venu enfin d'égayer un peu votre costume; en vous enveloppant plus longtemps de crêpe et de voiles de deuil, vous feriez croire au monde que vous êtes malheureuse et livrée à une désolation sans fin, ou que je ne prends point souci de votre toilette comme je le fais de celle de mes enfants; or l'une et l'autre supposition seraient également injurieuses pour moi, également injustes. J'ai donc commandé pour vous de fort jolis costumes. Si Mlle Ménier ne vous les a pas essayés dernièrement, c'est votre faute. Comment, le jour précisément où elle devait venir, vous avisez-vous de vous enfuir et de vous cacher au fond des bois, pour écouter un vieux bavard qui, tandis qu'il jase avec vous, laisse certainement attraper les chevreuils de votre père?..... Mais laissons là ce sujet peu agréable pour vous; vous ferez, j'en suis sûre, attention à ne point retomber dans cette faute. Je voulais vous dire, ma chère petite, que vos costumes sont arrivés

ce matin, que Juliette va porter la caisse dans
votre chambre, et que Geneviève va vous les essayer. Hâtez-vous, faites-vous bien belle; je
suis sûre que le rose vous ira très-bien, ma
chère Ella... Il y a, entre autres, un amour de
petite basquine, vous verrez..... Du reste, je
vais aller surveiller votre toilette moi-même;
je vous rejoins dans un quart d'heure. »

Ella, ainsi avertie, irritée et indignée au
fond du cœur, mais n'osant rien répondre,
salua et s'éloigna en silence, après avoir re-
marqué, non sans effroi, que sa belle-mère
attachait sur Geneviève un regard clair et
froid, hautain et menaçant, qui n'annonçait
rien de bon.

Mais la jeune fille se dédommagea de cette
contrainte dès qu'elle fut dans le corridor.

« Je ne lui obéirai pas, je ne m'habillerai
pas! » dit-elle. « Je ne peux pas porter, comme
elle, du rose, du jaune, des chiffons de toutes
les couleurs; je garderai ma robe noire, toujours, toujours, car je pleure ma mère, je
souffre et je souffrirai toute ma vie..... Que
le monde le dise, peu m'importe, car le monde
aura raison. »

Geneviève, extrêmement inquiète sur les suites de cette résolution d'Ella, la raisonnait doucement. Au fond du cœur, l'excellente femme n'était point fâchée de voir sa chère petite fille, ainsi qu'elle l'appelait, redevenir pimpante et belle, ainsi qu'elle l'était jadis, et ainsi que l'étaient les demoiselles Plantier et leurs brillantes amies. Elle serait parvenue sans doute à décider Ella; malheureusement tous les tendres raisonnements de Geneviève et toutes les bonnes résolutions de l'orpheline prirent fin dès que Juliette ouvrit la caisse.

Le moment était, par un fâcheux hasard, un moment tel qu'il en règne parfois dans le monde élégant de Paris : une époque de modes excentriques, d'inventions bouffonnes, de couleurs criardes, de combinaisons saugrenues. Mme d'Aurelles, appliquant à la toilette de sa belle-fille les règles qu'elle observait pour ses enfants et pour elle-même, n'avait pas demandé ce qu'il y avait de plus modestement élégant, de plus convenable, mais bien ce qu'il y avait de plus nouveau. Or les prescriptions avaient été suivies à la lettre;

et, en apercevant ces ravissants costumes,
Ella pâlit de colère et de douleur, Geneviève
leva les bras et les yeux au ciel, de confusion
et d'étonnement.

Ella ne fit point cependant explosion tout
à coup; elle fouilla dans la caisse, en tira les
robes, les vestes et les chapeaux l'un après
l'autre, voulant voir s'il n'y en avait pas quelques-uns qu'elle pourrait se décider à revêtir; puis, irritée plus encore par cet inutile
examen, elle les repoussa tous ensemble dans
la malle par un mouvement brusque, et, se
retournant vers la femme de chambre de sa
mère, elle lui dit :

« Remportez ceci; je ne mettrai point de
semblables costumes; ma mère ne me l'aurait pas permis : c'est par ses conseils que je
dois me conduire; c'est à sa mémoire seule
que je me remets du soin de me guider.

— Elle a vraiment raison ! » s'écria Geneviève hors d'elle-même. « A quoi pense-t-on
donc de vouloir affubler l'enfant de tous ces
jupons à dents de loup, et ces toquets retrous-
sés, et ces plumes de sauvages, et ces verro-
teries?... C'est donc pour que sa pauvre mère

pleure en la voyant de là-haut; pour que tous
les gens d'alentour la montrent au doigt, et
ne la reconnaissent plus pour une demoiselle
du château, mais la prennent pour une dan-
seuse de corde?

— Je ferai cependant observer à Mademoiselle, » répondit la femme de chambre, « que
ces envois ont été faits par les magasins les
plus à la mode, et sont du meilleur goût; que
même, s'ils ne l'étaient pas, c'est Madame qui
les a commandés, et qui désire....

— Allez dire à Madame, alors, ce que j'ai
résolu, » s'écria Ella frémissante. « Elle a le
pouvoir, je le sais, de me faire pleurer, mais
je ne lui permettrai pas de me faire rougir!..... »

Malheureusement, Juliette n'eut pas besoin
d'aller faire la commission, car, en ce moment, Mme d'Aurelles entrait dans la chambre. Elle avait entendu les dernières paroles
d'Ella; elle pâlit et se mordit les lèvres, mais
elle ne fit point explosion; au contraire, elle
se montra, à l'égard de sa belle-fille, admirable de sang-froid, de douceur et d'indulgence.

« Ma pauvre enfant, » dit-elle d'un ton tranquille et modéré où perçait une légère inflexion ironique, « je conçois en partie votre étonnement, votre colère, votre douleur, et en partie je les excuse. Tous ces élégants costumes paraissent naturellement fort étranges à une jeune enfant telle que vous, qui avez été fort négligée sous le rapport des manières, et qui n'avez jamais rien vu ; mais le respect que vous devez avoir pour votre père et pour moi doit suffire pour que vous vous en remettiez à notre jugement, et que vous vous décidiez à l'obéissance.... D'ailleurs, » continua Mme d'Aurelles d'un ton plus sévère en se tournant vers Geneviève, qui pâlissait et frémissait dans un coin, « je ne veux point discuter avec vous sur un pareil sujet ; mais j'ai ordonné à votre servante de vous habiller ; qu'elle vous habille !

— Pas avec ces vêtements-ci, » répondit la vieille femme en colère ; « je croirais manquer de respect à la fille de ma pauvre maîtresse si je l'habillais de cette façon ; et je souffrirais trop de voir tous les gens sensés et honnêtes rire derrière elle et se la montrer

au doigt lorsqu'elle aurait tourné le dos,
comme ils le font quand.....

— Assez ; vous n'êtes qu'une impertinen
te, » interrompit la baronne avec un froi
courroux. « Vous sortirez d'ici, il le faut, j
le veux ; j'attends ces jours-ci une femme d
chambre de Paris pour Ella.... D'ailleurs vo
tre présence au château n'est pas seulemer
inutile, elle est nuisible encore. Croyez-vous
vieille insensée, que j'ignore les commer
taires désobligeants, les remarques malvei
lantes que vous avez faites, lorsque vou
m'avez vue partir hier au soir ? Vous aigrisse
contre moi le cœur de cette enfant, vous trou
blez le repos de la maison et de la famille
vous partirez dans huit jours, et M. d'Aurelle
vous défendra de jamais remettre les pied
ici.

— C'est ce que j'ai de mieux à faire, » ré
pliqua Geneviève, « et c'est ce que, depui
longtemps, j'aurais fait sans les prières e
les larmes de cette pauvre orpheline, car j
ne peux pas regarder de sang-froid, voyez
vous, tout ce qui se passe ici : les injustices
les vilenies, le scandale, oui, le scandale !

Mais Ella s'était jetée aux pieds de sa belle-mère, et couvrant ses mains de baisers et de larmes.

« Laissez-moi Geneviève, laissez-la-moi, Madame.... maman ! » criait-elle. « Je mettrai tout ce que vous voudrez, je ferai tout ce qui vous fera plaisir.... Mais laissez-la ici, laissez-la-moi ; il n'y a plus qu'elle auprès de moi qui me console et qui m'aime !

— Comment, » dit Mme d'Aurelles en retirant doucement sa main blanche, « comment ne comprenez-vous pas que votre manière étrange d'implorer mon indulgence en faveur de Geneviève est une insulte pour moi, mon enfant? Mais ce n'est point cela, croyez-le bien, qui pourrait m'empêcher de céder à votre désir. Si j'y résiste, Ella, c'est dans votre propre intérêt, que je comprends d'une manière prudente et sage. Cette femme vous égare, vous afflige, vous irrite par ses commentaires malveillants, perfides ; c'est votre bonheur qu'elle détruit ; et moi, je ne puis pas le permetttre, le souffrir plus longtemps : Geneviève sortira d'ici. »

Mme d'Aurelles, toujours gracieuse et pres-

que souriante, se dirigea vers la porte en prononçant ces mots. Ella se releva, pâle, sombre, irritée, arrêtant ses sanglots et séchant
ses larmes par un brusque effort.

« J'ai voulu être obéissante, bonne ; je vous
ai implorée, » dit Ella ; « je vous ai demandé
de me laisser la seule consolation qui me res-
tât, vous ne l'avez pas voulu. Eh bien ! désormais, moi, je ne vous céderai pas non plus
dans les choses injustes, dans les choses mauvaises. Qu'on emporte ces parures, je ne les
mettrai pas ; qu'on congédie cette autre servante de Paris ; je ne me laisserai pas toucher
par elle. Je resterai toujours chez moi, toute
seule, toute triste, et, quand je sortirai, je
je ne me mettrai qu'en noir, afin que tout le
monde voie que je suis une orpheline.... oh !
oui... une bien malheureuse orpheline !...

— Comme vous voudrez, ma pauvre en-
fant, » murmura doucement Mme d'Aurelles,
qui sortait de la chambre ; « les colères et les
résolutions à votre âge, du reste, ne durent
pas toujours. Quant aux déterminations qu'on
prend au mien, il est à peu près certain... »

On ne put entendre le reste, car la voix de

la baronne se perdit dans les profondeurs du corridor. Juliette la suivit, emportant la caisse et les vêtements dédaignés, et Ella, accablée de douleur, suffoquant sous le poids de son indignation et de ses larmes, se jeta toute palpitante dans les bras de Geneviève, lui murmurant ses plaintes, ses prières, ses recommandations, ses adieux qu'elle entremêlait de baisers doux et amers.

Cette triste scène eut une fâcheuse influence sur le sort et la position d'Ella. Tout le monde s'accorda pour la condamner; elle ne trouva chez ceux qui l'entouraient ni bienveillance ni sympathie pour les motifs qui avaient dicté sa fougueuse résolution. Son père, d'abord irrité de cette résistance, voulait, pour la contraindre à obéir, employer les moyens de rigueur; ce fut Caroline qui l'en dissuada, et parvint à l'en empêcher en lui représentant habilement que, s'il usait de sévérité à l'égard d'Ella, il ne ferait qu'augmenter les préventions que l'enfant et que bien des gens de son entourage avaient conçues contre elle-même. Mais M. d'Aurelles, tout en ne punis-

sant point, n'en fut pas moins fort refroidi à
l'égard de sa fille, et lui annonça que, puisqu'elle refusait pour sa toilette les conseils
et les dons de sa belle-mère, elle serait ré-
duite, pour son entretien, à la petite pension
qui lui était faite pour ses plaisirs et ses aumônes, jusqu'à ce qu'elle se résignât à abdi-
quer sa volonté, sur ce point-ci du moins.

Cette menace n'aurait point effrayé Ella,
qui était résolue, plus que jamais, à se livrer
au deuil et à la retraite; mais elle se vit frappée encore dans l'endroit de son cœur le plus
secrètement douloureux, le plus timidement
sensible. Georges la railla, la blâma de son
manque d'obéissance, de son goût, de sa ridicule austérité, de ses préjugés antiques. En
pouvait-il être autrement? Ce que Georges
aimait et admirait avant tout, c'était les convenances, l'élégance, le savoir-vivre. Or les
convenances voulaient que la fille d'un baron
fut vêtue conformément à son rang et à sa
fortune; l'élégance exigeait qu'elle quittât le
deuil au temps prescrit et suivît les modes
nouvelles; le savoir-vivre ordonnait qu'elle

vécût en bonne harmonie, tout au moins, avec l'épouse de son père, avec la maîtresse de la maison.

« Tu es vraiment absurde, ma pauvre Ella, » lui dit-il, lorsque, au retour d'une partie de chasse qu'il avait été faire dans un château des environs, il apprit les détails de cette fâcheuse affaire. « Honorer les morts est fort beau et fort juste sans doute, mais ce qui importe avant tout, c'est de plaire aux vivants. Or je me demande comment tu parviendras jamais à leur plaire avec un caractère susceptible et opiniâtre comme le tien, avec des manières de villageoise, ton extérieur tout à fait négligé, et une pauvre petite robe noire et unie comme l'est la tienne..... Enfin, tu n'es qu'une enfant encore : espérons que d'ici à quelques années tu changeras pour mon bonheur et pour le tien.

— Il y a des choses pour lesquelles je ne changerai jamais, » dit-elle en attachant sur lui un regard timide, un regard ému. « Ainsi, je t'aimerai toujours, mon bon cousin, et toujours je pleurerai ma mère.

— C'est bon, c'est bon ; ne change pas tes

sentiments, qui te vont fort bien ; mais, pour
Dieu ! change du moins ton costume, qui ne
te va guère. »

Et ici le beau jeune homme s'éloigna, sifflant un air de chasse, pour rejoindre Emma
et Blanche, et leurs brillantes amies, avec
lesquelles il allait faire une promenade à cheval.

La pauvre Ella ne changea pourtant point,
ou du moins pas rapidement, quoique tout
se modifiât et se transformât autour d'elle.
Bientôt le château, un peu antique et un peu
sombre, fut métamorphosé en un joli castel
pimpant, coquet, vrai séjour de luxe et de
fêtes ; les anciens serviteurs, dédaignés, rail-
lés, irrités par conséquent, disparurent, un
à un, et furent remplacés par de nouveaux
venus, bien payés, bien façonnés, complai-
sants et dociles. Major, il est vrai, ne demanda
point sa retraite, et continua à rester au service de la famille, car sa solitude relative le
mettait à l'abri de bien des froissements. De
nouveaux amis, des convives nombreux, des
hôtes élégants, affluèrent dans cette riche
demeure. L'ameublement du château fut re-

nouvelé tout entier ; ceux des vieux meubles qu'on ne brûla ni ne vendit par un reste de respect furent relégués loin des regards que leur aspect antique et suranné aurait offusqués, dans les offices ou dans les combles. Major, venant au château pour faire son rapport de la quinzaine, rencontra un jour, près des granges, le vieux jardinier portant une hotte de bouquins. « C'étaient, » dit le brave homme, « des livres appartenant à la bibliothèque de l'ancienne dame ; la nouvelle avait commandé de les mettre dans les armoires de la laiterie, parce qu'ils sentaient le moisi, qu'ils étaient trop sérieux et pas assez dorés. ».

Le vieux soldat se sentit le cœur tout serré à cette déclaration ; il se rappelait avoir vu maint et maint de ces vieux livres entre les mains de sa chère et douce maîtresse, la baronne Nelly, qui, parfois, posant son doigt blanc sur la page au-dessus de laquelle se penchait la tête blonde d'Ella, faisait lire à l'enfant de pieuses légendes, d'intéressants récits, ou lui en faisait admirer les belles gravures antiques. Et tous ces livres, qui lui étaient, pour cette raison, chers et respecta-

8.

bles, allaient être oubliés, rejetés, enfouis dans l'ombre, et, finalement, mangés des vers! Cette pensée douloureuse fit mal au vieux brave, et, mettant la main sur l'épaule de son ami Germain, il lui dit en secouant la tête :

« Est-ce que tu crois que ce serait consé-quemment manquer à la délicatesse, et con-trarier les volontés de cette mijaurée de Ma-dame, de me donner trois ou quatre de ces livres pour me faire un souvenir de Madame d'abord, la bonne, l'ancienne, la vraie, et secondement, pour m'aider à me distraire un peu pendant les soirées d'hiver?

— Eh! vraiment non! » dit Germain en riant. « Madame ne demandera jamais ce que sont devenus ces bouquins, puisque ce qu'elle désire, c'est qu'on l'en débarrasse. »

Major, ainsi rassuré, fit signe à son ami de poser la manne à terre, après quoi il fit son choix, et, assurément, ne choisit pas trop mal. Voici ce que prit le vieux brave : *les Vic-toires et Conquêtes des Français, Robinson Cru-soé,* deux volumes de *Buffon, l'Imitation de Jésus-Christ,* l'*Évangile,* tout ce qui répondait

le mieux à ses goûts de voyageur et d'ama-
teur naturaliste, à ses pensées de chrétien et
à ses souvenirs de soldat. Après quoi il s'é-
loigna, remerciant Germain d'un signe de
tête attendri; et Germain s'éloigna, ayant re-
chargé sa manne sur son épaule.

Le château, ainsi agrandi, rajeuni, embelli, ne conserva point longtemps ses nouveaux
hôtes. A l'approche des brouillards de novembre, Mme Caroline d'Aurelles persuada à
son mari que la campagne, en hiver, était in-
soutenable, et qu'il fallait se préparer à retourner à Paris. Le départ fut donc résolu; il
s'effectua quinze jours plus tard, au grand désespoir d'Ella, qui ne s'imaginait pas comment elle pourrait vivre loin de ses derniers
amis et de sa chère compagne, loin de cette
tombe chérie surtout, près de laquelle elle
allait pleurer, prier, ouvrir et retremper son
cœur. Elle supplia son père instamment, à
genoux, de la laisser seule à Aurelles, où elle
se trouverait si tranquille, si contente, si bien,
disait-elle. Le baron lui fit doucement comprendre que ce qu'elle demandait là était
d'une entière impossibilité.

« Voudriez-vous, Ella, » lui dit-il, « en restant ici comme une recluse, faire croire à tous nos voisins, nos amis, enfin à tout le monde, que votre mère est une mère injuste et cruelle; que je suis, moi, un père indifférent, que nous vous laissons dans l'abandon, et vous refusons les plaisirs de votre âge?...... Non, non, ma fille, il n'y faut pas penser; quand on est riche et bien née comme vous, on ne vit pas seulement pour soi, mais aussi pour le monde, ma chère!..... Faites donc votre deuil de ce caprice, qui, vous devez bien le voir, ne serait pas du tout innocent, et préparez-vous à suivre à Paris vos sœurs et votre mère..... Vous vous y amuserez par la suite, c'est moi qui vous en réponds. »

Il fallut obéir, partir. Un soir, Ella, assise sur le devant de la voiture, à côté de Juliette, la femme de chambre de Caroline, qui la serrait bien fort, et de Flora, la petite chienne de Caroline, qui lui aboyait aux oreilles, vit disparaître à ses yeux les girouettes armoriées du vieux toit, les cimes desséchées des châtaigniers du vieux parc, la croix dorée de la petite chapelle sépulcrale, et il lui sembla alors que

quelque chose se brisait en elle, et qu'elle allait mourir en quittant, en perdant ainsi tout
ce qui la soutenait et qu'elle aimait : ce tombeau, cette maison, ces bois, ces lieux chéris, dont elle emportait le souvenir comme un
trésor dans sa pensée, et auxquels elle laissait
son cœur.

VII.

Nous sommes dans une chambre élégante
d'un élégant hôtel de Paris : une chambre de
jeunes filles. Deux lits jumeaux s'y cachent à
demi sous des nuages de mousseline et de dentelles. Tout, dans cet appartement, est gracieux
et léger, simple et riche, blanc et bleu, c'est-à-
dire que les heureuses personnes qui l'habitent
ont de la fortune et du goût, — précieux avantages, — et sont blondes en outre, ce qui ne
gâte rien. Seulement, l'appartement n'est pas
complétement en ordre au moment où nous y
pénétrons. Des caisses à demi pleines sont entr'ouvertes sur le tapis de neige et d'azur, où
paraissent éclore les bluets et rayonner les mar-

guerites; de frais costumes, de gracieuses om-
brelles, des chapeaux légers, des rubans, sont
épars sur les tables, sur les fauteuils, et jusqu'
sur le bureau de palissandre. Un nécessaire
richement monté en argent, laisse apercevoi
ses flacons, ses brosses d'ivoire, ses étuis ciselés; deux vastes aumônières en cuir de Russie
à brillants fermoirs d'acier, sont suspendue
aux patères de la fenêtre : il y a évidemment
du voyage dans l'air. Et voici les deux voya-
geuses qui entrent : qu'elles sont riantes, gracieuses et jolies! Jolies n'est peut-être pas
exactement le mot; peut-être perdraient-elle
beaucoup si on les dépouillait de leur pimpant
costume de foulard gris liséré de bleu et agré-
menté d'acier; de leurs pendants d'oreilles e.
cordons de sonnette, de leurs bandelettes à
velours bleu, de leurs frisons ébouriffés, à
leur toquet à l'évent et de leurs petites botte
fortes. Mais, parées, souriantes et contents
d'elles-mêmes comme elles le sont, elles n
peuvent manquer assurément d'attirer les re
gards, de frapper et de séduire. Emma surtou,
la plus âgée des deux, a ce genre de physic
nomie, de maintien et de beauté qui *fait c*

l'effet, selon l'expression consacrée. Observons cependant qu'elle en fait surtout lorsqu'elle se trouve dans un salon, dans la rue, dans sa calèche, partout où elle se sent suivie des yeux, admirée, enviée ; c'est alors qu'elle donne à sa petite tête blonde bizarrement enharnachée les poses les plus gracieuses, à sa fine taille la cambrure la plus élégante, à son orgueilleux sourire le charme le plus coquet, le plus subtil et le plus intéressant. En ce moment, avouons-le, elle ne se présente point dans tous ses avantages à nos lecteurs. En pénétrant dans la chambre qu'elle trouve ainsi livrée au désordre et à la confusion, elle fronce le sourcil, fait la moue, et s'écrie, en repoussant dédaigneusement une robe de grenadine à flots d'azur du bout de sa petite bottine mordorée :

« Bon Dieu ! comme c'est désagréable de n'en pouvoir finir avec ces paquets !.... Juliette est occupée à faire les malles de maman ; notre Louisa a la migraine ; chez nous rien n'est prêt encore, et nous partons pour la campagne demain !

— Et nous avons tant de choses à emporter ! » ajouta Blanche. « C'est qu'il y a quatre

ans déjà que nous n'avons paru au château, et
nos voisins qui se souviennent de nous ! Il faut
nécessairement faire un grand effet à Aurelles.

— Quatre ans ! ne te trompes-tu pas ? Il me
semble qu'il n'y a que trois ans, ma chère.

—Mais non, Emma, rappelle-toi bien. Nous
avons passé, depuis lors, un été en Italie, un
autre en Allemagne, et un troisième aux Pyrénées. Cela se trouve si bien : mon beau-père
qui aime tant les voyages, et maman qui
n'aime pas beaucoup le château !

— Nous y allons pourtant maintenant.
N'importe, je sais d'avance que maman trouvera bien moyen de ne pas s'y ennuyer. Mais
tout cela ne nous donne pas, à nous, le moyen
de finir nos malles. Il faudra les faire nous-
mêmes, et Mathilde d'Aure nous attend pour
une promenade, et c'est très-fatigant, et, de
plus, très-ennuyeux.

— Assurément; voilà un fâcheux contre-
temps, » dit Blanche. « Mais il me vient une
idée : si nous appelions Ella ?..... Elle consen-
tirait bien sans doute à faire nos malles, elle
qui ne veut pas sortir.

— Ah! que c'est bien pensé!» fit Emma. « La voici justement qui traverse la cour, revenant de la messe..... un paroissien sous le bras, un vieux petit parapluie à la main, une petite robe de reps, pas très-propre... du reps en mai..... et un chapeau fané!..... Et, pour compagnie la cuisinière, ayant au bras un panier d'où sortent effrontément les oreilles d'une tête de veau et les panaches d'une botte de carottes. Si cela ne fait pas honte et pitié!... Et dire qu'Ella agit ainsi exprès, prenant des airs persécutés et malheureux, jouant la pauvresse, posant en victime, pour faire croire à chacun que maman est une martre; que nous sommes, nous, des coquettes sans cœur, et qu'elle est la plus innocente et la plus misérable des créatures!... A qui la faute, cependant, si elle a refusé autrefois, comme une petite entêtée, comme une petite stupide, de s'habiller, de sortir, de s'amuser, ainsi que le font les jeunes filles de son âge? Bien certainement, on n'ira pas se mettre à ses genoux tous les jours de la vie, pour la forcer d'accepter un chapeau neuf ou d'aller faire une tournée au bois...... Aussi, maman ne la prie plus, et fât bien.....

— Certainement, » interrompit Blanch; « et j'ajouterai qu'Ella agit comme une pesonne sans goût, sans éducation, sans naisance..... Mais cela ne l'empêchera pas è faire nos malles ; elle est adroite, vive et conplaisante lorsqu'elle le veut.... Je m'en vás l'appeler. »

Blanche, en parlant ainsi, courut sur e palier, appela Ella de sa voix fraîche, sonoe et un peu impérieuse, et rentra au bout d'u moment tenant sa belle-sœur par la main.

Le contraste était grand, certes, entre cs deux jeunes filles que le hasard avait aini réunies. Tandis que la grâce et la gentillese de Blanche étaient rehaussées, accrues, ex-bellies par la parure, par l'habitude u monde, par la savante mise en scène œ cette beauté, — si nous pouvons nous e-primer ainsi, — la très-réelle et très-to-chante beauté d'Ella était une beauté négi-gée, voilée, obscurcie. Quatre ans avaie.t passé sur cette jeune tête noble et fière, mâs pâlie par le chagrin et tristement courbé.

Ella, l'orpheline, la fille de la baronne Nelly, n'était plus l'enfant sauvage et vive, ardente et concentrée, avec laquelle nous avons fait connaissance au début de cette histoire. Ce qui était sauvagerie chez l'enfant était devenu fière et froide réserve chez la jeune fille. Ella avait vu par degré s'alanguir ses mouvements, s'éteindre son ardeur; mais la concentration de son esprit, de ses facultés, de ses forces et de ses regrets n'avait fait qu'augmenter, devenant tous les jours plus pénible et plus farouche. Une à une, elle avait rentré ses larmes; un à un, elle avait étouffé ses soupirs. Elle avait dix-huit ans à peine, et elle ne pleurait jamais plus qu'en dedans, et on ne l'entendait jamais soupirer, mais aussi on ne la voyait jamais sourire. Aussi ses lèvres fines, gracieusement écloses et radieusement colorées, ainsi qu'une fleur de grenade empourprée par le soleil, avait pris déjà un pli douloureux, une inflexion amère; ses yeux de velours, jadis si brillants, semblaient s'être recouverts d'un voile de crêpe, tant ils étaient d'ordinaire ternes et sombres. Il était bien rare, bien rare en vérité, qu'un cher souvenir,

une espérance joyeuse ou une émotion vive
y fit rayonner les belles lueurs de gaieté et
de jeunesse qui y brillaient si souvent autrefois, et qui illuminaient soudain le doux et
blanc visage d'Ella, comme s'il eût été baigné
d'un nuage d'or et caressé par un rayon de
soleil.

Et puis, le cadre, l'entourage, le costume,
ne contribuent-ils pas puissamment à faire
ressortir la beauté? En ce moment la taille
d'Ella paraissait encore plus frêle et plus
penchée sous son pauvre petit paletot de
reps fauve; son visage sérieux et un peu
amaigri semblait être plus fatigué et plus
brun encore, entouré de la torsade violette
et des brides fanées de son chapeau noir.
Sans doute la pureté et la distinction des
traits subsistaient toujours; mais on y aurait
cherché en vain la joie, la grâce, l'éclat,
le rayonnement, la vie. Cependant, au bout
d'un instant, les joues pâles d'Ella commencèrent à rougir et ses yeux noirs à briller,
lorsque Blanche, la tenant toujours par le
bras, lui dit d'une voix caressante :

« Ma chère Ella, ne voudriez-vous point

nous aider ?... Voyez, nos malles nous restent
à faire ; on nous attend au bois à deux heures,
et nous partons tous pour Aurelles demain.

— Pour Aurelles?..... Demain?..... Quel
bonheur!.... Je ne croyais pas que ce fût si
tôt! »

Et, dans un moment de joie spontanée,
l'orpheline sourit à Blanche et joignit ses
deux petites mains blanches et frêles sur sa
poitrine.

Quel ravissement était le sien, quelles espérances étaient les siennes! C'était là précisément ce qu'elle venait de demander à Dieu
à l'église, à deux genoux, et ce Dieu bon et
paternel l'avait si promptement exaucée!
Aurelles! sa maison, son berceau, ses champs,
son nid, le tombeau de sa mère et le but de
ses rêves ! Elle y serait au plus tard dans deux
jours, et elle pouvait s'y voir plus tôt si elle se
montrait industrieuse, complaisante et active !
Certes, pour rien au monde, elle n'eût refusé
son aide aux deux sœurs en ce moment.

« Je suis bien contente de pouvoir vous
être bonne à quelque chose, » leur dit-elle
avec un humble et franc sourire. « Montrez-

moi tout ce que je dois emballer, et puis
sortez, promenez-vous; soyez tranquilles.....
tout sera prêt ce soir, et nous pourrons partir
demain. »

En parlant ainsi elle ôta son vieux chapeau,
et regarda un instant autour d'elle, car elle
n'aurait pas osé le déposer sur une des chaises
soyeuses, sur un des beaux meubles de la
chambre. Elle finit par l'accrocher tout simplement au bouton de la porte, s'agenouilla
sans façon sur le tapis, car elle n'avait pas
peur de salir ou de froisser sa pauvre petite
robe brune, attira à elle les cartons, ouvrit les
coffres, et se mit à l'œuvre courageusement,
activement, joyeusement; oui, joyeusement,
car l'espérance lui revenait consolante, car
ce travail lui était doux, et il y avait si longtemps qu'elle n'avait entrepris une œuvre,
accompli une tâche avec joie et avec espoir, la
pauvre fille !

Blanche se tint auprès d'elle d'abord, lui
ouvrant les armoires, lui indiquant les objets
à emballer; Emma s'était éloignée un instant;
elle avait été appelée dans la chambre de sa
mère.

Soudain elle reparut. On pouvait voir qu'elle venait de rougir, et qu'elle n'avait pas encore cessé; une belle teinte rose et vermeille montait à ses joues, à son front, et jusque sous ses boucles blondes; elle tenait une lettre à la main, et en entrant s'écria d'un air joyeux :

« Nous ne nous ennuierons pas à Aurelles; nous aurons un visiteur sur lequel nous ne comptions pas, que nous n'avons pas vu depuis près de quatre ans! Devinez!....

— Je ne sais pas qui ce peut être, » dit Blanche.

« Georges?... » s'écria Ella, relevant brusquement la tête, et laissant échapper le flacon de cristal qu'elle tenait dans sa main frêle.

« Vous avez deviné juste, petite Ella, mais vous n'en êtes pas moins affreusement maladroite. Voici mon flacon brisé, et j'y tenais beaucoup.

— Je vous en rendrai un, » dit Ella en rougissant; « un auquel je tenais aussi, car il me venait de ma mère..... Mais comment savez-

vous que Georges viendra à Aurelles?..... Il
vous l'a donc écrit?

— Non pas à moi, naturellement, » répondit Emma en recommençant à rougir, » mais
à son tuteur et à ma mère. On m'a permis
même de prendre et de vous montrer à toutes
les deux un petit bout de lettre où monsieur
Georges annonce sa résolution. Il dit qu'il
a près de vingt-trois ans maintenant, qu'il
est las de voyager, qu'il a fait son tour
d'Europe, et désire s'établir dans sa terre, mais
qu'il viendra prendre les conseils de son
oncle auparavant. »

Le billet du jeune homme passa des mains
d'Emma dans celles de Blanche, des mains
de Blanche dans celles d'Ella : tel était l'ordre
établi, non sans raison naturellement, car
Ella, après tout, était la plus jeune..... Mais
Blanche ne parut pas attacher grande importance au message du voyageur; Ella, au
contraire, pâlit en le recevant, serra le petit
billet entre ses doigts, comme si elle eût voulu le caresser d'une douce et muette étreinte,
le lut, le relut, et se hâta enfin de le rendre

à Emma en se détournant bien vite lorsqu'elle sentit que ses yeux émus, en le considérant, se remplissaient de pleurs. Et puis elle revint à ses malles, à ses cartons, et continua sa besogne sans plus rien voir ni rien entendre de ce qui se passait autour d'elle, ne s'apercevant pas même du départ des deux sœurs, qui s'éloignèrent bientôt, riant et causant, pour aller rejoindre Mlle d'Aure, leur amie.

La nouvelle de la prochaine arrivée de Georges faisait une impression singulière à la pauvre Ella; ella la comblait de joie et elle la remplissait d'inquiétude. Elle se réjouissait en pensant qu'elle allait le revoir; elle tremblait en se demandant comment elle allait le retrouver. Comment se faisait-il que ce cousin, ce frère, cet ami, qui jadis, il y avait bien longtemps, était si bon et si affectueux pour elle, ne lui eût écrit, depuis qu'il avait commencé ses voyages, que de petites lettres toujours plus rares, toujours plus courtes; qu'il eût même fini par ne plus écrire du tout, et que, maintenant, ce ne fût pas à elle, en particulier, qu'il annonçât son retour? « Il m'avait pourtant dit autrefois, » murmura-

9.

t-elle en rougissant avec un reste d'espoir,
« que mon père avait formé des projets pour
nous deux, que je serais un jour sa femme !.....
Et, en attendant, n'étais-je pas toujours sa
cousine, son amie? Après cela, » se dit-elle,
« il n'y a peut-être rien d'étonnant à ce que
Georges ne m'ait pas écrit. Il sait que j'ai
grandi pendant ce temps, que je suis devenue
tout à fait jeune fille, et il ne trouve sans doute
pas convenable de correspondre directement
avec moi... Il est si prudent, si sensé, si bon !...
il connaît si bien ses devoirs, le monde et les
convenances !..... Mais, lorsque je l'aurai revu,
je verrai bien qu'il a songé à moi toujours,
qu'il m'aime encore, j'en suis sûre..... Et,
pour qu'il soit content de moi, il faut que je
sois un peu gaie, que je me fasse un peu
belle..... Vite, vite, finissons-en avec les malles
d'Emma et de Blanche; j'irai ensuite acheter
un chapeau neuf et une ou deux robes fraîches,
tandis que je suis encore à Paris. »

Ella, grâce à cette joyeuse perspective et à
cette douce espérance, eut promptement
achevé ses modestes préparatifs; grâce à cette
joyeuse perspective, à cette douce espérance

aussi, pour quelques jours la fraîcheur lui
revint aux joues, le sourire aux lèvres, l'éclat
et le scintillement aux prunelles. Pourtant,
lorsque, trois jours plus tard, la calèche découverte dans laquelle elle était assise entrait
dans la grande avenue du château d'Aurelles,
au milieu d'une haie de villageois accourus
pour souhaiter la bienvenue au baron Gilbert et à sa fille, la pauvre enfant, si elle
eût été moins joyeuse et moins émue, aurait
pu voir sur son passage les regards exprimer
la pitié et la douleur, et aurait pu entendre
maintes voix franches et sympathiques murmurer avec un soupir : « Pauvre mamselle
Ella! comme elle est fluette et maigre à faire
pitié!..... Avec cela, l'air pas gai du tout,
quoiqu'elle fasse de son mieux pour nous sourire..... Et une petite robe de rien du tout,
tandis que ces autres sont surchargées d'affiquets..... Riches ou pauvres, ils n'ont jamais
de bon temps, allez, les enfants sans mère!.....
Ce n'est pas trop dommage, ma foi! que la
Geneviève ait un mauvais rhumatisme qui la
tienne dans sa maison; ça lui ferait trop de
mal de revoir sa nourrissonne, sa demoiselle

chérie, frêle et mal habillée comme elle l'et
maintenant! »

Mais, si les yeux de Geneviève ne contem-
plaient point en ce moment ce spectacle in-
quiétant et douloureux, d'autres regards
que les siens, mais plus clairvoyants peut-êtr
et presque aussi tendres, s'étaient attentive
ment fixés sur le visage de l'orpheline, e:
avaient fouillé tous les plis, distingué toute
les ombres, et s'étaient détournés pres
que obscurcis par les pleurs. Major, en c
moment, revenait des bords de l'Étang-Noir
où il avait été inspecter l'oseraie. Au brui
des pas des chevaux et des voitures roulan
dans l'avenue, il s'était arrêté derrière le:
buissons, avait incliné sa tête grise au-dessu:
des rejetons de coudriers, à travers les rameaux de l'épaisse châtaigneraie, se tenai
immobile et ferme au poste d'observation,
s'appuyant sur son fusil et retroussant sa
moustache. Les calèches avaient approché, et
du premier coup d'œil, entre toutes ces têtes
blondes et ces parures blanches et bleues, le
vieux soldat avait cherché, avait aperçu, avait
salué du regard le front pâli, légèrement doré,

les belles tresses brunes d'Ella, sa chère
mignonne et sa petite amie. Il l'avait vue
pâle et frêle, sérieuse et sombre, sans parure
et sans éclat; alors une amère et pesante sensation de tristesse avait envahi son cœur et
avait fait place aussitôt à un sentiment de
colère et de mépris, de regret cuisant et d'indignation vive : « C'est ainsi qu'on la traite ! »
avait-il murmuré ; « c'est ainsi qu'*elle* la traite,
veux-je dire..... elle, cette femme sans conscience et sans cœur, qui a d'abord si mal conseillé son père, et a ensuite si durement affligé
son mari !.... Est-ce qu'il n'y a conséquemment
plus de justice ici-bas? est-ce que le bon Dieu
peut volontairement permettre des choses
pareilles?..... qu'une pauvre petite enfant,
bonne comme le bon pain, et innocente et
mignonne comme une petite biche jeunette,
doive être si malheureuse parce que son père
lui a donné, pour remplacer sa mère, une
belle dame à grands airs, à breloques et à
pompons?..... Non c'est un passe-droit, c'est
une injustice; c'est une chose que les honnêtes gens doivent empêcher; et moi, Major,

je jurerais bien de l'empêcher si j'y pouvai
quelque chose..... Après tout, qui sait?....
je pourrais parler..... M. d'Aurelles est san
doute encore assez sensé pour croire à l
parole d'un vieux soldat et d'un honnêt
homme..... Qu'elle prenne donc garde, ϵ
que je n'apprenne pas qu'elle a fait un
chose ou l'autre pour nuire à la petite, car
dans ce cas-là, foi d'ex-sergent au 38ᵉ d
ligne, je vais trouver Monsieur, et je lâche tou
ce que j'ai sur le cœur..... et j'en ai gros. »

Après s'être fait cette promesse, plus éner
gique que prudente, le vieux garde replaç
son fusil sur son épaule, et s'éloigna, tout e
se détournant de temps en temps pour jete
un regard de compassion à Ella, un regard d
menace à Caroline.

Mais Mᵐᵉ d'Aurelles ne sentait pas le moin
du monde peser sur elle ce regard de Majc
irrité et rancuneux; elle triomphait et jouis
sait en ce moment; elle se savait belle et richϵ
et se voyait enviée; et lorsqu'elle descendit a
perron du château, répondant par de grɑ
cieux signes de tête aux acclamations dϵ

serviteurs, et balançant nonchalamment dans
sa main le bouquet qu'on lui avait remis à la
grille, elle sourit à son mari en disant :

« Depuis quatre ans votre château me
semble embelli, mon ami ; il me plaît infiniment mieux que lorsque je l'ai vu jadis.....
Vous verrez que cette fois nous nous amuse-
rons divinement. J'ai de charmants projets de
fêtes. »

A quoi M. d'Aurelles ne lui répondit que
par un bienveillant sourire et un affectueux
serrement de main ; puis ils disparurent au
sommet du perron.

VIII.

Rendons pleine et entière justice à Mme Caroline d'Aurelles : depuis qu'elle avait souffert,
lutté, vieilli, elle n'était plus tout à fait aussi
frivole et insouciante qu'elle en avait l'air.
Il lui arrivait parfois de cacher au fond de
son esprit de sérieuses et inquiétantes préoccupations, tout en appréciant les mérites d'un
chapeau, ou en jugeant le dessin ou le tissu
d'une dentelle. En ce moment, par exemple,

où elle se présentait au château d'Aurelles si
gracieusement, si gaiement, elle n'avait pas
seulement, comme elle disait, des projets de
fêtes, elle avait aussi des projets, de grands
projets d'affaires. Pour les réaliser, elle avait
besoin du concours dévoué, de la généreuse
affection de M. d'Aurelles ; et, en épouse habile
et soumise, elle n'avait rien négligé pour
satisfaire son mari. Ainsi, quoiqu'elle s'en-
nuyât à périr, selon son expression, dans ce
château, elle y venait en apparence avec
joie, puisque M. d'Aurelles, un peu las de
voyages, avait témoigné le désir d'y passer
l'été. La solitude relative de ce domaine était
d'ailleurs favorable aux plans de Caroline. A
Paris, les observations de quelques vieux amis,
les conseils prudents de l'avocat qui, sans
doute, aurait été consulté, auraient pu mettre
fin entièrement à ses projets favoris, à son
doux espoir d'alliance et de conquêtes. A
Aurelles il n'y avait rien à craindre de tout
cela : un isolement complet, un terrain bien
préparé, un mari confiant et un notaire docile,
rien ne manquait pour assurer le triomphe
de ses desseins lentement conçus et mûris

pendant ces quatre dernières années, et, actuellement, tout près d'aboutir.

Nos lecteurs apprendront en partie quels étaient ces plans de l'ex-veuve du colonel, de la belle-mère d'Ella, s'ils veulent nous suivre à la petite maison de Major, dans la clairière au bout du parc, une dizaine de jours environ après le retour de la famille au château d'Aurelles. Notre ami Major n'était pas seul chez lui ce jour-là. Par une bonne chance qui ne lui souriait, il est vrai, que rarement, il avait reçu la visite de sa vieille connaissance Geneviève, qui, se sentant à demi soulagée de ses douleurs de rhumatismes, et ayant eu en outre le secours d'une petite charrette de bûcheron, était arrivée vers midi avec son tricot et ses lunettes à la maisonnette de la forêt pour y apprendre des nouvelles de sa chère mignonne Ella, et aussi pour parler, — ce qui lui plaisait bien fort, — de la complaisante faiblesse de Monsieur et de l'orgueilleuse tyrannie de Madame. Major, pour faire honneur et plaisir à sa vieille amie, avait dressé sa petite table à l'ombre du grand chêne, à l'entrée du bois, et tous deux devisant, soupirant et se-

couant la tête, achevaient de vider leur tasse
de café, Noireau sautillant et babillant à côté
d'eux sur l'herbe. Soudain un promeneur,
venant du château d'Aurelles, déboucha en
face d'eux de la grande allée du parc, et Major
reconnut presque aussitôt la redingote grise
râpée, les pantalons à la cosaque, le chapeau
en pain de sucre et le visage en lame de cou-
teau de M. Saturnin Rombaud, premier clerc
de notaire à B***, fort avantageusement connu
aux environs pour son joyeux babil autant que
pour sa belle écriture. De loin il salua d'un
sourire et d'un coup de chapeau le garde et la
nourrice, et allait s'éloigner, s'essuyant al-
ternativement le front, et s'éventant le visage
de son mouchoir, comme un homme accablé
par la fatigue et la chaleur, après une laborieuse séance. Mais Major le retint : en premier lieu, son excellent cœur lui donna l'idée
de faire rafraîchir le jeune homme ; de plus,
sa curiosité habituelle et un pressentiment
étrange le poussaient à s'enquérir de ce que
le clerc de notaire était venu faire au château.

« Vous êtes bien fier aujourd'hui, monsieur

Saturnin! » cria-t-il. « On ne passe pas ainsi devant les amis, surtout quand il fait chaud, sans venir leur serrer la main et leur demander une goutte..... Vous arrivez au bon moment, je viens de déboucher la bouteille de cassis, jeune homme!.... et du vieux, du doux, du parfumé .... Vous pouvez vous en rapporter à moi; je le fais... c'est ma récolte et ma vendange, à moi... Dame, tout pauvre que l'on est, on a incontestablement sa cave.

— Mille civilités, monsieur Major, madame Geneviève... Ça ne sera pas de refus... la chaleur est roide aujourd'hui, et j'ai le gosier d'un sec!... Il n'y a rien qui altère, vous le savez aussi bien que moi, comme de faire une rude besogne.

—Je ne vous dirai pas non, monsieur Saturnin, » repartit Major, s'empressant de remplir trois petits verres à pied d'une liqueur onctueuse, odorante et vermeille. « Mais, sans vous commander, quelle rude besogne veniez vous donc faire aujourd'hui au château? Ce n'est pas le testament de Monsieur, par bonheur, n'est-ce pas? ni l'inventaire des robes de Madame?

— Ni l'un ni l'autre, heureusement, comme vous dites, monsieur Major; l'un aurait été trop long, l'autre aurait été trop triste; et si ce n'est pas triste, c'est grave, et en outre..... confidentiel...

— Confidentiel? » répétèrent Major et Geneviève d'un air de stupéfaction en fixant leurs regards sur le maigre visage de Saturin Rombaud, qui balançait sa tête d'un air important, et mettait un doigt sur ses lèvres.

« Oui, confidentiel, professionnel. Vous savez que dans notre état on s'engage à être prudent comme le serpent, et muet comme la colombe..... Non, je me trompe, prudent comme la colombe, et..... Non, ce n'est pas encore cela, je n'y suis plus..... Monsieur Major, votre cassis est excellent, mais il porte fameusement à la tête..... Qu'est-ce que je voulais donc vous dire?..... Ah! c'est que, dans notre état, on cache les affaires aux curieux, mais qu'on fait ses confidences aux amis; voilà ce que j'entends par confidentiel,

et comme nous sommes trois amis ici, discrets, loyaux et solides au poste, y compris
madame Geneviève, qui ne parle assurément,
pas plus qu'il ne convient à une honnête
femme, en tout bien tout honneur, je me dis
que je pourrais tout aussi bien vous raconter
l'affaire..... La chose ne sortira pas d'ici?
promettez-le bien.

— Soyez tranquille, monsieur Rombaud,
nous ne sommes pas des enfants, et nous
avons appris à respecter la consigne.

— Eh bien, ma foi! je vais vous avouer
alors que ça m'a paru être une très-drôle
d'affaire. Ne m'a-t-on pas envoyé quérir en
toute hâte, en remplacement de mon patron,
qui est au lit avec une grosse fièvre, pour
dicter à M. d'Aurelles, en termes légaux à
l'abri de toute chicane, une déclaration, —
deux déclarations, veux-je dire, — par lesquelles il se reconnaît débiteur envers mesdemoiselles Emma-Louise et Blanche-Émilie
Plantier d'une somme de deux cent mille
francs, qu'elles sont en droit d'exiger de lüi
avant leur majorité, dans le cas où elles vien-
draient à contracter mariage? S'il venait à

mourir avant ce temps, la somme serait préle-
vée, avant toutes choses, sur le montant de la
succession..... Je vous avoue, mes amis, que
cet emprunt et cette reconnaissance-là m'ont
paru être de fameuses frimes, car l'opinion
publique se plaît à reconnaître que Mme Plantier, en épousant M. d'Aurelles, n'avait pas
un sou vaillant; comment donc ses filles
auraient-elles pu prêter de l'argent à leur
beau-père ?..... Mais mon devoir ne va pas
jusqu'à m'ordonner de m'enquérir de ces
choses-là. Mon devoir me commande de mi-
nuter, je minute; de parapher, et je paraphe;
grâce aux minutes et aux paraphes de M. Saturnin et aux intentions généreuses de
M. d'Aurelles, voici deux belles blondes mu-
nies chacune d'une dot de cent mille francs;
c'est un gentil denier.

— Monsieur Saturnin! » s'écria Major en
se levant de table les yeux flamboyants, les
lèvres tremblantes, jetant un regard de
terreur à Geneviève, qui avait pâli; « pardonnez-moi de ne pas vous croire; c'est une
farce que vous nous contez là, sûrement;
M. d'Aurelles n'aurait pas manqué de cœur,

n'aurait pas perdu le sens au point d'agir
ainsi, de faire tort à sa fille.....

—Ma foi! je ne sais pas s'il a perdu le
sens, » interrompit l'apprenti notaire, « mais
je sais bien que Madame, elle, ne l'a pas
perdu. Comme elle était pour lui flatteuse et
charmante, tandis qu'il réglait la chose avec
moi! comme elle lui disait : « Mon ami, »
d'une petite voix mignonne et douce ! comme
elle lui parlait de noblesse et de générosité!
Et comme elle sait bien prendre son temps
aussi, la rusée Parisienne, la fine mouche!
Si elle s'y était mise un peu plus tard, qui
sait? il n'y aurait peut-être rien eu..... Puisque nous sommes sur le chapitre des secrets,
autant tout vous dire, n'est-ce pas? Eh bien!
depuis qu'il a pour la seconde fois, contracté
mariage, M. le baron, qui ne compte jamais,
a beaucoup dépensé. Dernièrement, avant de
quitter Paris, il s'est trouvé dans l'embarras
avec de lourdes échéances en face de lui, et
de grosses dettes sur le dos. Dans cette extrémité, il a eu recours à mon patron, qui
l'a aidé naturellement et, aujourd'hui, le

domaine et le château sont grevés d'une bonne grosse hypothèque.....

—En vérité ? » interrompirent ici Geneviève et Major, joignant les mains, levant les yeux au ciel, et sentant l'effroi qui commençait à les gagner devenir plus pénétrant, plus intense.

—Eh bien ! quoi ?... il n'y a pas là de quoi tant pâlir ni s'effrayer. M. d'Aurelles n'est pas le premier homme qui, pour faire un peu de luxe, aura vécu d'argent emprunté sans en être plus tourmenté, plus maigre ou plus triste... Et, puisque vous le prenez ainsi, mes amis, je crois plus sage de ne pas continuer mes révélations. Si je vous contais tout ce que je sais sur les richards d'alentour, je vous ferais donc tomber en syncope...... Et un saisissement trop brusque avec quelques petits verres de cassis sur l'estomac, cela pourrait devenir dangereux. Aussi, de crainte de m'inoculer en votre compagnie le venin de la peur, je vous souhaite le bonsoir, mes amis, et je m'efface. »

Et ici, après quelques saluts empressés et

riants adressés à ses hôtes, Saturnin Rombaud
s'éloigna sans que Major et Geneviève eussent
fait beaucoup d'efforts pour le retenir. Ils
étaient l'un et l'autre trop frappés, trop émus
pour cela ; ils avaient besoin de se trouver
seuls, de se parler à cœur ouvert, de se
communiquer leur indignation, leurs appréhensions, leurs résolutions peut-être.

Lorsque le clerc fut parti, ce fut Geneviève
qui parla la première :

« Major, » dit-elle à son vieil ami en pleurant, « notre pauvre chère petite Ella est
perdue. Son père la déshérite, et sa belle-
mère la ruine. Voilà ce qu'il y a de plus clair
dans tout ce que ce bavard nous a dit.

— C'est indubitablement comme vous
venez de le dire, » répliqua le vieux brave
en secouant la tête ; « et ce qu'il y a de plus
taquinant dans la chose, c'est qu'il n'y a presque pas moyen de les en empêcher..... Pas
de tuteur à la petite ; c'est son père qui est
son tuteur, naturellement..... Pas de vieil
ami ici qui puisse faire réfléchir Monsieur et
faire rougir Madame.....

10

—Ah! si la petite était mariée! » s'écria
Geneviève. « Si on s'était hâté de lui faire
épouser son cousin !...

— Hum ! » fit Major, « qui sait si la chose
aurait bien réussi ?..... Ce particulier-là me
fait l'effet d'un lapin qui ne serait pas très-
solide au poste; il est trop musqué, trop
bien ganté, trop bien frisé, et trop fier avec
cela. Croyez-moi, Geneviève, c'est moi qui
vous le dis : il n'est pas bon à être le mari,
mais tout au plus le laquais de sa cousine.....
Pauvre petite demoiselle ! j'espère bien qu'elle
sera heureuse un jour; mais, dans tous les
cas, ce ne sera pas avec un pareil compagnon.

— Mais, en attendant, on peut la faire
souffrir, la dépouiller, et il n'y a personne
pour élever la voix, pour prendre son parti,
personne, absolument personne...

— Personne ?... qui sait, après tout, madame Geneviève?... Je connais peut-être bien
quelqu'un qui aurait mot à dire au chapitre,
pourvu qu'il ait le courage de l'oser... Enfin,
soyez tranquille ; aussitôt que vous serez
partie, nous verrons cela.

—De qui donc voulez-vous parler, Major?....
Est-ce monsieur le curé que vous irez chercher,
ou bien monsieur le notaire?

—Je ne peux pas vous dire qui, madame
Geneviève; ça ferait conséquemment manquer
mon plan si je contais tout d'abord..... Vous
saurez le résultat de la chose demain ou après-
demain; d'ici là, *motus;* le mot d'ordre est:
Silence! »

C'était là une rude consigne assurément
pour la bonne Geneviève. Il lui fut cependant
aisé de comprendre qu'il s'agissait ici des
intérêts et du bonheur de sa chère petite Ella,
et qu'il importait de ne pas les exposer légèrement à la merci de la discrétion d'un vieux
voisin ou d'une obligeante commère. En conséquence, lorsqu'elle quitta son ami Major,
elle mit, en le saluant, un doigt sur ses lèvres,
comme pour lui renouveler sa promesse, et
tout le long du chemin elle eut soin de ne
parler au gros Pierre, qui la ramenait au
village dans sa voiture, que des espérances
que donnait la moisson et du temps qu'il
faisait.

Le soleil se cachait lorsque Geneviève des-

cendit à la porte de sa chaumière ; avant d'y
entrer, tout émue et triste encore des fâcheuses
nouvelles qu'elle avait apprises, elle pensa à
sa petite Ella chérie, et jeta un regard douloureux dans la direction du château. Les fenêtres d'une tourelle qui en occupait l'angle
brillaient éblouissantes et polies comme un
miroir d'or à travers une échappée ménagée
dans les masses sombres de la châtaigneraie :
« C'est la chambre où Madame est morte, »
murmura la vieille en soupirant; « c'est là
peut-être que la pauvre innocente vit et pleure
maintenant... Mon bon Dieu! faites qu'il y ait
encore des beaux jours pour elle ici-bas. La
pauvre Geneviève serait si heureuse de l'apprendre au moins, elle qui ne peut plus la
voir sourire ! »

Ce n'était point Ella, à la vérité, qui se tenait en ce moment dans la chambre de la tourelle dont le soleil couchant polissait et éclai-
rait les vitres qu'il changeait en petits miroirs
d'or vermeil. Mme Caroline d'Aurelles y était
seule en ce moment, seule, parée et souriante
comme toujours, mais pensive, comme fatiguée, paresseusement étendue dans sa ber-

gère, se réjouissant en secret dans sa tendresse
de mère et dans son orgueil d'épouse. Elle
s'applaudissait du présent, et elle le trouvait
doux; elle organisait l'avenir et le préparait
splendide; elle levait les épaules en songeant
au passé, pensant combien il avait été triste,
et combien il était loin maintenant. De tout ce
qu'elle avait fait jusqu'alors pour elle et pour
ses enfants, elle n'avait qu'à s'applaudir : sa
vie avait été sagement conduite, prudemment
combinée, malgré quelques excès d'enfantil-
lages, de papotages, de caprices et de chiffons. Comme elle était seule en ce moment au
château, elle pouvait se livrer à son aise à ses
réflexions et à cette rêverie. M. d'Aurelles,
après la conférence avec le clerc de notaire,
était parti pour aller visiter ses fermiers;
Emma et Blanche faisaient une promenade à
cheval; Ella était en visite chez la sœur du
curé, au village. Caroline n'était point sortie :
elle avait besoin de repos après l'action déci-
sive qu'elle avait engagée ce jour-là, et de
laquelle, comme nous l'avons vu, elle était
sortie triomphante.

Ce jour-là, du reste, devait lui apporter

plus d'un triomphe et plus d'un espoir. Tandis qu'elle se reposait ainsi souriante et pensive, un domestique vint lui remettre un billet de Georges d'Aurelles, annonçant, pour la semaine suivante, son arrivée au château. Le billet était court, il est vrai, mais si délicieusement poli, si délicatement affectueux, conçu dans des termes à la fois si discrets et si flatteurs, qu'il ne pouvait que faire naître la confiance la plus entière et les plus séduisantes espérances. Le sourire de Caroline, au moment où elle lisait ce message, devint plus satisfait, plus radieux encore : « Je crois que je tiens aussi celui-là, » murmura-t-elle en se levant et en replaçant soigneusement la lettre dans sa petite enveloppe armoriée. « C'est justement le mari qu'il faut à Emma, qui est bien un peu princesse : de la fortune, de l'élégance, du savoir-vivre, un nom... Mes filles ne diront point que je ne suis pas bonne mère, après tout ce que j'ai obtenu pour elles aujourd'hui, et tout ce que j'obtiendrai pour elles encore... » En parlant ainsi elle alla à une des fenêtres, l'ouvrit, et, pendant un instant, contempla d'un regard vague le soleil aux

teintes de cuivre et d'or qui se couchait en
rayonnant sur la forêt et les collines. « Il y a
bien Ella, » reprit-elle. « On dira que je lui
ai enlevé sa fortune, son futur mari..... mais
ne nous occupons pas des déclamations senti-
mentales et vides, il s'agit de raisonner. D'a-
bord, il reste intégralement à Ella la fortune
de sa mère, deux cent mille francs de capital, dix
mille livres de rentes environ. C'est fort joli,
il me semble; et mes filles, grâce à la générosité de Gilbert, n'en auront encore que la
moitié; n'ai-je pas été bien modeste?... Il y
a ensuite son ancien rêve, son ancien futur,
son cousin Georges.... Mais, si même Georges
d'Aurelles n'épouse pas ma fille, il n'épousera
jamais Ella; c'est pour moi un fait certain.
Elle est infiniment trop simple, trop bour-
geoise, trop Cendrillon pour lui; va pour
Cendrillon, le mot a été dit à Paris par mon
amie Mme Delcour, et, comme il est concis et
expressif, je ne m'en choque pas, je m'en
sers, et je le répète..... Mais j'ai bien remar-
qué l'effet que mon Emma a produit sur le
beau Georges il y a quatre ans..... S'il n'a pas

changé depuis lors, s'il a toujours du goût
du coup d'œil, et quelque déférence pour le
conseils de son tuteur et parent, je ne l
manque point, je l'accable et je l'enlève... Il es
vrai que ma fille, même avec le don de Gilbert
est encore de moitié moins riche qu'Ella ; mai:
après tout, elle est deux fois plus aimable
deux fois plus brillante et plus belle. Ainsi, i
y a compensation : Emma a du tact et de l
volonté, Georges a des yeux ; je crois qu'il n'
a rien à redouter de ce côté, et qu'avant l
fin de l'été ma fille sera baronne. Qui m
l'eût dit au temps où nous sommes restées :
malheureuses, si pauvres, si isolées, après l
mort de ce bon Michel !.... Oh ! les choses sor
bien changées depuis lors ; désormais tou
nous sourit, tout nous protége. Je suis ba
ronne aussi, et riche, et admirée ; mes fille
sont élégantes et belles, et ont droit de pré
tendre à de brillants partis..... Désormais je
n'ai plus besoin de craindre, de lutter : mo:
bonheur est sûr, mon but est atteint, et je pui
me dire avec un juste orgueil la plus util
des mères, la plus heureuse des femmes. »

Mme d'Aurelles, en disant ces mots et en se souriant à elle-même, se dirigea vers l'intérieur de la chambre, en tournant le dos au balcon.

Tout à coup un murmure étouffé, un frôlement léger et confus se fit entendre près d'elle, et, au même instant, une voix rauque et dure, qui semblait venir du sommet des grands arbres ou des nuages du ciel, balbutia près d'elle, en l'air, au-dessus de son front :

« Pas encore ; non, non, pas encore ! »

Caroline pâlit, et se retourna en tressaillant ; elle se savait seule ; il était impossible que sur son balcon, tout grand ouvert, quelqu'un l'eût écoutée. « Qu'est-ce que cette voix ? » se demanda-t-elle d'abord avec une terreur mystérieuse. Était-ce un cri de sa conscience ou une manifestation surnaturelle ? un présage, une menace ou un avertissement ? Puis, presque aussitôt, elle se rendit compte de ce qui l'avait d'abord si effrayée, car un gros oiseau noir, qui venait d'entrer par la croisée en effleurant son front de ses grandes ailes largement étendues, volait par l'appartement, en se heurtant à ces murailles tendues de soie et d'or, qu'il ne paraissait pas reconnaître, et en répétant de sa voix rauque et dure, lorsqu'il venait à s'arrêter :

« Non, non, pas encore ! »

« C'est encore ce maudit corbeau ! » s'écria Mme d'Aurelles, rougissant de dépit après avoir pâli de frayeur. Elle alla à la cheminée, et sonna ; Juliette parut : « Appelez François et Pierre, » lui dit sa maîtresse, « et que l'on chasse cette horrible créature.

— A l'instant, Madame..... Madame consentirait-elle à recevoir quelqu'un en ce moment ?..... Il y a dans l'antichambre quelqu'un qui voudrait voir Madame.

— Et quel est ce quelqu'un ?

— C'est monsieur Major, le garde-chasse de Monsieur. »

Mme d'Aurelles partit d'un éclat de rire railleur....

« Ma pauvre Juliette, vous êtes folle, » dit-elle ; « qu'aurais-je donc à dire à cet intéressant personnage ? Il vient sans doute dénoncer

un braconnier, ou faire son rapport de la
quinzaine; dites-lui qu'il s'adresse à Monsieur. »

Juliette s'éloigna, et revint bientôt avec une
mine fort embarrassée.

« C'est qu'il dit, Madame, qu'il a quelque
chose à communiquer à Madame particulière-
ment, » reprit-elle. « Il veut raconter à Madame une histoire au sujet des anciennes
affaires du notaire de Beaulieu..... Je ne comprends pas ce qu'il radote, pour sûr; il n'est
pas ivre pourtant. »

A ce mot de notaire de Beaulieu s'échap-
pant des lèvres de Juliette, Caroline d'Aurelles
s'était brusquement retournée avec une vive
expression de mécontentement et de surprise,
se pinçant les lèvres et fronçant le sourcil. Elle
parut réfléchir un moment, sans se troubler
toutefois, tenant ses grands yeux bruns attachés sur les arabesques du tapis, et jouant
avec les nœuds coquets de son fichu de dentelle. Enfin, elle prit sa résolution, et releva
la tête en souriant fièrement et dédaigneusement, comme toujours :

« Faites-le entrer, » dit-elle d'un ton sec.

Juliette sortit, laissant la porte ouverte.
Bientôt le bruit des gros souliers ferrés du
sergent, rayant le parquet ciré, se fit entendre
dans la pièce voisine, et Major, retroussant
d'une main sa moustache hérissée, de l'autre
découvrant sa tête grise, parut au seuil de
l'appartement.

IX

Personne, en cet instant, n'eût pu se douter
assurément que notre ami Major eût été jadis
un des héros du 38e régiment, et fût encore
un vaillant et un brave. On l'eût pris bien
plutôt pour un poltron de premier calibre, en
le voyant sur le seuil, pâlir et presque trembler en présence de cette belle femme qui ne
tremblait pas, et souriait, elle, nonchalamment étendue sur un canapé, jouant avec le
bout de ses rubans bleus, et effeuillant par
distraction un gros bouquet de violettes. C'est
que le pauvre sergent sentait bien que la circonstance était grave et l'entreprise désespérée ; qu'il allait, comme il se l'était dit en

route, jouer son va-tout, pour tenter d'assurer
le salut et le bonheur d'Ella, et que s'il avait
la mauvaise chance de faiblir, le malheur
d'échouer, il n'était pas vaincu seulement, il
était encore ruiné, chassé, perdu, rendu
odieux et impossible; il n'aurait plus qu'à
quitter cette maisonnette à laquelle l'attachaient déjà de si vieux souvenirs, et ces grands
bois sombres et silencieux où il avait trouvé
une seconde patrie. Il n'est donc point étonnant que Major, ayant de telles appréhensions
dans l'âme, eût aussi le cœur serré, la tête
basse et le pas chancelant. Au moment où il
franchit le seuil, cependant, et où il aperçut
Caroline, une réflexion subite le saisit, l'ir-
rita, et finit par l'encourager. Comment! il
rougissait, il pâlissait, il tremblait, lui, le
pauvre poltron, l'honnête homme, tandis que
celle qui aurait dû rougir, et pâlir, et trembler,
était là, en sa présence, sous ses yeux, parfaitement tranquille, souriante et fière, dans
sa belle chambre dorée, parée comme une
châsse, jouant avec des rubans, des dentelles
et des fleurs? « C'est comme qui dirait un
renversement des choses de ce bas monde, »

11

murmura, à ce spectacle, le vieux garde entre ses dents; et il s'avança alors le front plus haut, la démarche plus sûre et plus fière; puis il salua de nouveau, plaça, par une vieille habitude, les épaules en arrière, la main à la couture du pantalon, et attendit.

Il n'attendit pas longtemps.

« Vous êtes le garde-chasse de monsieur le baron, monsieur Major, je crois? » lui dit fièrement Caroline.

« Oui, madame la baronne.

— Vous avez quelque chose à me dire?

— Oui, madame la baronne.

— Bien. Faites-moi d'abord le plaisir de chasser ce vilain oiseau, qui est à vous, je crois, que l'on vous avait déjà commandé de tenir renfermé, et que, s'il fait encore de nouvelles escapades, l'on vous priera d'honorer d'un coup de fusil en votre qualité de garde-chasse... Bon, voilà qui est fait; maintenant, venons tout de suite à notre affaire, car je n'ai que fort peu de temps à vous donner.... Je vous dirai, mon cher monsieur Major, que je ne comprends pas, mais pas du tout, pourquoi vous avez voulu me parler, car les détails d'administration du domaine ne me concernent nullement, et j'ai beau, d'un autre côté, consulter mes souvenirs, je ne me rappelle pas avoir jamais eu l'honneur de vous connaître.

— C'est que madame la baronne m'a oublié, » reprit fièrement le vieux brave, qui, déconcerté d'abord par la malencontreuse présence de Noiraud, sentait renaître son courage et son dépit à la vue du sourire hautain, froid et railleur que lui adressait Caroline. « Ou plutôt l'erreur vient subséquemment de ce qu'on me donne un surnom. Les gens d'ici m'appellent Major, comme qui dirait pour me faire honneur, mais je suis de mon vrai nom Jérôme Gaupin, né natif du village de Beaulieu, votre *pays* et votre aîné, indubitablement, madame la baronne.

— Ah! vous êtes Jérôme Gaupin? » reprit Mme d'Aurelles, qui parut soudain prendre à la conversation un intérêt visible. « Vous avez servi dans le régiment de mon premier mari, le colonel Plantier?

— Oui, et j'ai même eu alors l'occasion et le bonheur de sauver la vie au second mari

de madame. Cela fait sûrement que madame
ne refusera pas de m'écouter à cause de ces
deux messieurs seulement, parce que j'ai brave-
ment sauvé l'un et fidèlement servi l'autre...
Mais madame pourrait se rappeler que son
pays n'a pas toujours porté le fusil; il a commencé, comme tant d'autres, par tenir le
manche de la charrue. Dans ce temps-là il ne
pensait pas être soldat un jour; il était à son
aise. Son père, Jérôme Gaupin comme lui,
avait un peu de terre, et une grosse, grosse
somme chez le notaire de l'endroit. Les paysans, c'est si confiant et si bête, Madame! ça
croit à son notaire presque autant qu'à son
curé; ça s'en va à l'étude avec quasiment autant de respect qu'à l'église... Et peut-être
qu'après tout on aurait eu tort de ne pas croire
au notaire de Beaulieu. On le croyait honnête,
et, dans le fait, il l'avait été longtemps. Il
était veuf, il était faible, et il n'était pas très-
riche. Il n'avait qu'une fille, qui était alors
fort belle et toute jeunette, et qui avait grande
envie de s'habiller, de s'amuser, de faire un
beau parti. Le pauvre papa ne lui refusait
rien : on l'a assez blâmé de cela plus tard dans

le village!... Tant y a, qu'à force d'invitations,
et de dîners, et de parures, et de voyages ici
et là, et de voitures, de chevaux et de meubles
de Paris, les affaires de M. Damoy commencèrent à se déranger. Il prit peur, et, pour
rétablir le train des choses, il eut l'idée de
spéculer; sa fille l'y encouragea. Madame sait
le reste.... Un jour, on vint nous dire, à nous
autres pauvres niais du village, que le notaire
était parti, la caisse vide, notre argent perdu.
Il ne restait à ma famille, en particulier,
qu'une maisonnette, deux paires de bœufs, un
petit champ, mes deux bras et notre charrue....
C'était trop peu pour un vieux père, une
vieille mère et cinq enfants, dont trois filles.
Le pauvre père Jérôme Gaupin ne put pas
survivre au chagrin d'avoir perdu ainsi, en
un instant, tout ce qu'il avait eu tant de peine
à gagner pendant une longue et misérable
vie. Quand nous l'eûmes perdu, je laissai la
charrue à mon frère, qui était meilleur la-
boureur que moi, et je m'engageai pour pouvoir léguer aux femmes de la maison une
bonne petite somme..... Dans ce temps-là, on
nous payait cher pour aller nous faire tuer.....

Je ne me fis pas tuer, mais poivrer solidement, et quasi estropier tout du moins, ce qui n'a pas empêché la misère et le chagrin de tourmenter ma famille, et ce qui fait que me voilà, dans mes vieux jours, au service encore, portant le fusil et traînant le pied, tandis que la demoiselle du notaire M. Damoy..... Mais madame ne m'écoute pas; est-ce qu'elle ne s'intéresse pas à mon histoire?

— Au contraire, monsieur le garde. Mais il me semble qu'on pourrait l'abréger considérablement..... Voyons, allons droit au but... Que venez-vous me dire ici?... Rien, sinon que mon père a ruiné le vôtre, tout en se ruinant lui-même...... C'est une chose que je sais aussi bien que vous, et toutes vos récriminations ne conduiraient à rien. Par conséquent, ce n'est pas une confidence que vous venez me faire, c'est une compensation que vous venez me demander..... Depuis lors, la fortune m'a souri, et je ne puis me refuser à accomplir un acte de justice. Dites-moi donc ce qu'il vous faut, car vous comprenez bien que je n'ai pas votre dossier en tête; et la *demoiselle*, comme vous dites, de votre ancien

notaire, se fera un plaisir de vous donner de
l'argent.

— De l'argent!... de l'argent, à moi!... »
s'écria Major, jetant un regard courroucé et
méprisant sur Caroline, qui, ayant laissé
tomber son bouquet, agitait maintenant entre
ses mains un petit éventail dont elle se servait,
tout en parlant, avec une grâce dédaigneuse
et charmante. « De l'argent?..... de vous?...
pour moi?..... A quoi me servirait votre argent, je vous prie?..... Me rendrait-il ma
vieille maison qu'on a dû vendre jadis, il y a
plus de vingt ans, et qui s'écroule peut-être
à cette heure entre les mains d'un étranger?
ou ma pauvre mère, qui n'a pas pu vivre
longtemps quand elle s'est trouvée tout à coup
misérable, et qu'elle a dû me dire adieu! ou
ma gentille sœur Manon, qui n'a pas pu
épouser son promis, parce qu'elle était devenue pauvre, et qui est allée mourir de chagrin et de langueur dans un couvent des
Filles-Dieu?.... Non, madame la baronne, à
un pauvre vieux bonhomme comme moi, ce
n'est pas l'argent qui peut rendre la vie plus
douce et le cœur plus léger, parce qu'il ne

rend ni les vieux amis, ni les anciens jours,
ni la force et la jeunesse perdues. Je voudrais
quelque chose de bien différent, quelque
chose de plus, et, comme je savais qu'en bonne
justice vous me deviez quelque chose, je suis
venu vous le demander.

— Expliquez-vous vite, alors, car je ne
comprends nullement ce que ce peut être, »
répliqua Mme d'Aurelles en fronçant ses
fins sourcils noirs d'un air ennuyé et impérieux.

« Eh bien, Madame, voici ce que c'est : je
vous prie d'abord de faire excuse si je me mêle
de choses qui ne sont pas sensément mes affaires... Il y a ici une personne, Madame, qui
y était bien longtemps avant vous, et qui a
toujours été pour le pauvre Major si câline et
si douce, si caressante et si gentille, que le
pauvre vieux Major mettrait au feu pour elle,
sans marchander, les membres qui lui restent,
et qui ont vu le feu déjà, sans me vanter,
madame la baronne..... Je veux parler de mademoiselle Ella, qui est chérie de tout le
pauvre monde, et qui est maintenant aussi
malheureuse qu'elle est bonne, parce qu'elle

a perdu sa mère, et que personne ne l'aime
plus..... Naturellement, je ne viens pas vous
demander de l'aimer autant que vos propres
demoiselles, parce que ce serait aussi impossible que de faire embrasser un troupier de la
ligne par un troupier de la cavalerie, ou d'ac-
climater des faisans dans un bosquet de jardin.
Mais je voulais..... Madame..... vous prier,
humblement, et en même temps..... tout par-
ticulièrement et très-sérieusement, d'avoir
assez de justice envers elle pour être bonne à
son égard, et ne pas lui faire de tort en quoi
que ce soit.. Ainsi, de prendre bien garde à
ce que monsieur le baron, son père, ne lui
ôte rien de ce qui lui appartient..... à elle.....
à elle toute seule...... ni de sa fortune, ni de
son amitié..... Monsieur le baron, naturellement, comme cela se doit dans les ménages
bien unis, ne voit que par les yeux de madame;
c'est donc à madame qu'il faut s'adresser, et
que je m'adresse pour que personne ne nuise
de manière ou d'autre aux intérêts de la petite,
sans quoi.....

— En vérité, monsieur Major? » interrompit
ici Caroline, éclatant de rire et se renversant

11.

sur son fauteuil; « mais c'est une invention
charmante ! c'est de la haute comédie ! Comme
seule compensation aux torts que, selon vous,
ma famille a eus envers la vôtre, vous venez
me demander de protéger et d'aimer ma belle-
fille, de faire en sorte que sa fortune soit sau-
vegardée, ses intérêts soutenus?..... Entre
parenthèse, je ne félicite point Ella, qui va
chercher ses interprètes et ses défenseurs dans
les régions de l'office et de la cuisine... Mais
permettez-moi de vous dire, monsieur Major,
qu'en de semblables questions votre intervention n'est nullement nécessaire, et que, comme
je vous laisse libre, dans votre département,
de tuer, ou manger, ou vendre les chevreuils
de M. d'Aurelles, j'entends également me
passer de vos avertissements et de vos conseils
pour diriger son intérieur, sa famille et sa
maison.

— Madame est assurément libre de se passer
de moi partout et toujours, pour faire le bien, »
répondit Major de plus en plus sombre et
irrité. « Elle n'a pas besoin, pour me le
prouver, de soupçonner et d'injurier la pro-
bité d'un honnête homme; mais elle n'est pas

libre, comme personne ne le serait, d'exposer
et de diminuer la fortune d'une pauvre innocente que le malheur, qui la poursuit depuis
la mort de sa mère, a remise entre ses mains.
Si monsieur le baron, depuis quelques années,
fait des dépenses au-dessus de ses moyens, et
est ensuite forcé d'emprunter sur hypothè-
ques ; si..... mais, *motus*, il ne faut pas aller
jusqu'à trahir les amis..... c'est qu'il a toute
confiance dans les avis de madame, c'est qu'il
ne sait pas qu'il y a déjà eu quelqu'un que,
dans sa jeunesse, madame a bien mal conseillé..... Ça serait utile pour lui de savoir
qu'en agissant de cette façon, il peut se
ruiner lui-même, et ruiner sa fille, comme
M. Damoy, le notaire, conseillé par sa demoiselle, a ruiné ses créanciers..... Il ne le sait pas
jusqu'à présent : on pourrait le lui dire.....

— En vérité? » s'écria Caroline en se dres-
sant de toute sa hauteur, les longs plis de sa
robe de satin se répandant autour d'elle sur
le tapis velouté, « c'est trop d'insolence de
votre part, trop de bonté de la mienne..... Il
importe que je fasse respecter, dans ma personne, les volontés de M. d'Aurelles, son nom,

son rang et sa dignité..... N'ajoutez pas un mot à vos audacieuses menaces, et sortez d'ici immédiatement, si vous ne voulez pas que j'informe monsieur le baron lui-même des jugements insultants que vous osez porter sur lui.

— Que le ciel me confonde, madame ! » s'écria le malheureux Major, « si j'ai jamais soupçonné monsieur le baron d'être autre chose qu'un homme parfaitement honorable et bon ; seulement un peu trop confiant, un peu faible..... »

Mais l'explication, par malheur, était plus qu'inutile, elle était dangereuse, car M. d'Aurelles, attiré en passant par le bruit des voix élevées et émues, entrait en ce moment, jetant un regard surpris sur le visage du garde troublé et tremblant, et sur celui de Caroline, dédaigneuse et irritée.

« Que se passe-t-il donc? » demanda-t-il.

« Rien, ou tout au moins fort peu de chose, » répondit la baronne avec un sourire calme et presque froid; « je chassais de ma présence votre garde, qui se permet, sous prétexte de confidences, d'apprécier audacieusement votre conduite et la mienne à l'égard de notre pauvre Ella.

— En vérité? » s'écria le baron confondu. « Que se passe-t-il dans votre tête, Major? Êtes-vous fou ou ivre?

— Ni l'un ni l'autre, monsieur le baron. Je ne suis qu'un pauvre homme bien tranquille et bien malheureux, qui a souffert longtemps sans rien dire, en sachant que la petite souffrait aussi, et qui, aujourd'hui, voudrait vous avertir...... Les gens d'ici parlent déjà, monsieur le baron, on dit que votre fortune est embarrassée ; et, comme elle appartiendra à la petite un jour...... je pensais que.....

— Monsieur, » reprit le baron Gilbert courroucé, « je ne saurais supporter plus longtemps une semblable outrecuidance. Je ne reconnais point à mes gens le droit de se mêler de mes affaires personnelles ; ils doivent être contents du moment où je les garde et où je les paye.

— Mais, monsieur le baron, si je ne me mêlais de vos affaires que pour vous avertir, vous servir, vous détromper?..... Je vous ai sauvé la vie autrefois, et je ne l'ai jamais regretté. Si je voulais maintenant vous sauver......

— Assez, insolent! » s'écria le baron furieux. « Le service que vous m'avez rendu a déjà été payé, il vous le sera encore; mais je ne vous permettrai pas de me le rappeler, de vous en prévaloir surtout. Vous ne faites plus partie de ma maison; sortez! votre présence ici est impossible. »

Major, à ces mots, jeta un regard indigné, un regard éloquent sur Caroline, et ouvrit la bouche pour répondre..... Mais M. d'Aurelles s'élança au-devant de lui avec un geste menaçant, et alors il baissa la tête et sortit.

Il s'éloigna le front courbé, les bras pendants, les regards fixés à terre :

« Voilà ce que je craignais, » murmura-t-il; «madame a crié, j'ai perdu patience..... bref, je n'ai pas réussi..... Maintenant nous sommes perdus, la petite et moi. Il va falloir partir, s'en aller loin d'elle, loin d'ici. Oh! ma pauvre vieillesse, abandonnée et errante! Oh! la pauvre petite! »

Et le brave Major qui, rentré en toute hâte dans le parc, parcourait en ce moment une allée isolée, s'assit lourdement sur un banc de pierre, et, tout accablé, laissa tomber sa tête dans ses mains. Soudain, une idée lui vint à l'esprit, et il tressaillit d'espoir.

« Si j'écrivais à monsieur le baron? » murmura-t-il. « Quand j'ai parlé tout à l'heure, il n'a pas voulu m'écouter, et ça n'est pas étonnant, parce que ce que je lui disais n'était pas conséquemment conforme avec le respect qu'un serviteur doit à son maître. Mais quand il verra là, couchées en noir sur du blanc, les pensées honnêtes et les franches vérités que j'ai dans l'esprit, assaisonnées, comme cela se doit, de beaucoup de salutations et de politesses, alors il finira par comprendre que c'est pour son bien et pour celui de la petite que j'ai parlé ainsi.... Il s'agit maintenant de trouver quelqu'un qui soit capable de rédiger la chose.... Moi, je pouvais bien me charger d'écrire, chaque quinzaine, un petit bout de rapport, mais une lettre comme celle-là, oh! non!..... Il y faut bien des respects, et des précautions, et de l'éloquence..... Si j'avais ici un grand avocat de Paris pour la composer, ça ne serait pas de trop..... Mais, voyons, il y a Saturnin Rombaud qui n'est pas maladroit, qui a une écriture moulée, un style huppé, et qui voit ces messieurs des châteaux tous les jours..... Je vais lui conter la chose en lui payant un petit verre; il verra tout de suite que j'ai raison, et quand il l'aura lui-même écrit, je suis sûr que monsieur le baron finira aussi par le comprendre. »

Ce fut avec cette douce espérance que Major se rendit au village voisin; ce fut avec cette espérance plus vive et plus consolante qu'il quitta deux heures plus tard l'éloquent Saturnin, après avoir longtemps et vivement débattu avec lui les termes et les arguments de son importante missive, qu'il signa de son plus beau paraphe, à la suite de tous ses titres : Jérôme Gaupin, garde-chasse, ex-sergent-major. Il remit alors la lettre aux mains d'un jeune garçon auquel il apprenait son métier; et, lorsqu'il l'eut vu dans la soirée partir pour la laisser au château, il se coucha le cœur plus léger, et dans la nuit qui suivit fit encore de beaux rêves.

Aux premiers rayons du jour il était éveillé,

et attendait sa réponse. Mais la matinée s'é-
coula, ce fut en vain qu'il attendit. Vers deux
heures seulement, au moment où, rentré de
sa tournée du jour, il se préparait à dresser
son couvert et à manger sa soupe, un des laquais de Madame parut, très-sérieux et très-
galonné, et lui remit un large pli. Cette enveloppe, que Major décacheta en tremblant,
contenait : d'abord sa propre lettre, qui n'a-
vait pas été ouverte, ainsi que lui annonçait
un petit billet fort sec, dans lequel M. d'Aurelles lui déclarait qu'il n'avait pas l'habitude
de correspondre avec ses *anciens* domestiques ;
plus un billet de cinq cents francs, destiné,
ajoutait cette lettre de congé, à couvrir ses frais
de déménagement et de voyage. Un nouveau
garde avait été engagé dès la veille ; on désirait que la maisonnette fût libre et prête à le
recevoir au plus tard dans huit jours. Quand
Major eut lu ce fatal message, il laissa tout
tomber, dans sa stupeur, la lettre, le billet ;
il se vit perdu, joignit les mains, et oublia sa
soupe.

Alors le pauvre homme, dans le silence de
sa maisonnette perdue au milieu des grands

bois, passa quelques heures de désespoir et d'accablement, les plus navrantes et les plus amères qu'il eût encore ressenties de sa vie. Son malheur était foudroyant, complet; il ne lui restait plus d'espérance. Il n'avait pu sauver la fortune et le bonheur d'Ella; il ne la reverrait plus, et désormais il était seul, seul, loin de ces vieux murs auxquels il s'était attaché comme à ceux qui avaient abrité son berceau; loin de ces maîtres longtemps servis, de ces amis déjà anciens, qui étaient devenus pour lui comme une autre famille.

« Il faut que je parte bien vite, » murmura le vieux brave. « Plus je tarderais ici, plus j'aurais de peine à m'en aller. Et puis, on ne veut plus me voir, on se hâte de me chasser; je dois me hâter aussi de faire place à l'autre. »

Il se leva alors, jeta autour de lui, dans la cabane, un regard désolé, choisissant les objets que, dans sa retraite, il emporterait avec lui, et ceux qui l'embarrasseraient trop, et qu'il devrait vendre. Les meubles étaient de ce nombre. Dès le lendemain, il appellerait le

premier hôtelier du village, pour lui offrir
l'armoire, la table, le lit. Mais il emporterait
son fauteuil à oreillettes de cuir noir, que jadis
Ella lui avait donné pour sa fête ; sa collection
de gravures des batailles de l'Empire, dont
la baronne Nelly lui avait fait présent ; son
bon vieux fusil, compagnon de mainte expé-
dition et de mainte victoire ; il emmènerait son
pauvre vieux Noiraud, qui, murmura-t-il, la
larme à l'œil, allait se sentir, aussi lui, bien
dépaysé ! Puis, quand il eut ainsi fait son choix,
il décrocha en soupirant ses vieilles hardes
qui pendaient dans l'armoire de chêne ; il tira
un grand coffre au milieu de la chambre, et
commença à emballer.

Mais la besogne allait lentement, tristement, car le cœur du vieux garde était triste,
était plein, et ni les encouragements d'une
voix amie, ni les larmes, ni la prière ne l'a-
vaient encore soulagé. Le jour touchait à sa
fin, et les premières ombres du crépuscule
tombaient déjà, vagues et grises, sous les
grands arbres, que Major, toujours rangeant
sa malle, n'avait pas encore achevé. Il se préparait à y caser ses livres, après y avoir bien

soigneusement établi ses gravures, lorsqu'une réflexion lui vint, tandis qu'il lisait machinalement le titre d'un volume qui avait appartenu à Mme Nelly d'Aurelles, et qu'il avait arraché à l'abandon du grenier. Notre ami Major, — avouons-le à sa honte, — s'était senti surtout intéressé par les récits de guerres et de voyages. Les *Victoires et Conquêtes* et le *Robinson Crusoé* avaient charmé ses longues heures; il avait également entamé les *Évangiles;* mais jamais encore il n'avait ouvert ce pieux trésor, ce legs et cette œuvre admirable : l'*Imitation de Jésus-Christ.*

« Si j'en lisais un peu? » murmura-t-il en ce moment. « Je n'ai de courage à rien, pas même la force d'emballer; et il y a bien des gens qui disent que ce livre-là console. » En parlant ainsi, il secoua douloureusement sa tête grise, alla s'asseoir sur son banc de bois auprès de la fenêtre, posa le livre sur ses genoux, et, suivant du doigt les lignes qui s'offrirent tout d'abord à sa vue, y épela lentement, mais paisiblement, les premiers versets de ce beau chapitre qui commence ainsi : « Mon fils, je suis le Seigneur qui fortifie les

âmes au jour de l'affliction; venez à moi lorsque vous serez en peine. » Le vieillard était,
pour comprendre cette pensée et recevoir cet
enseignement, dans une disposition heureuse;
adouci et humilié par sa propre souffrance,
il sentait le besoin d'espérer et de croire, de
se résigner et de pardonner; il commençait à
s'intéresser à cette doctrine sublime et douce,
et, arrivé au quart du chapitre environ,
tourna la page avec un certain empressement. Un papier plié s'échappa alors d'entre
les feuillets du livre et tomba à terre; le vieillard, surpris, le ramassa, y jeta les yeux.
C'était une lettre écrite en anglais, d'une
écriture anglaise, fine et serrée, sur un épais
papier glacé, déjà jauni par le temps. Sur
l'enveloppe, portant le nom de Mme la baronne Nelly d'Aurelles, en son château, département de..., arrondissement de..., la
mère d'Ella avait elle-même écrit ces mots :
« A noter, l'adresse de ma bonne tante Judith :
Miss J. Mac Cleare, Springs hotel, Broadway,
New-York. »

Pendant quelques instants le vieux garde
tourna et retourna l'enveloppe dans sa main,

sans se rendre compte de l'importance de sa découverte. Tout à coup il se frappa le front, un éclair lui jaillit des yeux; il se leva tremblant de joie, rouge de surprise, agitant dans sa main ce papier. « Je me le rappelle maintenant, » s'écria-t-il avec un éclat de joie intense et convulsif qui allait presque jusqu'aux sanglots; « c'était là ce qu'elle voulait trouver, ce qu'elle regardait comme la sauvegarde de son enfant, ce qu'elle nous a tant fait chercher avant sa mort, la pauvre mère!..... Oh! pourquoi, pourquoi alors l'avons-nous cherché en vain?..... Mais, puisque je viens de le trouver à présent, quand je n'avais plus d'espoir ni pour moi ni pour elle, quand je commençais à ne plus savoir m'adresser qu'au bon Dieu, assurément c'est un bon signe... La pauvre mère disait que celle dont le nom est écrit ici était juste, tendre et bonne. Oh! si elle n'est pas morte depuis quatre ans, elle s'attendrira, elle viendra, quand elle saura tout, quand je lui aurai écrit.... pour le bien de ma pauvre petite Ella; c'est encore une lettre à écrire : celle-là, je la ferai moi-même; je ne m'adresserai pas à Saturnin Rombaud..... Je

suis sûr qu'une femme qui a du cœur et qui
a aimé la pauvre Madame me comprendra
toujours.... Allons, allons, vieux Major, tu
n'es pas encore aussi inutile et aussi maladroit
que tu l'avais pensé; tu as bien fait de te souvenir de Madame, et de garder le gros livre;
bien fait aussi de penser au bon Dieu, et d'aller te consoler près de lui. »

Ce soir-là, le vieux brave ne s'endormit
pas de bonne heure : l'émotion, la surprise,
le regret, la crainte, l'espoir, le tenaient
éveillé. Puis il se mit en devoir de procéder à
la composition de sa lettre; il fit maint et
maint brouillon, déchira mainte copie, et ne
se trouva avoir fait une besogne à peu près
satisfaisante que lorsqu'il était déjà plus de
minuit. Ce n'était point assurément pour lui
une tâche facile que celle de raconter une histoire aussi touchante et aussi intime que celle
d'Ella à une dame, à une inconnue, à une
étrangère; le pauvre homme aurait eu besoin
qu'on lui polît son français avant même de
corriger et d'élaguer sa rhétorique. Il avait
heureusement en sa faveur deux puissants
avantages : l'éloquence du cœur et celle de

la vérité! C'est grâce à ce secours qu'il arriva
au terme de son épineuse entreprise, et vit
enfin sur sa table, pliée, cachetée et prête à
partir, la lettre qui devait aller chercher une
amie et une mère à Ella, de l'autre côté de
l'Atlantique.

Le même soir, du reste, Jérôme s'acquitta
d'un autre message. Il résolut d'écrire à
M. d'Aurelles, sans l'entremise cette fois de
Saturnin Rombaud, et traça à son intention
ces quelques lignes concises et significatives :

« Monsieur le baron, les cinq cents francs
que vous m'avez envoyés ne m'appartiennent
point; je n'ai pas eu jadis l'intention de m'en-
richir quand j'ai fait le coup de fusil à côté
de vous dans ce petit ravin en Espagne. Je
voulais vous les renvoyer d'abord! mais je
me suis dit que ça pourrait vous offenser; j'ai
pensé après que je pourrais les employer à
faire un cadeau à votre pauvre demoiselle
Ella, qui, assurément, n'est pas vêtue comme
une demoiselle riche et une petite baronne,
mais ça vous aurait blessé aussi; et, pour
cette raison, je ne le fais point. Conséquem-

ment, je ne les renvoie pas à Madame, qui
les mettrait en chiffons et en bagatelles; mais
je les fais tenir, en votre nom, à monsieur le
curé, pour les pauvres de l'endroit. Il y a eu
de la misère en masse l'hiver dernier, et au
mois de mai les orges ont été coupées par la
grêle. Ça donnera un peu d'aisance aux malheureux d'ici, et je sais bien que je ne pourrai
pas voir leur contentement, mais ça me fera
toujours plaisir.

« Cela fait que, dans tous les cas, monsieur
le baron, je ne vous en remercie pas moins,
et je vous salue avec infiniment de respect,
de regret, et de toutes sortes de souvenirs.

« Votre ancien sergent au 38ᵉ de ligne,
et serviteur,

« Jérôme GAUPIN. »

Ayant ainsi travaillé de tout son pouvoir à
améliorer le sort d'Ella, et ayant accompli ce
qu'il regardait comme un devoir de conscience, Major se sentit moins désolé, plus
tranquille, et, deux jours plus tard, abandonna, avec moins de tristesse, la petite

12

maison où il avait vécu solitaire et heureux
pendant plus de quinze ans.

X

Le jour même où Major faisait son déménagement modeste et ses adieux à ses amis, arriva au château d'Aurelles un beau et jeune
voyageur, Georges d'Aurelles, qui, ayant
complété, comme il l'écrivait, son tour d'Europe, s'empressait, revenant de Constanti-
nople en droite ligne, de se présenter chez
son oncle, auprès duquel il comptait passer
le reste de l'été. Toute la famille, empressée
et joyeuse, vint recevoir sur le perron le
jeune touriste, si impatiemment attendu, qui,
il y avait quatre années à peine, était parti
adolescent, et qui maintenant revenait homme,
robuste, vigoureux, bruni par le soleil des
autres cieux et la brise des grandes mers,
sans avoir cependant rien perdu de son élégance et de sa grâce.

Tandis que les hôtes du château introdui-
saient le jeune homme au salon, au milieu

des démonstrations de la joie la plus vraie, il attachait de même des regards joyeux et reconnaissants sur tous ces visages amis qui s'empressaient de lui sourire. Ses yeux, en rencontrant les traits mignons et coquets de Blanche et d'Emma et leurs soyeuses boucles blondes, avaient même pris une expression d'admiration et de surprise qui n'échappa point à la baronne Caroline, et lui fit battre le cœur de satisfaction et d'orgueil. Puis, Georges, ayant promené quelques instants ses regards tout autour du salon, comme s'il s'attendait à voir se remplir une place restée vide, avait dit enfin d'un air un peu étonné :

« Mais, mon oncle, où donc est Ella?..... Moi qui croyais qu'elle aurait été la première à se réjouir de mon arrivée!

—Oh! mon enfant, elle s'en réjouit aussi..... Mais je crois qu'elle est au bout du parc en ce moment, vois-tu. Elle a ses idées à elle, tu le sais bien; elle est allée, je pense, faire ses adieux à ce vieux garde-chasse que tu connais, qui est devenu bon à rien, insolent, et que j'éloigne.

— Major?..... Mon oncle, permettez-moi

de vous dire que vous avez parfaitement raison. Ce personnage m'a toujours déplu. Je ne
sais pas s'il est *devenu* insolent, mais il l'a
toujours été, à ma connaissance ; et Ella, par
malheur, était beaucoup trop familière avec
lui. »

On en resta là sur ce sujet ; Major n'était
pas un personnage assez important pour occuper l'attention de la famille d'Aurelles et
de son aimable hôte. La baronne n'avait-elle
pas ses compliments à adresser au jeune
voyageur sur tous les avantages physiques et
intellectuels que lui avaient valu ces quatre
dernières années ? Emma et Blanche n'étaient-
elles pas impatientes de demander à leur soi-
disant cousin des détails sur les costumes de
l'Archipel et les paysages de Roumélie ? Quoi
qu'il en soit, au moment où Georges, charmé
des louanges délicates que la baronne
donnait à sa verve et à son style, entamait
une description poétique des rivages de
Buiuck-Déré, la porte du salon s'ouvrit brusquement, et Ella parut, les mains jointes
pendant devant elle, les joues pâles, les yeux
rouges, ses épais bandeaux noirs écartés en

désordre, comme si elle eût appuyé son front
dans ses mains pour pleurer, son petit peignoir gris flottant autour d'elle sans boutons
brillants, sans rubans, sans ceinture, et, par
malheur encore, ayant les lèvres tremblantes
et les yeux éplorés.

Elle arrivait ainsi, consternée et malheureuse. Soudain elle aperçut Georges à l'autre
bout du salon. Son visage alors, dans une
seconde, rayonna et resplendit subitement,
ses joues devinrent roses, ses lèvres purpu-
rines et ses prunelles diamantées. Ce fut un
de ces changements subits, complets, féeri-
ques, comme il en arrive du ciel sur la terre
lorsqu'un beau grand soleil d'août, perçant
tout à coup un sombre rideau de nuages
noirs, fait resplendir de ses rayons d'or le
ciel, les champs, l'espace, et jusqu'aux pierres
de la colline, jusqu'aux moindres fleurettes
du vallon. Elle s'arrêta un peu, une seconde
peut-être, puis elle s'élança au-devant de
Georges, lui prit la main, et s'écria, en le
regardant avec une joie indicible et en tremblant bien fort :

« Ah ! Georges !..... te voici..... Vous êtes

revenu !..... enfin !..... enfin !..... On ne me
l'avait pas dit. Que je suis donc heureuse !.....
Oh ! que vous êtes changé ! vous êtes maintenant si grand, si.... » Elle n'acheva pas, et
baissa les yeux en rougissant. Georges, pendant ce temps, attachait un long regard sur
elle, un regard où il y avait un peu de dédain, beaucoup de pitié, mais plus de joie,
ni d'orgueil, ni d'amour.

« Et toi, ma pauvre Ella, » dit-il, « tu n'as
pas changé du tout ; tu es toujours la même. »

Ella jeta alors un regard timide et furtif
sur son peignoir si simple, sur ses manchettes
chiffonnées, sur ses petites mains maigres et
brunes, et elle rougit encore, mais d'une
rougeur de peine et de honte cette fois.

« Je ne me suis pas faite belle pour vous
recevoir, cousin, » murmura-t-elle. « J'ai eu
bien tort ; mais c'est que, voyez-vous, j'étais
si triste ce matin ! J'ai été dire adieu à un vieil
ami ; j'ai eu bien de la peine en le voyant
partir ; et, tenez, en entrant ici, je le pleurais
encore.

— Espérons qu'un ami va vous faire oublier l'autre, Ella, » dit Blanche maligne-

ment. « Il y a compensation pour vous, du moins, car si c'est M. Major qui part, voici M. Georges qui arrive.

— Oh! certes, je suis bien heureuse de voir Georges; mais j'aurais voulu que Major pût rester.... Il était si dévoué, si bon!....

— Permettez, » dit Emma à son tour avec une inflexion de voix légèrement dédaigneuse : « M. Georges nous contait, lorsque vous êtes entrée, quelque chose de si intéressant! la promenade du sultan dans son caïque sur le Bosphore. Voulez-vous le laisser achever?.... Il sera toujours temps, plus tard, de recommencer le panégyrique de l'ancien garde-chasse.

— Panégyrique d'autant plus inutile que mon oncle n'en a pas reconnu toute la vérité, puisqu'il vient de congédier le personnage, » répliqua Georges, qui en voulait à Ella de venir l'interrompre pour une cause aussi futile, au milieu de sa description et de son succès de conteur.

« Ainsi, monsieur d'Aurelles, l'incident est vidé; nous écoutons désormais, » dit Emma

avec le plus flatteur et le plus coquet de ses
sourires.

La pauvre Ella, bien honteuse, se tut, et
écouta aussi de toutes ses oreilles et de toute
son âme. Mais à quoi lui servait d'écouter?
Ce n'était pas pour elle qu'il parlait. Les deux
aimables sœurs n'étaient-elles pas là, vraies
femmes du monde, elles, toute grâce, tout
attrait et tout sourire? Elles avaient un ton si
distingué et des cheveux si blonds! des termes si choisis et des mains si blanches! Et
puis Emma avait ce jour-là un costume cerise
et blanc qui lui allait à ravir. Quand Georges
la regardait ainsi, sa jolie tête penchée sur
sa main, l'écoutant, le questionnant et lui
souriant, il ne voyait plus Ella, quoiqu'elle
fût sa vieille amie, eût-elle été dix fois sa
cousine. Les premières impressions produi-
saient un effet à la fois durable et violent sur
l'esprit du beau Georges; il aimait d'instinct
à voir autour de lui des sourires et de la joie,
des fleurs et des dentelles, et, après cette absence de quatre ans, c'était se faire dans son
cœur un tort irréparable que de se présenter

à lui avec une robe de laine grise, des manchettes sales, des bandeaux en désordre et
des larmes dans les yeux.

Le hasard avait admirablement secondé les
plans de la baronne Caroline. Elle n'aurait
pu rien imaginer de plus efficace, de plus à
propos, que cette petite scène si naturellement venue et si peu préméditée. Si Georges,
pendant son absence, s'était fait quelques illusions sur la grâce et la beauté d'Ella, ce
moment décisif suffit pour les lui faire perdre
toutes. Il ne vit plus dans sa cousine qu'une
jeune fille gauche et timide, sans manières et
sans goût, mais non sans caprices et sans ex-
centricité, susceptible et fière avec cela, ainsi
qu'elle avait été dans son enfance, passionnée, sauvage et orgueilleusement isolée. Il
la traita en conséquence, sans mépris, sans
aigreur, — il était trop bien élevé pour le
faire, — mais avec une indulgente pitié,
avec une supériorité délicate, ainsi qu'on le
fait à l'égard d'une personne inférieure à soi,
fatigante parfois et légèrement bornée, mais
que l'on respecte malgré tout, et que l'on ne
veut pas blesser.

La pauvre Ella ne s'affligea pas d'abord
beaucoup de la conduite de son cousin à son
égard. Il était devenu, dans ses voyages, si
savant, si brillant, si beau; elle était, elle,
devenue si humble depuis qu'elle était si
malheureuse; il n'y avait rien d'étonnant à
ce qu'un homme distingué, éloquent, habile
comme lui, ne pût pas trouver grand plaisir
à causer avec elle; rien d'étonnant à ce qu'il
eût souvent l'occasion de la reprendre par un
mot d'avis, par un geste, par un sourire,
lorsqu'elle parlait étourdiment, ou agissait
comme une petite fille maladroite; rien d'é-
tonnant encore à ce qu'il n'eût point de pareilles observations à adresser à Emma et à
Blanche, qui avaient l'habitude du monde,
qui aimaient à faire salon, et qui avaient toujours habité Paris. Mais, peu à peu, la lumière
se fit dans l'esprit de la pauvre fille : ce qui
l'isolait chaque jour davantage de son cousin,
ce qui l'éloignait d'elle, ce n'était point la
supériorité de Georges, c'était sa froideur.
Elle n'était pas reprise, enseignée, protégée
par lui; elle en était négligée, dédaignée,
délaissée; il ne lui faisait plus partager ses

pensées, il ne lui communiquait plus ses espérances, il l'avait bannie de ses rêves. Qu'a-
vait-elle donc fait pour perdre ainsi son cœur?
Elle y avait une bonne, une chère place autrefois; pourquoi l'en avait-il chassée? Pourquoi? pourquoi?..... Était-ce sa faute à elle,
ou sa faute à lui? Elle n'avait pourtant pas
cessé un jour, une heure, un moment, de
songer à lui, au temps où il reviendrait, où
elle le verrait sourire, de se dire qu'elle pourrait tout faire, tout oublier, tout supporter,
tout pardonner aussi, pour mériter, pour
conserver son affection et son estime. Et tout
cela n'était pas assez! Que fallait-il donc de
plus?

Les jours et les semaines se passaient ainsi.
Aujourd'hui, une légère déception pour Ella;
demain, une légère humiliation; après-
demain, une légère espérance peut-être;
mais, au milieu de tout cela, et par-dessus
tout cela, une morne et lente douleur. La
pauvre enfant souffrait surtout de ce qu'elle
ne pouvait partager cette douleur avec personne; Major était parti, Geneviève ne se
montrait plus au château : ce n'était pas à

eux d'ailleurs qu'Ella eût voulu confier l'amer
découragement, la cuisante douleur qui, en
présence de l'indifférence toujours croissante
de Georges à son égard, accablaient chaque
jour et comprimaient son âme. Et la chère
tombe à laquelle la pauvre enfant avait été
porter ses confidences, ses douleurs, et tant
de larmes depuis longtemps amassées, restait
froide sous ses baisers, muette en face de ses
soupirs. Un jour vint, plus triste et plus amer
que les autres jours encore, où elle se sentit
les lèvres prêtes à déborder de plaintes et de
reproches, le cœur prêt à éclater d'angoisse
et d'humiliation, et alors elle s'enfuit du château où, pour quelques instants, elle se
trouvait seule. Elle voulait essayer de se sou-
lager et de se consoler en leur absence, pour
que ceux qui la faisaient tant souffrir, en revenant près d'elle, la trouvassent silencieuse,
concentrée, patiente et morose comme toujours.

Geneviève était seule dans sa petite maison,
ce jour-là, par bonheur. Sa fille Madeleine,
qui venait faire son ménage le matin depuis
qu'elle souffrait de son rhumatisme, l'avait

quittée pour retourner à la ferme, où elle
avait à soigner elle-même son mari, sa jeune
famille, sa laiterie et sa basse-cour. La vieille
femme était paisiblement assise, quenouille
en main, dans son grand fauteuil, au coin
de la fenêtre ouvrant sur le petit gazon où
elle voyait frissonner et se pencher au soleil
ses giroflées modestes et ses mauves fleuries.
Soudain elle vit une jolie tête brune et blanche
lui sourire de dessous un grand chapeau de
paille au détour du sentier; puis des pas légers se firent entendre dans le vestibule. La
porte s'ouvrit : Ella, la fille de son cœur et de
son lait maternel, était dans ses bras, avant
même qu'elle eût eu le temps de se lever.

« Chère demoiselle !.... Enfin....enfin !... »
s'écria la nourrice en prenant le blanc visage
de Mlle d'Aurelles entre ses deux mains, et en
le caressant doucemnt de ses baisers et de
ses larmes.

« Je suis venue te voir, quoiqu'on ne me
l'ait pas permis..... C'est toi qui m'as forcée à
désobéir; pourquoi ne venais-tu pas au château, méchante Geneviève?

—Ah! Mademoiselle! et mes pauvres jambes ?..... Et puis il m'a semblé que mes visites ne seraient pas agréables à Madame, ni peut-être à monsieur le baron.

— Mais elles m'auraient été agréables, à moi, tout du moins...... et ç'aurait été une grande bonté de ta part de me distraire un peu et de me consoler ; car, tu le sais sans doute, je suis bien seule et bien triste.

— Bien triste ! » répéta Geneviève. « En effet, » ajouta-t-elle au bout d'un moment, après avoir considéré d'un regard anxieux et presque maternel le doux visage de son enfant d'adoption, pâli par la langueur et creusé pas la souffrance ; les yeux tantôt brillants d'une flamme sombre, tantôt éteints et accablés ; les petites mains brunes, transparentes et fluettes, la taille mince, qui semblait succomber sous le poids d'un fardeau invisible. « Ma pauvre Ella, je le vois, tu es malheureuse ! » répéta-t-elle. « Et ton cousin, monsieur Georges, est pourtant revenu ? » dit-elle avec un sourire mystérieux et un regard plein d'espoir.

« Georges ? oh ! oui ; Georges est revenu..... Mais, vois-tu, il aurait mieux valu ne pas m'en parler, Geneviève... En l'attendant, je me promettais bien de la joie, j'espérais bien du bonheur, et maintenant c'est à cause de lui surtout que je suis triste.

— Comment cela, pauvre enfant ?..... Je croyais.....

— Oui, » reprit-elle, « tu croyais que Georges était le meilleur ami qui me fût resté au monde..... Il l'a été longtemps, c'est vrai; maintenant il ne l'est plus; je ne sais pourquoi, et je me le demande, et je pleure.

— Mais ne te trompes-tu pas? Il faut si peu de chose souvent pour troubler l'esprit des jeunes filles !

— Non, Geneviève, je ne me trompe pas, » répondit Ella d'un ton grave; « ce n'est pas à moi que Georges sourit quand il me rencontre; ce n'est pas à moi qu'il vient quand il est seul. Et avant-hier, tiens, c'était ma fête; il ne s'en est pas souvenu, il ne me l'a pas souhaitée..... Personne, il est vrai, ne s'en est souvenu, et je l'aurais bien pardonné à tous; mais à Georges!..... lui qui me rendait si heureuse au temps où nous étions petits, lorsqu'il m'apportait, le 24 août, une grosse gerbe de bluets, que j'aimais tant, ou un petit des-

sin, un bouquet, un paysage qu'il avait fait
pour moi, et que je gardais avec tant de
plaisir!.... J'ai encore toute ma collection,
vois-tu, et je la regardais souvent, souvent.
Les dessins de Georges devenaient plus beaux
à mesure qu'il avançait en âge. Hélas! elle
est finie, maintenant; Georges ne se souvient
plus de moi, et je n'ai plus de fête!

— Mais, ma mignonne, on peut bien oublier
une fois. Songe donc que ton cousin a été
plusieurs années absent; il revient de voyage.
Une date a bien pu lui sortir de la tête; mais
je suis sûre qu'au fond cela ne l'empêche pas
d'être bon, attentif et poli pour toi comme il
l'était toujours.

— Oh! Geneviève, en cela tu te trompes
aussi..... Georges est encore poli envers moi,
comme il l'est envers tout le monde : tu sais
qu'il est si gracieux, si élégant, si bien élevé!
Mais ce n'est plus la même bonté, la même
prévenance, la même tendresse. Parfois, en
me voyant, il paraît souffrir; d'autres fois il
me semble qu'il me regarde avec ironie, avec
pitié; ses yeux, dans ces moments-là, ont la
même expression que ceux d'Emma et de

Blanche. Et c'est presque toujours avec elles
qu'il rit, qu'il se promène..... avec Emma
surtout; et assurément, elles qui sont plus
gaies, plus brillantes et moins timides que
moi, peuvent mieux s'entendre avec lui... Et
quand je lui parle, Geneviève, il ne me comprend plus du tout; c'est là ce qui me fait
tant de peine. Aujourd'hui, par exemple, on
a proposé une grande promenade à cheval.
Blanche et Emma sont bien vite parties pour
faire leur toilette. « Et toi, Ella, tu ne vas donc
pas t'habiller? » m'a dit Georges.— « Non,
cousin, » ai-je répondu, « je n'irai pas avec
vous.— Et pourquoi cela? — Mon pauvre Blackey est mort, vous savez, mon petit cheval
que vous aimiez tant, et... et... je n'ai pas
osé en demander un des écuries.— En vérité,
tu es absurde avec tes airs de victime, » m'a-
t-il répondu d'un ton brusque; « voudrais-tu
me faire croire que mon oncle te refuserait un de
ses chevaux ou que ta belle-mère s'opposerait
à ce que tu accompagnasses ses filles? —Non,
assurément, Georges, » ai-je dit; « mais.....
mais..... je n'aime plus la promenade. — A
la bonne heure! au moins parle franche-

ment, » a-t-il répliqué. « Avoue que tu es devenue, encore plus que tu ne l'étais, capricieuse, boudeuse et farouche, et ne laisse pas
suspecter la conduite de ceux qui se sont chargés du soin de ton bonheur, et qui, il faut le
constater, sont admirables d'indulgence,
d'égards et de savoir-vivre. » Là-dessus il
m'a tourné le dos, il a été rejoindre Blanche
et Emma, qui étaient toutes deux habillées,
et, un instant après, de ma petite fenêtre, je
les ai vus partir riant, causant, galopant,
profitant de tout leur cœur de la belle promenade et de la belle journée. Ah! moi aussi,
j'aurais été bien heureuse de rire, et de les
suivre dans les grands bois; mais je n'avais
pas osé dire la vérité à Georges, vois-tu : je
n'avais pas de costume. Depuis le moment où
j'ai refusé de porter les vêtements qu'avait
commandés ma belle-mère, c'est ma petite
pension qui sert à mon entretien, et.... je
n'avais pas assez d'argent pour me faire faire
une amazone avant de quitter Paris. Je ne
reçois pas beaucoup, et, assez près de notre
hôtel il y a eu, au printemps, de très-pauvres
gens si malades.....

— Et tu as pensé aux autres avant de penser à toi-même, mon enfant, » dit la nourrice. « Monsieur Georges aurait bien dû le deviner, car il connaît ton cœur.... Mais ce n'est pas encore une raison pour te désoler, vois-tu..... A présent, il est content de rire, de causer, de s'amuser, c'est son âge, c'est la jeunesse ; voilà pourquoi il se trouve tout à fait à son aise avec ces belles demoiselles à colliers et à pompons, ces grandes élégantes de Paris. Seulement, attends qu'il mûrisse un peu, qu'il soit un tantinet plus vieux et plus sage. Alors il saura bien reconnaître où est la folle avoine et où est le bon grain ; il aimera la vérité mieux que la vanité ; il redeviendra ton ami, ma fille. On ne peut pas oublier les vieux amis, pas plus qu'on n'oublie son vieux clocher ; seulement, on les quitte souvent quand on est jeune, étourdi, et qu'on a envie de voir le monde et de courir. Et puis, plus tard, on y revient, quand on est un peu vieilli, un peu las, un peu triste.

— Je ne voudrais pas que Georges devînt triste, » dit Ella, « mais alors je voudrais vieillir.

—Toi, mignonne, vieillir? » reprit Geneviève en l'embrassant. « Tais-toi; ne parle donc pas de ces vilaines choses-là ; tu n'as déjà bien que trop l'air souffrant et sérieux pour ton âge.... Tiens, laissons là toutes ces tristes pensées! Assieds-toi là, et, si tu le veux, amuse-toi à ma quenouille, tandis que ta vieille nourrice, qui, aujourd'hui sans doute, par la joie de te revoir, a retrouvé ses jambes, délayera pour toi un petit fromage à la crème, et fera sauter dans la poêle des crêpes de sarrazin. »

Elle secoua la tête en souriant doucement, mais elle ne refusa pas l'invitation de Geneviève. Elle ressentait un plaisir bien doux, maintenant si rarement goûté, à se voir servie avec respect, accueillie avec amour, entourée de prévenances et de tendresse. A voir la petite table mise pour elle sous le berceau de vigne sauvage, le linge le plus beau sorti de l'armoire à son intention, la faïence la plus brillante déployée à ses yeux, l'unique couvert d'argent que possédât Geneviève présenté à ses petites mains de baronne, les morceaux les plus délicats, les fruits les plus mûrs,

les galettes les mieux dorées réservées pour
elle, pour elle que l'on négligeait, que l'on
oubliait ailleurs, elle voyait que sa présence
avait apporté une joie véritable dans la
petite maison; elle se sentait appréciée,
fêtée, aimée; il n'en fallait pas plus pour
lui remettre de la fraîcheur aux joues, des
sourires aux lèvres et du contentement au
cœur.

Aussi, lorsque vers le soir elle se remit en
route, après avoir passé auprès de Geneviève
quelques belles heures de joie et de paix,
elle ne se pressa point de rentrer au château,
où, elle le sentait bien, il n'y aurait sans doute
pour elle ni le beau soleil doré, ni la belle
verdure tranquille, ni le petit festin amical,
ni les regards souriants qui, au village,
l'avaient entourée. Seulement, comme elle
avait encore le cœur content et l'esprit paisible, elle s'en revint à pas lents à travers les
champs nus et vastes, drapés de plis d'or
rouge par l'ardente lumière du soir. Les paroles de Geneviève l'avaient, malgré elle,
rassurée et consolée. En marchant, elle souriait parfois, de son sourire humble et tran-

13.

quille, aux rares bluets que la faucille du moissonneur avait épargnés sous ses pas, à la sombre forêt qui s'assombrissait dans la distance, et surtout au vieux clocher, qu'en relevant la tête elle apercevait dans le lointain. C'était de ce côté principalement qu'elle envoyait son regard le plus doux, son plus tendre sourire : « Les vieux amis et le vieux clocher, » se disait-elle en se rappelant les assurances de la nourrice, « on y revient quand on est un peu vieilli, un peu triste, un peu las. »

Ce fut avec cette disposition toute nouvelle à la confiance, à la joie, à l'espoir, qu'elle revint au château, pensant aller s'endormir en paix dans sa petite chambre. Mais, à sa grande surprise, elle vit que toute la joyeuse cavalcade était rentrée ; les promeneurs avaient cependant annoncé une visite à une *villa* voisine, et ne devaient revenir que beaucoup plus tard. Que s'était-il donc passé ? Y avait-il eu un accident, une indisposition subite?... « Rien de tout cela, » lui dit Blanche, qu'elle rencontra sur l'escalier, fort rouge, fort souriante, ayant un air de mystère et de

préoccupation qui ne lui était point ordinaire.
Mais, d'abord, on n'avait point rencontré les
voisins, et ensuite, le facteur, qu'on avait
rencontré sur la route, avait remis à M. d'Aurelles une lettre très-pressée, et le baron avait
annoncé que, par suite de ce message, il parti-
rait le soir même pour Paris. « M. Georges,
alors, » ajouta Blanche avec un étrange sourire, « avait demandé à son oncle de retourner
au château immédiatement, parce qu'il désirait avoir avec lui, avant son départ, un entretien sérieux. En conséquence, tout le
monde était revenu.

— Et mon père, où est-il? » dit Ella.

« Dans son cabinet, avec M. Georges. La
conférence dure encore.... Je crois même que
maman vient d'être priée de vouloir bien en
faire partie..... Cela doit être grave ; j'espère
que nous connaîtrons le résultat bientôt.....
En attendant, je voudrais bien savoir où
Emma se cache. »

Blanche partit d'un éclat de rire, et s'éloigna en courant, après avoir prononcé ces
mots. Ella, agitée, sans trop savoir pourquoi,
fit quelques pas, entra dans le grand salon

qui se trouvait devant elle, s'assit dans un coin obscur à l'angle d'une croisée, et, appuyant sa tête sur sa main, essaya de se calmer et de réfléchir. De quoi donc avait-elle peur? Son père n'était-il pas parfois forcé de se rendre à Paris? Georges n'avait-il pas souvent à s'entretenir avec lui, à cause de sa majorité qu'il allait atteindre et du règlement des comptes de tutelle? Mais aussi, pourquoi Emma se cachait-elle, ainsi que le disait Blanche? Pourquoi la baronne Caroline avait-elle été appelée au conseil? Ces questions, auxquelles elle ne pouvait pas répondre et qui semblaient apporter avec elles une image de doute et de douleur, un avenir sombre et voilé, accablaient son esprit, pesaient sur son cœur, et en faisaient fuir une à une, lentement, la confiance renaissante, la force reconquise, les joies ailées. Ella cherchait, rêvait, tremblait; pendant ce temps les ombres s'épaississaient autour d'elle, et les dernières lueurs pâles du crépuscule ne pénétraient plus que faiblement dans cette grande pièce haute et sombre.

Soudain, à l'autre bout de l'appartement, la porte s'ouvrit. Mme Caroline d'Aurelles en-

tra la première, sa robe de satin à trame faisant un glorieux froufrou sur le tapis ; elle
portait la tête haute et droite. Ella devina,
plutôt qu'elle ne le vit, qu'un sourire triomphant passait en ce moment sur ses lèvres.
En entrant, elle dit d'une voix claire et ferme
à Georges qui la suivait et auquel elle tendit
la main :

« Vous êtes un noble cœur, un vaillant esprit; vous envisagez à merveillle le but loyal
et désintéressé que l'homme doit se proposer
dans le mariage.

— Je ne mérite pas tant d'éloges, » répondit Georges de sa voix gracieuse et douce ;
« ce que je cherche avant tout dans mon mariage, c'est mon bonheur.

— Mais vous le cherchez, je vous le répète,
avec un désintéressement rare. Je suis presque
sûre, par exemple, qu'Ella aurait pu vous
rendre également heureux. Ella est un peu
simple et timide, il est vrai; mais elle est modeste et douce, et enfin..... elle est deux fois
plus riche que ma pauvre Emma, songez-y
bien.

— Que m'importe, » répondit le jeune

homme d'un ton chaleureux et convaincu
qu'Ella, depuis bien longtemps, hélas! ne lui
avait plus entendu prendre. « J'ai de la fortune, par bonheur ; je puis la partager avec la
femme que j'aime. Mais je ne pourrais jamais,
je le sens bien, partager les goûts d'Ella, sa
sauvagerie, sa mesquinerie, ses caprices. Les
projets de mon oncle et nos rêves d'enfants
n'ont rien eu de durable ; à mesure que ma
cousine a grandi, on dirait qu'elle a pris à
tâche de s'éloigner de moi ; on croirait presque,
tant elle a et de singulières façons, une singulière humeur, qu'elle n'est pas de la famille.
Que voulez-vous ? je croirais déroger en l'épousant ; tandis que votre chère Emma, puisque
vous voulez bien y consentir, sera la digne et
charmante reine de mon salon, l'aimable et
gracieuse parure de mon foyer, ma chère
belle et élégante baronne.....»

En parlant ainsi, le jeune homme se retourna
en souriant, et alla prendre la main d'Emma
Plantier, qui entrait en compagnie de M. d'Aurelles.

Au milieu du silence qui suivit ces paroles
de Georges, on entendit soudain un long sou-

pir. Caroline et Georges s'arrêtèrent étonnés.
Emma tressaillit et recula ; mais M. d'Aurelles
et Blanche s'avancèrent :

« Qui donc est là ? » dit le baron au milieu
du silence. Personne ne répondit d'abord. Il
répéta son appel d'une voix forte.

« C'est moi, père, » répliqua la voix mourante d'Ella, au moment où la main de
Blanche effleurait le rideau.

« Ella !..... Ella est ici ? » s'écrièrent en même
temps Georges, qui rougissait, et Mme d'Aurelles, qui se mordait les lèvres.

« Oui..... père..... Je m'étais arrêtée ici,
parce que... je me sentais fatiguée en revenant
du village, et.....

— Mon Dieu ! ma chère enfant, quelle peur
vous nous avez faite ! » interrompit Caroline.
« Et nous qui vous cherchions tout à l'heure
pour vous dire..... pour vous annoncer.....

— Oui, je sais, » murmura-t-elle en ras-
semblant ses dernières forces, « et je vous
félicite tous, et je souhaite que..... mon cousin..... et..... et Emma soient heureux.

— Ma pauvre Ella, » dit alors M. d'Aurelles
qui, en ce moment, se sentit le cœur saisi

d'un remords secret et d'une subite douleur;
« tu sais bien, n'est-ce pas, qu'il ne faut pas
toujours prendre au sérieux ces jeux enfantins
et innocents de petit mari et de petite femme ?
Les années viennent, les circonstances changent; chacun, de son côté, regarde et aime
ailleurs, et cela n'empêche pas d'être heureux
et de rester bons amis.

— Oui, je sais, cher père, » dit-elle; « aussi,
je vous assure, la résolution de Georges ne
m'étonne et ne.... ne m'afflige pas du tout.
Mais vous me permettrez bien de me retirer,
n'est-ce pas? Je suis vraiment fatiguée; j'ai un
grand mal de tête.....

— En vérité, la pauvre enfant est toute
glacée. Vous vous serez refroidie dans votre
promenade, Ella, » dit Caroline en saisissant
la main de sa belle-fille.

Elle frémit à ce contact. Depuis l'entrée de
Georges dans le salon, elle tremblait, du reste,
d'une façon effrayante, et avait peine à se
soutenir.

« Va te reposer, mon enfant, » lui dit son
père; et il la baisa au front, lui serra la
main. Emma la salua d'un regard encore glo-

rieux, mais presque adouci depuis qu'elle se
sentait tranquille et triomphante. Georges alla
à elle, et lui tendit la main; mais elle s'était
éloignée déjà, et lui dit doucement : « Bonsoir, cousin; » craignant d'en dire plus, parce
que sa voix se remplissait de larmes.

« Laissez-moi aller avec vous, Ella, » lui
dit alors Blanche, qui semblait saisie d'une
pitié subite en la voyant pâlir et chanceler.
« Je ne vous ennuierai pas longtemps, si vous
le désirez; je resterai avec vous seulement
jusqu'à ce que vous soyez au lit, ou même jusqu'à la porte de votre chambre. »

Ella aurait bien voulu refuser; elle n'en
eut pas la force. D'un signe de tête elle appela Blanche, et lui tendit la main. Toutes
deux disparurent dans le long corridor, se dirigeant vers l'escalier.

« Vous êtes étonnée du mariage de ma
sœur, n'est-ce pas, Ella? » dit alors Blanche
étourdiment. « Vous regrettez peut-être
M. Georges; il était presque votre fiancé, m'a-
t-on dit..... Eh bien! vrai; vous auriez tort
de croire qu'il est aimable, et qu'Emma sera
heureuse. M. d'Aurelles est très-froid et très-

234 UN CONTE DE FÉES,

égoïste, croyez-le bien, et avec cela, exigeant
indécis, léger; il a le cœur sec et la tête vide
Allez, Ella, en le perdant, vous ne perdez pa
grand'chose. Moi, pour rien au monde je n'au
rais consenti à l'épouser. Je ne sais pas qu
vous choisirez un jour; mais, quant à moi
mon choix est fait, fait dans ce sens du moin
que je me suis trouvé un idéal. Je ne tiens pa
à la noblesse, moi, je veux un homme de cœu
pour mari, et s'il se peut, un homme illustre
Comme je serais heureuse d'épo user un gran
musicien, un chanteur, un peintre ou u
poëte! je regarderais alors ma pauvre ba
ronne de sœur en pitié; et quant à M. Georges
je ne le trouverais pas bon à dénouer le
guêtres de mon artiste...... Dites, ma chèr
Ella, n'êtes-vous pas de mon avis?

—Je ne sais pas,» répondit la pauvre enfant
«jusqu'à présent je n'avais jamais pensé a
mariage; à présent, je crois que je n'y pense
rai plus..... Merci, Blanche, et bonsoir; m
voilà chez moi. »

Elle avait rassemblé ses dernières force
pour parler ainsi, et sourire à sa compagn
au moment d'entrer. Elle se tint debout a

seuil de sa porte un instant, écoutant le bruit
des pas se perdre dans la distance, puis,
quand elle n'entendit plus rien, elle s'avança
en chancelant, et vint tomber à genoux auprès de son lit : « O mon Dieu! ô maman! il
ne m'est rien resté!..... Lui aussi, lui aussi,
je l'ai perdu! » cria-t-elle. Puis, faiblissant
et pâlissant, elle appuya sa tête endolorie sur
la courte-pointe soyeuse, avec une navrante
expression de douleur et un indicible besoin
d'oubli et de repos.

XI

Les premières brumes de novembre commençaient à flotter, le soir, sur les vallées encore vertes et sur les eaux grises; la voiture de
voyage, s'éloignant du château d'Aurelles, en
avait emmené les principaux habitants, lorsqu'un jour, vers midi un coupé de remise venant
de la ville voisine, et traîné par des chevaux
de louage, s'arrêta devant la grille, au grand
étonnement du portier. Celui-ci, accourant

pour remplir son office, en vit alors descendre
une dame d'un âge respectable, mais d'un
extérieur plus respectable encore que son âge,
avec de beaux cheveux gris, de grands yeux
d'un bleu pur, très-calmes et presque cares-
sants, un costume de couleur sombre, sans
aucune prétention à l'élégance, une tenue et
une démarche annonçant une étrangère.

A sa première question, le concierge s'empressa de répondre que M. d'Aurelles n'était
pas présent au château.

« Mais où est-il? » répliqua la dame, qui
parut légèrement contrariée.

« A Biarritz, avec sa famille, » expliqua le
portier.

« C'est jouer de malheur, » reprit l'inconnue, dont l'accent, bien qu'assez peu prononcé, annonçait suffisamment l'origine
étrangère. « J'arrive pour le voir, et pour voir
son enfant, de l'autre côté de l'Atlantique.
C'est donc un nouveau voyage à recommencer?

— Si Madame voulait dire son nom? » balbutia le concierge. « Si le nom de Madame
était connu de mademoiselle Ella.... Madame

pourrait alors se reposer ici, du moins, en attendant, auprès de mademoiselle Ella. Seulement, Mademoiselle est malade, par malheur.

—Ella, la petite Ella est restée ici !.... La fille de ma pauvre..... de la baronne Nelly ! » s'écria la dame avec un sourire sur les lèvres, et des larmes dans les yeux.

Le concierge répondit affirmativement.

« Et on l'a laissée ici, seule et malade? » reprit l'étrangère.

« Oh! Mademoiselle n'était pas tout à fait malade quand les autres sont partis, elle n'était que *traînante*, » répondit le concierge. « Et elle a bien prié pour qu'on la laissât. Mademoiselle Ella ne se plaît pas dans les endroits où il y a beaucoup de beau monde ; la femme de chambre de Madame assure qu'elle n'a jamais pu s'habituer aux airs et aux belles manières de Paris.

— Nous nous entendrons bien ensemble, alors, » répondit l'étrangère avec une dédaigneuse vivacité, « car vous voyez bien que moi non plus je ne suis pas Parisienne. Veuillez faire savoir à mademoiselle Ella que c'est miss Judith Mac Cleare, sa grand'tante du côté maternel, qui est venue la visiter.

— Fort bien, madame, miss, mistriss..... en attendant, veuillez prendre la peine de passer au salon. Je vais aller avertir Geneviève Michot, qui soigne Mademoiselle. »

Le domestique, ayant introduit miss Judith dans une pièce du rez-de-chaussée, s'éloigna et disparut. La vieille dame resta seule, irritée malgré elle, malgré elle attendrie, trop agitée et trop surprise pour pouvoir se reposer et attendre en paix, mais se promenant de long en large dans le salon, de son petit pas leste et un peu sautillant, empressé et un peu brusque, et se répétant tandis qu'elle secouait la tête en proie à de sérieuses réflexions : « Pauvre petite Ella ! Pauvre chère Nelly !..... Voilà.... on laisse l'enfant malade et seule, maintenant que la mère est morte..... Le vieux bonhomme ne m'avait pas menti, sous un rapport tout du moins, et cela peut faire juger du reste. »

La porte en ce moment s'ouvrait ; elle s'arrêta et s'interrompit. Une vieille femme, en costume de villageoise, en mouchoir à grandes

fleurs et en bonnet blanc venait de paraître
sur le seuil ; elle se tint immobile un moment,
comme pour scruter avec attention les traits,
la contenance, l'expression du visage de la
nouvelle venue. Puis, au bout d'un instant,
comme satisfaite du résultat de son examen,
elle s'élança aussi vite que ses jambes endolo-
ries purent la porter au-devant de miss Judith,
et lui dit, en levant vers elles ses mains qui
tremblaient et ses yeux pleins de pleurs :

« Vous êtes cette bonne dame à laquelle
Major a écrit ! celle à laquelle sa pauvre mère
voulait la recommander avant de mourir !
Vous êtes venue la voir, la consoler, la protéger, de si loin !... Oh ! vous avez raison,
Madame ; vous êtes tendre, vous êtes
bonne !..... Mais vous êtes venue bien tard,
trop tard peut-être..... La pauvre enfant est
bien mal..... Il y a bien des moments où elle
ne me reconnaît plus..... Ah ! si vous n'étiez
venue que pour la voir mourir ! »

Ici, la voix de Geneviève s'éteignit dans les
sanglots, et de grosses larmes brillantes vinrent mouiller les beaux yeux bleus de la
voyageuse. Mais elle ne perdit pas le courage

et dit en prenant la main de la nourrice :

« Ma bonne femme, conduisez-moi près
d'elle…. Nous serons deux maintenant à veiller
et à prier Dieu à son chevet. »

Tout en se dirigeant vers la chambre d'Ella,
miss Mac Cleare se faisait raconter par la nourrice les principaux détails des longues souffrances d'Ella et de ses dernières douleurs.

« La pauvre petite, » disait Geneviève,
« n'avait fait que languir et s'affaiblir, depuis
le jour où elle avait été laissée aux mains de
sa belle-mère. Lorsqu'elle avait appris le
changement de son cousin, qui s'était fiancé
dernièrement avec cette grande coquette de
Parisienne, elle n'avait pas pleuré beaucoup
d'abord, et était restée si tranquille, si douce,
qu'on n'aurait presque pas cru qu'elle en eût
souffert. Elle devait pourtant être malade dès
ce temps-là, » ajouta Geneviève, « car le médecin qui la soignait affirmait qu'elle avait dû
ressentir à l'avance les atteintes d'une fièvre
lente et d'un malaise général ; mais elle avait
soigneusement dissimulé son mal, afin qu'on
voulût bien consentir à la laisser au château.
Lorsque Mme d'Aurelles avait parlé d'emmener

les jeunes fiancés à Biarritz et aux Pyrénées,
Ella avait demandé le repos et la solitude en
termes si pressants, si chaleureux, que son père
n'avait pu lui refuser la grâce qu'elle solli-
citait avec tant d'ardeur; que sa belle-mère
elle-même avait compris qu'il fallait donner
à la pauvre enfant le temps d'assoupir sa douleur et de cicatriser sa blessure. Tous les autres,
les heureux, étaient donc partis, joyeux, animés, souriants; la jeune fille, qui avait rentré
ses larmes pour leur dire adieu, avait trouvé
une dernière douceur dans cet abandon, cette
paix et ce silence. Mais, comme elle avait alors
cessé de lutter contre le mal, le mal était venu.
Trois jours après le départ de Madame, quand
Geneviève, tout heureuse elle aussi de cette
liberté nouvelle, s'était présentée au château
pour voir l'enfant de son amour, elle l'avait
trouvée seule, égarée, brûlante, dans la fièvre
et presque dans le délire. Et la maladie durait
depuis lors, et, chaque jour la pauvre femme
au désespoir voulait rappeler le père d'Ella,
avertir la famille; et Ella, tremblante et sup-
pliante lorsqu'elle recouvrait la raison, demandait que personne ne vînt, qu'on la laissâ

14

souffrir et guérir seule, parce que, de cett▸
façon, elle souffrirait moins et guérirait plu▸
tôt. Mais, » ajouta Geneviève en finissant, « i▸
n'était pas sûr qu'elle guérît jamais. Si Dieu
comme il paraissait probable, avait résolu d▸
la rappeler dans son paradis, ce serait assurément le moyen le plus sûr de la guérir et d▸
la consoler, la pauvre petite martyre ! »

Telle fut, en résumé, la simple et trist▸
histoire que miss Mac Cleare entendit, tout e▸
gravissant l'escalier qui conduisait à la chambre d'Ella, et en s'arrêtant un peu dans l▸
petite antichambre; puis Geneviève lui ouvri▸
la porte. Elle entra sur la pointe du pied
jetant un regard attendri et troublé de larme▸
sur le lit blanc où se mouvaient fiévreusemen▸
les petits doigts nerveux et minces, où la tête
pâle et frêle était affaissée sur le coussin, o▸
pendaient en longues franges de velours le▸
belles tresses noires flottantes et dénouées. Pa▸
une sorte d'effet d'optique assez commun che▸
les personnes qui avancent en âge, miss Ma▸
Cleare, l'esprit plein, avant tout, de sa chèr▸
nièce Nelly, qu'elle avait vue mariée, bientô▸
mère et toujours belle, se figurait presqu▸

Ella sous les traits d'un petit enfant. On avait beau lui dire que celle qu'elle venait protéger n'était plus petite, mais femme ; qu'elle avait été recherchée et aimée, et qu'elle ne l'était plus ; elle ne s'attendait pas positivement à voir sur ce lit de douleur une belle et noble créature, une triste et charmante jeune fille , aussi intéressante que sa mère, et plus malheureuse qu'elle assurément, car elle l'avait perdue.

Aussi la bonne miss Judith , en apercevant le noble profil d'Ella, son front sérieux et fatigué, ses belles et blanches mains, fut saisie d'une tendre surprise et d'une pitié profonde. Il lui sembla revoir sa chère Nelly, abattue et mourante ; son cœur, remué, rajeuni, s'envola aussitôt tout ouvert, tout palpitant, vers cette pauvre affligée ; elle se sentit à son égard comme si elle la connaissait depuis longtemps, et comme si elle l'avait toujours aimée.

« C'est Nelly, c'est vraiment ma pauvre Nelly ! » murmura-t-elle en lui prenant la main entre ses doigts ridés, et en inclinant, pour la mieux voir, son front pâle et sa tête blanche.

En ce moment, Ella ouvrit les yeux, et dé-

truisit ainsi cette douce illusion, car elle avait
les cheveux noirs et les traits purs, mais non
les yeux blues de sa mère. Mais il y avait,
dans ses larges prunelles sombres et veloutées,
tant de tristesse et de prière, tant de tendresse
et de douleur, que son regard alla au cœur de
la vieille miss Judith et s'y grava. Le regard
d'Ella en ce moment, avoua plus tard la
bonne miss, valait à lui seul toute une histoire : histoire d'abandon navrant et de larmes longtemps dévorées, de naïves faiblesses
et de modestes vertus. Mais, dans ce regard,
miss Mac Cleare chercha autre chose encore :
le rayon de lumière et de vie qui pouvait y
briller malgré l'ennui et la souffrance, et qui
était en même temps un rayon de promesse et
d'espoir ; l'étincelle légère, mais persistante,
annonçant la souplesse et la vigueur de l'âme
qui anime un corps faible et le soutient malgré
bien des maux. Miss Mac Cleare découvrit sans
doute cette consolante lueur dans les yeux
d'Ella, car elle, qui connaissait le muet langage de la mort, ayant veillé et assisté à plus
d'une agonie, releva la tête avec une expression
plus tranquille, jeta un regard presque satisfait

dans la chambre haute et vaste, sur le parc
ombreux, sur les hautes collines boisées, dont
la fenêtre ouverte lui apportait les brises et le
parfum. Elle sourit alors à Geneviève, et lui
dit :

« L'air est bon ici, la campagne tranquille,
la chambre bien aérée ; vous l'aimiez depuis
son enfance ; moi, je l'aime déjà, nous la
soignerons ensemble.... Avec tout cela, je
crois que nous la sauverons. Il n'y aura rien
d'aussi sain pour elle que de se trouver tranquille et de se sentir aimée. »

Ce qui avait accablé la pauvre enfant, en
effet, ce n'était point tant la souffrance physi-
que, la fièvre, le délire : c'était la froideur de
tous à son égard, c'était l'isolement et l'abandon. Pendant les longues heures d'amertume
et de deuil silencieux qui avaient suivi pour
elle l'instant décisif où elle avait vu Georges,
en qualité de fiancé, prendre et serrer la main
d'Emma, elle avait trouvé une sorte de plaisir
sauvage et amer à accuser et maudire le sort
qui l'avait condamnée à tant de délaissements
successifs, à tant d'illusions brisées. Combien
de ces êtres chéris s'étaient déjà séparés d'elle !

14.

Son père d'abord, lorsqu'elle était toute petite,
s'était lassé du logis, et ne s'y montrait plus
que rarement ; puis sa mère, sa mère unique,
sa mère adorée, qui ne se lassait pas d'elle,
celle-là, et que la mort avait dû prendre et
arracher de force ; puis ses vieux serviteurs,
ses vieux amis, que la nouvelle mère, que les
nouveaux venus avaient chassés ; et puis
Georges, le dernier de tous, celui qui la faisait
spérer encore, se réjouir encore, même lorsqu'elle se sentait abandonnée, même lorsqu'elle se sentait orpheline. « Et elles m'ont
tout enlevé..... tout.... tout..... et jusqu'à
celui-là ! » murmurait-elle dans ses veilles et
dans ses rêves. Et la pensée de cette dernière
défaite, de ce dernier abandon, fut si amère
et si pesante, que bientôt la veille et les rêves
se confondirent, que les larmes dans les yeux
d'Ella se séchèrent au feu de la fièvre, et que
la jeune fille passa de longues heures, de longs
jours, sans voix, sans regard et presque sans
vie, bercée d'une torpeur lente, délirant parfois, se plaignant peu, et souffrant vaguement.

Mais peu à peu, à travers cet assoupissement
fiévreux et morne, il lui sembla ressentir par-

fois une sensation de douceur et de fraîcheur
inaccoutumée, comme la pression d'un baiser
maternel qui se posait sur son front pâle, la
caresse d'une main aimante qui venait chercher sa main. Elle se demandait, dans son
long rêve, d'où lui venait ce bonheur presque oublié, et si c'était un avant-goût de
l'autre vie à laquelle elle était conviée par sa
mère. Puis, peu à peu, cette impression si
douce la calma, la consola et la rafraîchit; la
fièvre diminua, les pénibles visions une à une
s'envolèrent, et Ella, se réveillant un jour de
son long et douloureux rêve, se trouva tout
étonnée de voir une figure un peu fatiguée,
mais souriante, une figure ridée, mais presque jeune à force de bonté, d'espoir et d'a-
mour, se pencher à côté de son lit. Et la pauvre,
enfant poussa un cri de joie, et porta ses mains
tremblantes à ses yeux brûlants de pleurs,
car ce qu'elle aperçut d'abord, c'était deux
beaux yeux bleus profonds et doux qui rappelaient les yeux de sa mère.

Nos jeunes lectrices ont-elles parfois souri
lorsqu'on leur a parlé de la beauté des vieilles
femmes?..... Nous plaindrions sincèrement

celles qui, par ignorance ou par étourderie, auraient pu le faire; celles qui n'auraient point parfois rencontré quelque visage calme et doux, respectable et attrayant, d'aïeule, de tante ou de mère, où la pureté et la beauté de l'âme, survivant à la fraîcheur et au coloris de la jeunesse, animent et embellissent les traits, adoucissent et poétisent les contours, et donnent au regard une clarté si majestueuse, si sereine, si profonde, qu'on devine qu'elle pourra bien se voiler un moment, mais ne s'éteindre jamais; et en face du jour éternel, en face de Dieu, reparaître et rayonner plus brillante et plus suave encore.

Ella était peut-être plus disposée à l'admiration et à la sympathie par ses longues souffrances et son long abandon ; car, à peine eut-elle arrêté un moment ses regards timides sur le visage de miss Judith, qui lui avait posé l'un de ses bras autour du cou et lui serrait la main ; à peine l'eut-elle vue lui sourire, qu'elle oublia ses rides, son nez pointu, ses cheveux gris, qu'elle la trouva belle, et, mieux encore, la devina bonne et tendre. Puis, comme elle croyait rêver encore, elle se hâta de dire :

« Qui donc êtes-vous ?..... Je ne vous connais pas, et.... je croirais presque que c'est ma mère qui vous a envoyée.... Vous lui ressemblez, et vous m'aimez, puisque vous me souriez, puisque votre main presse ma main et tremble. Je voudrais vous connaître mieux ; dites-moi votre nom.

—Pauvre chère petite, tu ne te trompes guère, » lui dit la vieille miss en l'embrassant avec amour. « Je suis ta tante, ta grand'-tante Judith, celle à qui ta mère voulait te confier, et qui l'a su enfin, et qui n'a eu qu'un regret, celui de s'être si longtemps fait attendre.

—Ma tante Judith ? » répéta Ella, cherchant à évoquer le souvenir du passé dans sa mémoire affaiblie. Et, au bout d'un instant, les souvenirs lui vinrent ; elle se rappela ce nom si tristement, si chaleureusement invoqué par sa mère à son lit de mort ; elle fondit en larmes, et tendit ses mains tremblantes à la vieille miss, en lui disant : « Comme elle vous aimait ! comme elle vous appelait ! Oh ! comme je vous aurais appelée aussi, si je vous avais connue !

« — A présent, tu ne m'appelleras plus en
vain, mon enfant. Nous nous trouverons bien
ensemble, et nous nous consolerons à nous
deux, toi qui es jeune et triste, et moi qui suis
vieille et seule. »

Ces bonnes paroles de la tante Judith furent
scellées d'un baiser mouillé de larmes, et ce
fut de cette heure que commença la convalescence, nous dirions presque la renaissance
d'Ella. Quelques jours plus tard, s'appuyant
sur les deux bras tremblants de sa tante et de
Geneviève, elle put quitter son lit; au bout
d'une quinzaine, elle profitait des derniers
soleils de l'automne, et passait l'heure tiède
de midi sur son balcon, dans son grand fauteuil, souriant et causant avec la vieille miss,
qui lisait tout haut ou travaillait à côté d'elle.
D'un geste enfantin et d'un regard joyeux,
elle lui montrait ses petits doigts maigres qui
commençaient à s'arrondir, ses longues boucles noires qui reprenaient de l'éclat et de la
force, ses pieds minces qui pouvaient, disait-
elle, marcher tout seuls maintenant, et qui
étaient si impatients d'aller courir par les
bois et par les prairies.

« C'est vous qui m'avez rendu tout cela,
tante Judith, » disait-elle. « Ah ! si vous vou-
liez me voir tout à fait forte, et jeune, et
joyeuse, il ne fallait pas vous faire attendre,
il fallait venir plus tôt.

— Je ne le pouvais pas, mon enfant, » répliqua la tante Judith avec un triste sourire.
« D'abord, ton père, en m'annonçant la mort
de ma chère Nelly, ne m'avait pas dit qu'elle
m'eût chargée du soin de veiller sur ton bonheur. Probablement, il ne voulait pas se séparer de toi, ou bien il ignorait le dernier
vœu de ta mère..... Et puis, » continua miss
Mac Cleare en baissant la voix et les yeux,
« un motif plus impérieux encore me retenait
loin de toi ; je n'aurais pas pu alors, Ella, me
consacrer à toi..... j'étais pauvre.

— Pauvre ! » répéta d'un air surpris Ella,
qui, au milieu de toutes ses douleurs, n'avait
jamais souffert de celles que causent la gène,
l'obscurité, la dépendance, et qui ne comprenait pas bien comment le manque de fortune
pouvait être un obstacle à la réunion de deux
membres d'une famille, de deux cœurs amis.

« Hélas ! oui. Cela te fait ouvrir de grands

yeux, mignonne; tu ne te rends pas bien
compte de cela, toi qui n'as jamais eu besoin
de peindre des aquarelles, ou de donner des
leçons de français pour vivre; et puis, tu ne
peux pas croire à la pauvreté d'une tante qui
se présente à toi aujourd'hui avec une robe
de soie et une chaîne d'or. Mais je vais t'expliquer cela, mon enfant, et te parler de nos
affaires sans regret, sans aigreur, comme il
convient lorsqu'il arrive de toucher aux choses
de la famille. Mon frère John Mac Cleare était
le seul d'entre nous, vois-tu, qui, d'après la
loi anglaise, en sa qualité de fils unique et
d'aîné, fût en droit de posséder le modeste
héritage de notre père. Ma sœur Sarah, ta
grand'mère, était par conséquent aussi pauvre
que moi, mais elle eut plus de bonheur. Oui,
je ne rougis pas de le dire, mon enfant, elle
eut le bonheur d'être aimée par un homme
généreux, noble et tendre, qui s'attacha à elle,
pour elle-même, l'anoblit et l'enrichit en lui
donnant sa main. Pour moi..... j'étais moins
belle que Sarah, et je n'eus pas, comme elle,
le bonheur d'être véritablement aimée. Il me
sembla bien, parfois, avoir attiré quelques

hommages discrets et doux, avoir éveillé quelques sympathies ; parfois j'espérai, puis je
souffris, sous l'impression de certaines préfé-
rences involontaires, au souvenir d'anciennes
et naïves amitiés..... Toutes ces illusions de
ma jeunesse n'étaient-elles que de simples
rêves ? La perspective de ma pauvreté éloi-
gnait-elle de moi ceux qu'un penchant pas-
sager et frivole avait d'abord attirés et rete-
nus ? Je ne le sais pas positivement, Ella ; tout
ce que je sais, c'est que je ne me trouvai
jamais à même d'accepter l'un de ceux auxquels j'aurais pu donner mon affection et mon
estime. Je vieillis ainsi, obscure, pauvre et
oubliée. Tout en parvenant, par mon travail,
à vivre dans l'indépendance, je ne me séparai
point de mon frère John, dont je tenais la
maison. Il se maria, assez tard à la vérité ;
mais sa jeune femme, Anna, était une aimable
et charmante créature, près de laquelle j'ai
passé plusieurs années bien douces, dans l'in-
timité et la paix du foyer. Mais elle mourut
jeune, en laissant un fils, et dès ce moment,
vois-tu, je ne me sentis plus libre. Mon frère
John, qui était ambitieux et actif en affaires,

15

et embrassait avec ardeur de vastes projets de spéculation, s'était établi en Amérique, où je l'avais suivi. C'est là que j'ai achevé de vieillir, loin de mes amis d'enfance et de ma patrie ; c'est là que, tout en donnant mes leçons et en soignant mes peintures, j'ai servi de mère à Réginald, mon fils d'adoption, mon autre cher orphelin. Il y a quatre ans, à l'époque fatale, j'habitais chez mon frère, Ella ; j'étais en quelque sorte dans sa dépendance ; je n'aurais pas pu me donner toute à toi, ainsi qu'il l'aurait fallu. Réginald me le disait pourtant alors ; car c'était déjà, dans ce temps-là, un beau grand jeune homme de vingt-cinq ans : « Voici la seconde orpheline de la famille, tante Judith ; elle aurait grand besoin de vous, petite mère (car il m'appelle petite mère, vois-tu ; il est si aimant, Réginald, et si bon, si naïf, si joyeux !). Je le caresse, je le soigne toujours comme un enfant, et pourtant il a près de trente ans maintenant ; aussi, c'est tout à fait un homme, un beau et bon cousin que tu as là, mon enfant, que tu ne connais point, et que, s'il plaît à Dieu, tu verras bientôt peut-être. »

Ella sourit doucement à la tante Judith ;
mais secoua la tête, comme pour dire que
l'expérience l'avait rendue méfiante et triste,
et qu'elle désirait n'avoir plus de nouvelles
illusions, ni faire de nouveaux amis.

« Oh ! tu aurais grand tort, petite, de douter
et de te méfier, » reprit miss Mac Cleare d'un
ton chaleureux; « Réginald est le plus noble
et le plus tendre cœur que je connaisse. Ce
n'est pas un élégant de votre monde parisien,
vois-tu. Assurément ton cousin Georges, auquel Dieu pardonne, pourrait lui enseigner
à nouer sa cravate à la dernière mode, à babiller avec les dames et à charmer tout un
salon; mais il aurait grand besoin que Réginald lui enseignât les vraies convenances, la
vraie délicatesse, la constance et l'honneur.
Réginald, mon enfant, est vrai gentilhomme;
et je ne dis pas cela parce qu'il est mon neveu
et mon élève, mais parce qu'il est devenu
presque mon fils, et qu'il sera toujours mon ami.
Il faut que je te dise ce qu'il a fait lorsque nous
avons perdu son père John, il y a deux ans.
Réginald, seul héritier, se trouvait à la tête
d'une vaste exploitation de terrains houillers

et d'une grande fortune en biens meubles :
« Tante Judith, » m'a-t-il dit alors, « nous ne
sommes plus soumis aux restrictions et aux
usages du majorat anglais ; nous sommes tous,
ici, libres et égaux, en notre qualité de citoyens
d'Amérique. Eh bien ! en vertu de cette qualité et de cette liberté, je reconnais que mon
père m'a fait, voyez-vous, une part deux fois
trop grosse. Vous êtes ma mère par le cœur ;
je suis votre fils par l'amour et presque par le
sang : partageons. Pour que le fils soit vraiment libre, riche et heureux, il faut que la
mère soit libre aussi, heureuse et riche. » Et il
l'a fait comme il l'a dit, mignonne ; cela n'a
servi à rien de refuser et de discuter. Réginald
s'est hâté de tout arranger avec les hommes
de loi ; je ne l'ai jamais vu aussi pressé pour
ses propres affaires... J'ai dû, pour lui faire
plaisir, accepter tout, approuver tout, et je
l'ai fait, vois-tu bien, sans gêne et sans remords, parce que je suis vieille, et que
je suis sûre de tout lui rendre bientôt. C'est
ce qui fait qu'aujourd'hui, mon Ella, je suis
riche, que j'ai à moi une petite maison dans
notre vieille Irlande, sur les bords de mon

lac natal; une maison petite et tranquille, où
Réginald se proposait de venir passer quelque
temps avec moi, pour apprendre à connaître
la patrie, et où je veux t'emmener aussi, mon
enfant, pour que tu apprennes à retrouver
la force, la jeunesse, la foi et l'espoir, au coin
d'un foyer ami, au beau et doux pays de ta
mère..... Et, vois-tu, Ella, j'avais beau posséder le cottage de mes rêves, je craignais d'y
venir habiter, car j'ai mes manies de vieille
femme, moi; je n'aime pas à être seule, et Réginald ne pouvait pas abandonner ses affaires
pour venir herboriser et poétiser longtemps
aux bords de mon lac. Mais je ne craindrai
rien maintenant, car j'aurai, n'est-pas, une
compagne avec moi, ma chère fille, ma douce
petite amie?

— Oh! oui, oui, tante Judith, » dit Ella en
jetant ses deux mains autour de cette vieille
tête grise, et en la serrant tendrement dans
ses bras. « Ma mère m'a donnée à vous, je
ne veux pas me reprendre..... Il faudra que
mon père y consente, et, sans doute, il y con-
sentira si ma belle-mère l'en prie.

— Elle l'en priera lorsque je lui aurai

parlé, » dit miss Mac Cleare en secouant la tête d'un air significatif.

« Et Georges, » reprit Ella avec un soupir. « Georges l'en priera aussi. Je le lui demanderai comme marque d'intérêt et de bon souvenir..... Et puis..... il doit se marier dans trois mois.... Ils se marieront plus joyeux plus tranquilles, si je ne suis plus là....Il m'était si pénible de penser que ma présence le gênerait, les rendrait tristes !... Oh ! tante Judith, vous avez raison, il faut que je parte ce sera pour moi la guérison, le salut, e pour vous....

— Et pour moi donc, mon enfant !.... Ce sera le bonheur, » dit la vieille femme en serrant la petite main d'Ella, et en lui souriant au travers de ses larmes.

Il y eut alors une période de négociation actives pour obtenir la permission tant désirée, que miss Mac Cleare jugea enfin plus pru dent d'aller chercher à Biarritz. Son arrivé y fit sensation, lorsqu'elle eut eu soin de s produire dans son grand costume d'Anglo Américaine en voyage, au milieu des élégante baigneuses qui exhibaient sur la plage leur

jupons courts, leurs tuniques enrubannées,
leurs cannes et leurs chapeaux mignons. Son
chapeau en auvent, son grand tartan Paisley
et ses *anglaises* démodées, étaient aux yeux
de Mme d'Aurelles et de mesdemoiselles Plantier, autant de torts irréparables qu'elles ne
pouvaient lui pardonner, et qui auraient suffi
pour qu'on lui accordât toutes les permissions
imaginables. Que seraient devenues ces dames,
en effet, si miss Mac Cleare, ne pouvant emmener avec elle sa chère Ella, avait pris la
résolution de se fixer pour quelque temps auprès de la famille, et s'était, en ce costume,
présentée dans leurs salons à Paris? M. d'Aurelles seul fit quelques objections; il aimait
véritablement sa fille, quoiqu'il la connût mal
et qu'il le lui montrât peu; mais elles furent
réfutées victorieusement, « dans l'intérêt de
la santé et de la gaieté d'Ella, » par Caroline,
et, hélas! par Georges. La pauvre enfant l'avait
bien deviné : son cousin, l'inconstant, le
frivole, l'heureux, avait hâte de voir s'éloigner
celle dont il avait trompé les affections, détruit
les espérances, et dont la douce résignation,
la pâleur involontaire, les paroles de pardon

et d'amitié, et la présence seule, étaient pour
lui autant de reproches amers sans cesse re-
naissants.

Miss Judith Mac Cleare réussit donc complétement dans sa mission diplomatique,
grâce à sa propre éloquence, grâce à celle de
ses alliés secrets, grâce aussi à l'ampleur de
son couvre-chef et aux couleurs de son châle.
Un beau matin, elle reparut au château, tout
empressée, toute joyeuse, annonçant à Ella
que le départ était résolu, que la bataille était
gagnée, et qu'au plus tard, dans une quinzaine, elles verraient toutes deux les rives de
son beau lac.

Les derniers préparatifs se firent vite ; Ella partit. Elle fit de tendres adieux, des adieux longs
et amers, à sa chère tombe, à sa vieille Geneviève, à Major même, qui, dans son exil, était
devenu garde-champêtre d'un village voisin ;
puis, un soir, au soleil couchant, elle vit
disparaître derrière le grand bois les tourelles
aiguës et les girouettes armoriées de son toit
natal, de sa maison chérie. Quelques jours plus
tard, elle arrivait au Havre. En descendant
de wagon, elle ne fut pas peu surprise de voir

la tante Judith agiter son parapluie, tendre
les bras, et faire une foule d'autres signes de
reconnaissance et d'amitié à un jeune homme
de haute taille, de contenance aisée et tranquille, au teint brun, aux traits ouverts et cal-
mes, aux regards doux et pensifs, au costume
commode et simple, qui embrassa d'abord
avec effusion la bonne miss Mac Cleare, et
puis lui tendit la main, à elle, en la regardant
avec un sourire un peu triste, mais cordial et
confiant :

« Nous sommes deux orphelins, cousine
Ella, » lui dit-il, « et voici notre seconde
mère..... Par conséquent, nous devons être
frère et sœur : c'est le vœu de tante Judith, et
c'est mon rêve à moi..... Dites, le voulez-
vous? »

Ella rougit, pâlit et hésita d'abord un peu;
mais elle ne put pas répondre *non;* il y avait
pour cela, dans le regard ému qui s'attachait
sur elle, trop de prière et d'affectueux respect;
trop de simple éloquence et de franche loyauté
dans la voix qui lui parlait, sympathique et
douce. Elle répondit donc *oui* bien bas, en
soupirant et en mettant sa main dans celle

15.

de Réginald. La tante Judith s'empara de l'autre bras du jeune homme, et tous trois s'éloignèrent ainsi dans la direction de l'hôtel. Le soir même, tous trois, ainsi groupés et unis, se tenaient sur le pont du bateau à vapeur, et, se dirigeant vers Southampton, voyaient par degrés s'effacer à l'horizon la ligne bleue et onduleuse du rivage de France. Ella pleurait encore un peu en songeant à ses amis, à sa mère; mais la tante Judith la caressait, et essuyait ses larmes avec son mouchoir; Réginald la consolait, et l'espérance lui souriait au loin.

ÉPILOGUE.

Quatre ans plus tard, un domestique, en
petite livrée et en tenue de voyage, se pré-
sentant des premiers à la sortie, au moment où
arrivait de très-bonne heure l'express du
Havre, héla le seul coupé qui se trouvait en
ce moment dans la gare, et lui fit signe d'approcher des egrés. Le cocher n'avait pas
encore achevé d'exécuter cette évolution, lorsque les voyageurs parurent. C'était un beau
jeune couple simplement et élégamment vêtu.
La jeune femme avait de beaux yeux bruns,
de splendides cheveux noirs, un teint très-pur
et très-blanc, que la jeunesse et le bonheur
égayaient et semaient de roses. Le jeune mari,
plus âgé qu'elle, avait le regard un peu grave et
paternel, et en même temps le sourire si confiant et si doux, qu'on pouvait voir qu'il conser-
vait encore un peu de la fraîche et généreuse
candeur de son enfance. Tous deux, quoique
évidemment fatigués par un long voyage,

paraissaient fort pressés, mais non point tant
de se faire conduire à l'hôtel, car, en montant
en voiture, le jeune homme donna au cocher
l'ordre de les mener tout droit, et le plus vite
qu'il pourrait, rue du Faubourg-Saint-Honoré,
chez M. le baron d'Aurelles.

« C'est un peu bon matin pour se faire
conduire chez un bourgeois, » murmura le
cocher. « Après cela, sans doute qu'ils sont de
la famille. »

Certes, s'ils n'avaient point été de la famille,
ils n'auraient pas été si empressés, si inquiets,
la jeune femme surtout.

« Réginald, » dit-elle au bout d'une minute,
en voyant que son mari, observant son silence
et sa pâleur, tenait ses yeux attachés sur elle,
« je crains que mon père ne soit malade,
qu'il ne soit arrivé quelque malheur. Lorsqu'il nous parlait, dans sa dernière lettre, de
l'état un peu embarrassé de ses affaires, il
ajoutait que ma belle-mère était un peu souffrante; qui sait si le mal n'a pas empiré depuis, si....? Oh! ce serait affreux pour lui
d'avoir à subir pour la seconde fois une douleur semblable.....

— Mais, Ella, chère enfant, pourquoi faire des suppositions aussi affligeantes?..... N'aurions-nous pas été prévenus si quelque malheur était arrivé?

— Qui sait? Nous nous sommes pressés si fort de quitter tante Judith, de nous embarquer pour la France; la lettre n'aurait peut-être pas eu le temps d'arriver. Et personne n'est venu à notre rencontre ici. Et les lettres de mon père, depuis quelque temps, étaient si étranges, si courtes!..... Je suis presque sûre qu'on ne nous disait pas tout, Réginald.

— Allons, soyez calme et sage, modérez un peu la vivacité de votre imagination, ma chère petite rêveuse. Ne vous obstinez pas à voir des malheurs partout. L'avenir n'est-il pas maintenant beau pour vous, et le ciel clair, chérie?

— Oh! si, vraiment, Réginald; grâce à votre bonté, à votre sagesse, à votre tendresse, » répliqua-t-elle en serrant entre les siennes la main de son mari, et en le remerciant par un regard de confiance et d'amour.

« Eh bien! rassurez-vous, alors, et confiez-vous non-seulement à *ma* bonté, mais surtout à celle de la Providence... Songe donc que nous pouvons beaucoup, Ella, pour le bonheur de ton père. S'il est malade, nous le soignerons; s'il est gèné, nous l'aiderons; s'il est triste, nous le consolerons. En un mot, nous ne lui permettrons pas d'être malheureux, tant qu'il lui restera un gendre et une fille.

— Mon cher, mon bon Réginald! » murmura Ella, toujours regardant son mari; puis elle détourna la tête et les yeux avec cette vivacité qu'elle avait eue dans sa première jeunesse, et qu'elle avait reprise en reprenant sa santé et en retrouvant son bonheur.

« Oh! voici le faubourg! enfin! » s'écria-t-elle. « Encore quelques minutes, quelques tours de roue, et nous serons à l'hôtel.... Je vois déjà le grand mur, les acacias du jardin, la borne de pierre à l'entrée..... Oh! qu'est-ce que cette foule?.... Pourquoi la grande porte est-elle ouverte? Et tous ces gens? et tous ces meubles dans la cour?..... Réginald,

je le disais bien, il y a un malheur! Oh! que
veut dire ceci? Qu'est-il arrivé chez mon
père?..... »

La terreur et les exclamations d'Ella, en
effet, se comprenaient facilement. Dans la
cour large et bien pavée qui s'étendait au-devant du perron de la somptueuse demeure
paternelle, la foule s'était donné rendez-vous;
non pas une foule aristocratique, brillante et
parée comme celle qui s'y pressait jadis à cer-
tains jours, avide de plaisir, conviée à une
fête; mais la foule des curieux, des oisifs, des
envieux, des badauds, des acheteurs, en un
mot; la foule des rues, venue pour assister à
une vente, à un désastre, à la ruine d'un riche,
d'un grand, ce qui est toujours un spectacle
attrayant et doux pour elle. Il y avait là, en
effet, de quoi tenter les fantaisies et les caprices des passants, de quoi éblouir et flatter
la vue. Les draperies de velours et de tapisserie récemment détachées de leurs tringles,
les tapis précieux, les lustres délicatement
sculptés, les glaces étincelantes; l'ameublement splendide des salons, de la salle à manger; le coquet boudoir Louis XVI, rose et ar-

gent, de Mme d'Aurelles, les coûteuses babioles
de son étagère, les fleurs exotiques de sa serre
en miniature, les aquarelles et les figurines
de ses collections; tous ces objets de luxe,
d'art et de fantaisie, étaient amoncelés là,
pêle-mêle et en désordre; arrachés à la hâte
au toit de famille, au sanctuaire intime qui
les abritait, prêts à se disperser en un jour de
ruine, comme les feuilles d'une forêt au souffle du vent d'automne, destinés à changer de
maître au signal du marteau du commissaire-
priseur, et racontant, dans leur aspect muet,
triste et presque souillé, une laconique et
sombre histoire de luxe effréné, d'imprudences
fatales, de spéculations téméraires et de ruine
complète.

Réginald s'était élancé hors de la voiture;
il avait supplié Ella, éplorée et tremblante,
d'y rester un moment. Il s'était mis à la re-
cherche de quelqu'un qui pût lui expliquer
les causes de cette scène inattendue; et bientôt
sa jeune femme le vit reparaître, amenant avec
lui l'ancien concierge : un visage connu pour
le moins, et un visage ami.

« Rassurez-vous, Ella, » dit-il en ouvrant

la portière ; « votre père est ruiné, c'est tout.
Il ne faut pas pleurer, enfant, c'est peu de
chose..... Mais il se porte bien, et nous le trouverons près d'ici.

— Ruiné ! » répéta-t-elle lentement, joignant les mains et fondant en pleurs. En ce
moment la voix de ses rancunes mal éteintes,
de ses vieux souvenirs, se réveilla dans son
cœur, et murmura : « Ruiné par *elle*, ruiné
par *l'autre!* » Mais elle imposa silence à cette
pensée mauvaise ; elle était devenue si calme,
si heureuse, qu'en vérité elle n'avait plus le
droit de condamner.

« François, dites-nous où est mon père ! »
s'écria-t-elle vivement, « conduisez-nous à
lui.... Et, je vous en prie, ne me cachez rien ;
dites-moi toute la vérité. Il doit bien souffrir
de tout ceci ; n'est-il pas malade ?

— Non, Madame, » répliqua le vieillard
avec respect ; « il ne l'est pas, lui, mais c'est
Madame... Elle était déjà souffrante l'hiver
dernier, d'un refroidissement, disait-on. Tous
ces malheurs-là l'ont comme qui dirait ache-
vée..... La vieille cuisinière, qui est restée

avec Monsieur et avec elle, dit que le médecin
n'en répond plus maintenant. »

Ella baissa la tête et pâlit; pendant un moment il lui fut impossible de répondre. Oh!
qu'elle avait bien fait d'étouffer vite, dans son
germe, cette coupable pensée de tout à l'heure!
Aurait-il été juste, et noble, et chrétien, de
condamner une mourante, une pauvre créature souffrante et faible, qui n'avait sans doute
pas eu le courage de regarder la misère en
face une seconde fois, et que les douleurs de la
catastrophe, la grandeur de la chute, les dédains du monde aussi, qui sait? achevaient
de tuer lentement? Oh! c'étaient d'autres
idées, d'autres inspirations que la jeune fille,
que la jeune femme avait puisées dans ces
quatre heureuses années de paix et de récon-
ciliation générale, passées auprès de la tante
Judith, dans cette dernière année d'espérance
et de joie passée aux côtés du généreux, du
bon et tendre Réginald. Aussi ces rapides réflexions ne lui inspirèrent qu'une pitié profonde, qu'un empressement plus vif encore.

« Allons vite, alors; hâtons-nous, » dit-elle

à François, et Réginald, qui la regardait attentivement, lui tendit la main avec un sourire.
La voiture partit; elle s'éloigna de ce quartier
aristocratique et brillant dont les pauvres, les
affligés, les humiliés s'éloignent. A une demi-
heure de là, à l'extrémité d'un faubourg, elle
s'arrêta devant une construction d'aspect sor-
dide et chétif, portant cette inscription : *Maison meublée*. C'était là que les deux vieux
époux étaient venus se réfugier au sortir de
leur sphère dorée et de leur opulence; là qu'ils
étaient venus se cacher, pleurer, et peut-être
mourir. Chose étrange ! Ella ne plaignait peut-
être pas tant, au fond du cœur, son père,
qu'elle connaissait énergique et courageux,
que cette pauvre femme brillante et faible,
frivole et vaine, pour laquelle la vie n'était
plus rien, si elle n'était pas l'éclat, le bruit, le
tourbillon, un enchantement sans fin, une
éternelle fête. « Comme elle doit souffrir ici ! »
se dit-elle en montant le petit escalier de bois
étroit et tournant, à la rampe écaillée, détruite
et graisseuse.

Et combien elle se le dit plus encore lorsqu'elle eut pénétré dans l'appartement mes-

quin, poudreux, aux meubles fanés, aux rideaux d'un blanc terne, au petit tapis râpé,
étriqué, recouvrant à peine les petits carreaux
rouges ; aux mille détails froids, sordides, qui
lui donnaient un tel aspect de gêne et de pauvreté! Mais elle n'eut pas le loisir de le contempler longtemps ; elle eut bientôt une main
tremblante et ridée au milieu des siennes,
une tête grise entre ses bras ; et elle pleura,
et elle se réjouit en s'écriant :

« Mon père ! »

M. d'Aurelles pleurait aussi, mais il ne pouvait plus se réjouir ; il baissait la tête, il rougissait en embrassant Ella. Il sentait bien, en ce
moment, qu'il avait été aveuglé et faible, et
que, par cela même, il était devenu malheureux ; il se faisait de durs reproches tout bas,
et, tout haut, mêlait le mot de pardon aux paroles de caresses et d'amour qu'il adressait à
sa fille.

« Je n'ai rien à pardonner, » disait-elle,
« et je ne veux rien savoir. Mais il faut que
vous me permettiez de vivre près de vous, et
de vous consoler comme une humble et tendre
fille.

— Du moins, la fortune de ta mère est intacte, mon enfant; tu ne pourras pas te plaindre d'avoir été ruinée par ton père.

— Eh bien! c'est là le seul reproche que nous ayons à vous faire, cher père, » interrompit Réginald. « Dans la famille, la richesse de l'un est la richesse de tous; où les cœurs sont unis, doit-on donc se faire un scrupule de mêler les bourses?

— Oh! je n'aurais, pour rien au monde, consenti à le faire..... Et cependant, j'ai été bien imprudent, bien malheureux. Mes pauvres enfants! je ne voulais pas vous le dire, mais nos réceptions continuelles, nos voyages, notre manière de vivre, avaient fini par absorber des sommes qui dépassaient mes moyens... J'ai voulu faire face à ces dépenses; je n'aurais pu me résoudre à les retrancher; elles me semblaient utiles, indispensables même, » continua M. d'Aurelles, qui, dès le commencement, avait baissé la voix pour ne pas être entendu de la pauvre malade, qui pleurait dans la chambre voisine. « J'ai spéculé alors, j'ai tenté la fortune. La fortune s'est tournée contre moi; j'ai tout perdu. Oh!

combien un pareil désastre est amer quand on l'a préparé, accompli par sa faute ! Rassurez-vous du moins, mes enfants, personne n'aura à souffrir, excepté *elle* et moi, de mon impru-dence. Tout ce que je possède encore sera vendu pour satisfaire mes créanciers ; tout, la maison de Paris, le mobilier, le château.....

— Hélas ! le château aussi ! » interrompit Ella avec une exclamation douloureuse.

« Rassure-toi, chérie, » lui dit Réginald, « nous ne sommes pas arrivés pour rien au milieu de ce naufrage. Permets-moi de me charger en partie du rôle de sauveteur...... »

Réginald n'en dit pas davantage, et Ella ne lui en demanda pas plus. En jetant les yeux sur lui, elle avait rencontré son regard si ferme, si loyal, si bon ; et sans savoir ce qu'il lui avait promis elle sentait la confiance et l'es-poir lui revenir avec cette promesse. Elle serra alors dans ses deux mains la main de son mari et celle de son père, et se leva en disant :

« Puis-je aller voir maman ? ma présence ne la fatiguera-t-elle pas ?

— Vas-y, va, mon enfant ; elle t'attend et te demande, j'en suis sûr, » dit M. d'Aurelles,

touché jusqu'aux larmes de l'expression simple
et douce qu'Ella avait mise dans ce mot de
maman, qu'elle n'avait jamais aussi humblement, aussi tendrement prononcé.

Elle entra alors sur la pointe des pieds dans
la chambre voisine, plus pauvre, plus sombre,
plus étroite encore que celle qu'elle venait de
quitter, et, à mesure qu'elle approchait du
lit, ses lèvres devenaient plus tremblantes,
ses yeux s'emplissaient de larmes plus amères.
Qu'était devenue maintenant cette belle-mère
jadis détestée, redoutée, désobéie? Où était
cette *beauté*, cette femme à la mode, cette
reine des salons, qui semblait devoir se cou-
ronner éternellement des brillantes fleurs
de joie et de jeunesse; tenir éternellement
son sceptre de grâce et de beauté entre ses
deux mains rondes et blanches? Hélas! elle
était soudain revenue au temps où elle n'avait
ni sceptre ni couronne, où la misère et l'oubli
gardaient son seuil, et où l'aiguille de son métier de broderie lui piquait et lui fatiguait les
doigts. Et elle était allée plus loin encore : ce
n'était pas seulement la pauvreté et la honte
qui l'accablaient maintenant, c'était la maladie

qui la rongeait, la vieillesse qui la minait, l
mort qui allait venir. La maladie avait m:
sa trace dans ses grands yeux fiévreux et bri-
lants, sur ces joues creuses, sur ces lèvre
décolorées ; la vieillesse, implacable et dure
se voyait sur ce front ridé, sur ce teint jauni
sur cette chevelure encore abondante, mai
négligée, flottante, et, en quelques jour;
blanchie ; la mort, plus implacable et plu
dure encore, se cachait à demi sous ces trai;
anguleux et mornes, dans ces regards tantó
égarés, tantôt éteints. Ella vit tout cela d'u
coup d'œil, et, tremblante de pitié et de te:
.reur devant la sombre majesté de ce spectaclé
hélas ! déjà entrevu, elle saisit dans ses maii
et porta à ses lèvres la main de la malade
Pendant quelques minutes elle sanglota e
l'embrassant, et sans pouvoir parler ; pu;
elle releva la tête, et jeta autour d'elle, da;
la chambre triste et vide, un regard surpri.

« Où est donc Blanche ? où est donc Emma?
Comment vous trouvez-vous seule et malaó
ici ? dit-elle.

Caroline, elle aussi, fut quelque temps sa;
répondre. Le sentiment de ses douleurs et ó

ses déceptions maternelles s'ajoutait au sentiment de son humiliation et de sa déchéance,
à l'angoisse de ses remords; elle aurait supporté avec dédain, avec courage, les reproches
ou la froideur d'Ella; mais, en se rappelant
qu'elle était mère et qu'elle était abandonnée,
elle pouvait à peine supporter le regard caressant et doux, plein d'affection et de pitié,
tendrement attaché sur elle.

« Vous avez beaucoup à me pardonner,
Ella, si vous êtes chrétienne, » murmura-
t-elle enfin faiblement; « mais vous ne pouvez
pas savoir jusqu'à quel point j'ai été punie.
Oh ! oui, je me le rappelle maintenant; je vous
ai enlevé le fiancé de votre choix, l'ami de
votre jeunesse ! C'était un parti brillant, je le
voulais pour ma fille. Tout me réussissait alors;
je l'ai conquis. Savez-vous quel fruit j'ai retiré
de ma conquête? Georges d'Aurelles, dès qu'il
a pressenti que les affaires de son oncle étaient
embarrassées, s'est empressé de lui retirer les
derniers fonds à lui appartenant, qui lui restaient entre les mains; à mesure que notre
position devenait plus pénible, il devenait
plus froid, plus dédaigneux, et s'éloignait de

16

nous davantage. Enfin, dès qu'il a connu
notre ruine, il s'est empressé d'affermer s.
propriété, assez voisine du château d'Aurelle₂
et a emmené sa femme en Allemagne, s.
plaignant, à qui voulait l'entendre, de la conduite d'un parent qui, par ses imprudences,
avait causé un déplorable scandale autour d.
son nom, et lui avait ainsi rendu le séjour d.
son pays déplaisant et impossible.

— Et Emma ? » dit la jeune femme de Réginald, « Emma a consenti à vous laisser pou.
le suivre ? Ah ! » reprit-elle vivement ; « il fau.
le lui pardonner ; sans doute elle aime so.
mari ?

— Elle, Emma ? » répliqua la malade ave.
un froid sourire, « non, non, ne vous y trom-
pez point : *ma fille n'est point aimante*, ell.
n'est qu'ambitieuse et vaine ; elle a épous.
votre cousin parce qu'il est riche, parce qu'i.
est noble. Elle n'a jamais aimé de lui que so.
rang et sa fortune ; et lorsqu'il lui a donné.
choisir entre l'aisance et le luxe avec lui, o.
la pauvreté et l'abandon avec nous, son choi.
n'a pas été douteux. Ou plutôt, elle n'aura pa.
choisi du tout ; elle se sera détournée de nou.

tout naturellement, parce que c'était dans l'ordre : « Des gens ruinés, cela ne se visite pas; ce serait mauvais ton, » s'est-elle dit peut-être. « Oh! j'ai bien, vraiment bien élevé mes enfants, » continua la malade avec ce même sourire railleur et glacé; « elles ont bien compris, bien appliqué mes leçons; mon Emma est aujourd'hui une vraie et charmante baronne.

— Oh! ne le croyez pas! ne dites pas cela! » s'écria Ella tout en larmes. « Elle ne peut pas vous oublier, vous éviter; c'est impossible! Mais c'est Georges qui est la cause de tout, Georges qui, je le vois bien, n'a pas de cœur.

— Ah! vous voyez maintenant qu'en le perdant par ma faute vous avez perdu peu de chose. Ainsi vous me pardonnerez plus aisément, n'est-ce pas?..... Oui, Ella, c'est étrange à dire, et c'est pourtant vrai : c'est à moi que vous devez le bonheur de votre mariage.

— Oh! je suis bien heureuse, en effet. Mais, à défaut d'Emma, il vous restait Blanche?

— Oui, Blanche, » reprit la malade avec un triste souvenir, « Blanche, qui était autrement ambitieuse que sa sœur, qui voulait, elle, une existence romanesque, le bruit, la renommée, plutôt que la fortune, le rang et l'éclat. Elle avait refusé d'honorables et brillants partis; je vous annonçais, il y a six mois, son mariage avec un musicien renommé, un artiste. Je n'y avais consenti que pour épargner à ma fille la honte d'une désobéissance; je n'ai pu lui épargner les funestes conséquences de son imprudente résolution. Son mari est un libertin, un joueur, un misérable. Blanche m'écrit de New-York, où ils s'étaient rendus pour donner des concerts, que la pauvreté les assiége, que les vices de son mari lui rendent la vie odieuse; elle me suppliait de la rappeler près de moi, de lui fournir les moyens de revenir. Sa lettre m'est parvenue trois jours avant la vente; je n'ai rien répondu, n'ayant plus rien à lui donner. Oh! je suis une malheureuse, je ne peux pas même secourir mon enfant, et si..... si quelque jour elle rompt sa chaîne et revient ici, je ne serai plus là pour lui pardonner; elle ne retrouvera plus sa mère.

— Allons, ne parlez pas ainsi, maman, »

dit Ella, s'efforçant de rassurer la malade par son accent affectueux et son charmant sourire. « Vous verrez que nous allons vous faire une bonne petite vie. Nous avons, Réginald et moi, de magnifiques projets d'installation, au moins pour une année. Que direz-vous d'une gentille petite *villa* à Saint-Germain ou à Marly, avec la grande Seine à nos pieds, un jardin bien vert et le bon air vif de la forêt, qui vous rendra des forces?

— Non, Ella, » répondit Caroline en secouant la tête et en soupirant; « ne cherchez pas à vous faire plus d'illusions que je ne m'en fais moi-même. Mes forces s'en vont bien vite, mes jours sont comptés; le médecin est, pour moi, complaisant et commode, comme il l'est envers ceux qu'il ne pourra pas guérir, et je ne m'en afflige guère. Je ne tiens plus à la vie, croyez-moi, parce que de tout ce que je voulais et j'aimais, il ne m'est rien resté..... Seulement, ce que je voudrais, » murmura-t-elle en pâlissant et en frémissant comme malgré elle, « ce serait que je pusse, dans le peu de temps que j'ai, apprendre à bien mourir que quelqu'un fût là pour m'aider à rencon-

16.

trer, à supporter l'horreur de ce terrible passage.

— Il y aura toujours quelqu'un, » dit Ella solennellement, « Dieu, qui est là-haut, qui voit et qui pardonne tout, parce qu'il est puissant, parce qu'il est miséricordieux, parce qu'il est père. Et puis, » continua-t-elle humblement en s'agenouillant auprès du lit et en prenant entre ses mains la main brûlante de Caroline, « je vous promets d'être là aussi; et, quel que soit le sort que l'avenir vous réserve, je vous resterai, je vous consolerai, je vous aimerai jusqu'à la fin. »

A ces tendres et pieuses paroles la malade, émue et presque consolée, ne répondit rien, parce que les pleurs étouffaient sa voix; cette fois, son cœur s'ouvrait, et sur ses lèvres ne se voyait plus son amer et froid sourire. Seulement, elle passa son bras autour du cou blanc et gracieux de la jeune femme, qui lui souriait, et reposa sa tête, avec une grande expression de soulagement et de calme, sur l'épaule de cette fille qui accourait et se donnait à elle, à l'heure où il ne lui restait plus un ami.

Et Ella tint noblement et vaillamment sa promesse. Dans la petite chambre de l'hôtel garni où la malade séjourna quelques jours encore, dans la jolie maison de campagne de Bougival, où elle fut bientôt transportée, où elle vécut jusqu'aux premières brumes de l'automne, la petite Cendrillon d'autrefois, devenue la fière épouse de Réginald, la reine modeste et charmante d'un modeste foyer, fut toujours au poste où son devoir et son cœur l'appelaient, auprès du grand fauteuil, au chevet du lit, secondant le médecin, montrant le ciel, soulageant le corps et fortifiant l'âme. Notre amie Ella, qui avait jadis été sacrifiée par sa belle-mère aux ambitions, aux convoitises, aux vanités du monde, avait une vengeance à assouvir, des représailles à exercer; elle voulait arracher à ce monde vain, à ses regrets, à ses vaines espérances, cette pauvre âme qui souffrait maintenant parce qu'elle lui avait tout sacrifié, et elle y réussit, Dieu aidant. Grâce à elle, la pauvre malade, si longtemps frivole, reconnut ses erreurs, soupira pour ce qu'elle avait méconnu, méprisa ce qu'elle avait adoré, souffrit calme

et repentante enfin.... et mourut, confiante
et résignée, la croix sur les lèvres et l'espérance au cœur. C'était une âme tardivement
ôtée au monde par le malheur, la miséricorde
et l'amour ; la victoire était complète : Ella
était bien vengée.

Mais, après la mort de Caroline, le devoir
de piété filiale que s'était imposé Ella n'était
qu'à moitié accompli : son père lui restait ;
il était accablé par le sentiment de sa ruine,
par ce dernier malheur ; il fallait le consoler,
l'encourager, le distraire. Réginald prouva
qu'il était nécessaire d'abord de l'éloigner de
Paris.

« Mais il lui serait pénible sans doute de
s'expatrier pour nous suivre en Amérique, »
dit Ella.

« Inutile, mon enfant, de quitter ton beau
pays. Nous avons en province une propriété
charmante ; j'en ai fait l'emplette sans te consulter, il est vrai, pendant les derniers jours
que tu as passés au chevet de notre pauvre
belle-mère ; mais tu la connais ; je suis sûr
qu'elle te plaira.

— Que dis-tu ?.... C'est Aurelles, n'est-ce

pas? c'est ma vieille maison que tu as rache-
tée? » s'écria Ella, devinant un secret tout
de joie et de tendresse au sourire mystérieux
et doux de son mari, et à son regard plein
de contentement et de douceur.

« En effet, je me suis permis, à ton insu,
cette petite spéculation.... Que veux-tu? je
me trouvais avoir trop d'argent tout d'un
coup; et puis, arrivé à Paris, on me mettait
sur les bras toute la fortune de ta mère. Je
ne savais qu'en faire; je l'ai employée à acheter Aurelles, et aussi à solder quelques petites
créances oubliées dans le désastre, afin que
le pauvre papa puisse être, de toute façon, à
l'abri et tranquille dans ses vieux jours.

— Mon bon, mon noble Réginald! » dit Ella,
regardant son mari avec amour. « Oh! quand
je détestais mon sort autrefois, quand je de-
mandais à Dieu la grâce de mourir, j'étais
bien injuste vraiment, car Dieu me réservait
une vie bien heureuse. Et comme ceux qui
m'aiment là-bas vont te vénérer et t'aimer!
comme il me sera doux de te voir à mes côtés,
dans ma vieille maison chérie! »

La vieille maison, abandonnée et attristée

depuis la ruine de M. d'Aurelles, se fit belle
et joyeuse pour recevoir les jeunes époux.
Geneviève, à laquelle la surprise et la joie
rendaient une partie de ses forces; Major, qui
s'était empressé de faire accepter sa démis-
sion de garde-champêtre au conseil muni-
cipal pour reprendre sa carnassière et ses
guêtres de chasseur, son fusil et sa maisonnette, dirigèrent les préparatifs, qui, il n'est
pas besoin de le dire, se firent joyeusement
et consciencieusement.

« C'est une justice à reconnaître, madame
Michot, » disait Major tout en ouvrant les fenêtres du grand salon pour y secouer les tapis
et les housses, « que le bon Dieu arrange con-
sécutivement de la bonne manière les affaires
d'ici-bas. Nous autres pauvres fantassins du
grand régiment de la société, nous gromme-
lons et nous crions bien fort quand les choses
ne vont pas à notre guise, comme des grena-
diers marchant à l'assaut, qui voient bien les
boulets roulant, et les gros canons à l'affût sur
la redoute, mais qui ne voient pas l'honneur
et la gloire qui les appellent, et le ruban
rouge qui les attend quand ils y auront planté

leur drapeau. Il y a bien quelques taloches
à recevoir, quelques rudes moments à passer;
mais, après cela, il vient un moment où la
redoute est prise, où la bataille est finie. Alors
on oublie ses peines, on panse les blessés, on
regrette les morts; mais en même temps on
se frotte les mains, on dresse sa tente, et on
accroche la marmite, en attendant son chef,
son prince, sa demoiselle chérie, c'est-à-dire
sa dame, Mme Réginald Mac Cleare, comme
il est écrit sur la lettre de faire part qu'il y a
tantôt un an elle a eu la gentillesse de m'envoyer.

— Ah! ah! vieux Major, vous êtes bien
joyeux aujourd'hui, » répliquait Geneviève
en souriant. « Vous aviez un autre air que
celui-là, et vous ne voyiez pas aussi clair la
bonté du bon Dieu le jour où Madame....
qui est maintenant défunte aussi, que Dieu
lui fasse paix!.... vous avait fait donner votre
compte.

— Dame! j'avais de quoi m'affliger et me
courroucer alors, madame Michot. Figurez-
vous bien que cette particulière-là, ma payse,
— que Dieu ne l'en reçoive pas moins dans son

paradis, — avait bien un peu aidé son père,
le notaire de notre village, à manger, en compagnie de plusieurs autres, tout le magot de
mes pauvres parents; qu'ensuite elle avait
quasi ruiné et désespéré son premier mari,
mon brave et honnête colonel, à force de co-
lifichets, d'amusements et de dépenses; il
s'était même séparé d'elle un moment, madame Geneviève, et ils ne s'étaient réconciliés
à moitié qu'à cause des enfants.... Et comme
si ce n'était conséquemment pas assez, voilà
qu'elle se retrouvait encore une fois sur mon
chemin pour faire du chagrin et du tort à ce
pauvre bijou d'orpheline du bon Dieu, à notre
demoiselle chérie.... Alors, la patience m'a-
vait manqué, et je lui avais dit son fait. Elle
s'était moquée de moi, les choses avaient
tourné mal.... Dame! que voulez-vous? les
armes sont journalières.... Mais nous avions
tort de nous fendre le cœur et de nous casser
la tête; il y a toujours un Dieu là-haut, et
nous l'avons bien vu.·. Quelle bonne idée
j'avais eue de conserver les vieux livres de
Madame!.... A présent, la vieille tante est venue, la chère mignonne est mariée; ça fait

que nous sommes tous indubitablement heureux, même mon vieux Noiraud, qu'on dirait qu'il reconnaît son nid.

— Et tous les gens d'Aurelles, donc, » disait Geneviève. « Ils étaient assez tourmentés en pensant qu'il viendrait un autre propriétaire. Et voilà que la vieille maison passe aux mains du mari de notre petite Ella. »

Ce fut en effet un jour de joie et de fête pour les habitants d'Aurelles, que celui où l'enfant aimée, qui avait grandi au milieu d'eux, et qui, loin d'eux, était devenue femme, reparut sous l'ombre de ses vieux chênes, au seuil de sa vieille maison. Qu'elle était belle maintenant, et qu'elle semblait heureuse! Ses vêtements noirs donnaient un caractère plus touchant et plus grave à sa grâce et à sa beauté; mais ils n'ôtaient rien à l'éclat de ses yeux, à la douce joie de ses regards, au vif coloris de ses lèvres. Et ce qui la rendait si joyeuse, si belle, si triomphante, c'était la paix et la confiance dont elle jouissait maintenant, c'était l'amour constant et pur dont elle était entourée, voyant en face d'elle, dans cette voiture qui la ramenait à sa forêt

17

natale, son père et sa bonne tante Judith, qui
la regardaient en souriant, et près d'elle son
mari, dont elle prenait la main avec reconnaissance et tendresse. Lorsqu'elle eut mis
pied à terre dans le grand vestibule, lorsqu'elle eut convenablement installé son père
et la tante Judith, elle voulut d'abord conduire Réginald à l'endroit du château auquel
se rattachaient pour elle le plus de souvenirs,
à son ancienne chambre d'enfant et de jeune
fille. Geneviève marchait devant elle d'un air
souriant et mystérieux. Il y avait bien de quoi,
en effet. Quand la jeune femme, ayant franchi
le seuil du petit appartement, jeta un regard
sur la table placée en face, elle y aperçut tout
d'abord un large écrin, tout grand ouvert,
contenant la parure pleurée jadis et tant aimée, les beaux diamants de la jeune mère,
de la baronne Nelly, avec leurs feux irisés,
leurs reflets splendides; avec mieux encore,
leurs chers et tristes souvenirs. Elle poussa
un cri de surprise et de joie en l'apercevant,
et, par un mouvement plus rapide que la pensée, elle pressa dans ses mains tremblantes la
belle croix du collier, et la porta à ses lèvres.

« Dame ! Monsieur se doutait bien que les diamants de Madame vous feraient plaisir, » dit Geneviève en souriant ; « c'est pour cela qu'il les a rachetés à la vente, comme vous lui aviez conté leur histoire, et qu'ensuite il me les a envoyés, avec un bien gentil bout de lettre, pour me recommander de les mettre dans la chambre le jour où vous viendriez ici.... Cela fait que tout le reste est passé et oublié, voyez-vous ; c'est comme si toutes ces belles choses-là n'étaient pas sorties d'ici, et étaient toujours restées à leur place. »

Quand la vieille femme fut sortie, Ella s'approcha de son mari, lui prit la main et l'embrassa avec des larmes dans les yeux :

« Comment fais-tu pour être bon à ce point, pour ne rien oublier ? » lui dit-elle.

« C'est tout simple, mon enfant ; j'ai envie de te voir heureuse. Tu en as bien le droit : tu as assez souffert. Mais avons-nous, dis-moi, réussi maintenant ? Est-ce que tu ne regrettes plus rien ? Es-tu tout à fait contente ? es-tu suffisamment vengée ?

— Pas tout à fait, pas encore, » répliqua-t-elle avec un fin sourire. « Et aussi je vais m'occuper d'accomplir ma vengeance sans délai. D'abord, je vais, avec ta permission, écrire à notre banquier de New-York pour qu'il fournisse les fonds nécessaires à la pauvre Blanche, si elle a toujours l'intention de revenir en France et de quitter son mari.... Ensuite, j'annoncerai à Georges d'Aurelles, notre cher cousin, que les affaires de mon père sont complétement et honorablement arrangées, et qu'il aurait grand tort, par conséquent, de s'expatrier à perpétuité, puisqu'il peut revenir, s'il lui convient, vivre tranquillement dans notre voisinage, et même nous honorer de sa présence à Aurelles toutes les fois qu'il lui semblera bon.

— C'est fort bien dit et bien pensé chère Ella : un ingénieux projet et une bonne petite vengeance. Ainsi, ma douce petite Cendrillon, dans sa joie et son bonheur, n'oublie personne, pas même les méchantes sœurs qui la raillaient autrefois, et que maintenant elle accueille et protége.

— Je ne mérite peut-être pas d'être appelée Cendrillon, » reprit Ella en souriant; « je ne crois pas avoir eu jamais les vertus

et la douceur de la gentille filleule des fées ;
mais toi, Réginald, tu as bien véritablement
été pour moi le prince Charmant, le cher
seigneur, le bon prince. Mais, » continua-
t-elle avec un sourire ému, « je voudrais savoir comment tu as fait pour m'aimer, malgré ma tristesse, ma gaucherie, mes regrets,
ma froideur ? Tu n'avais cependant pas trouvé
ma pantoufle ?

— Non, petite femme ; mais j'avais trouvé
mieux que cela ; je t'avais trouvée toi-même...
c'est-à-dire l'humilité dans ton silence, la
constance dans ton cœur, la patience dans
ton dévouement, le respect dans ta tendresse ;
autant de mérites doux et cachés qu'on ne te
soupçonnait pas, et que la tante Judith et
moi nous avons pourtant bien vus sans lunettes. Et veux-tu savoir quand nous avons
commencé à les voir ? Nous les avons décou-
verts avant même de te connaître, dans cette
lettre que ton vieil ami Major écrivait à ma
tante pour l'intéresser en ta faveur : « Elle
doit être bonne, et tendre, et digne d'être
aimée, celle qui se fait ainsi aimer des petits et des pauvres, » nous sommes-nous dit

alors ; et nous ne nous trompions guère,
tout en jugeant de loin. Ainsi, pour com-
parer l'histoire de notre mariage au petit
roman du vieux conte dont je viens de te
parler, je puis dire que c'est la lettre de
Major qui a tenu lieu de pantoufle.... Tiens,
regarde, voici le vieux brave ; comme il se
réjouit du bonheur et du triomphe de sa
chère petite Cendrillon ! »

A l'entrée de la pelouse, en effet, M. d'Aurelles et la tante Judith avaient témoigné le
désir de se promener sous les grands chênes ; Major, s'étant offert pour leur servir
de guide, marchait à quelques pas d'eux,
ému et rayonnant, joyeux et grave, et relevant la tête parfois pour jeter un regard
content au jeune couple qui lui souriait de
la fenêtre de la tourelle. Noiraud, près de
lui, voletait tout joyeux aux branches des
arbres qu'il semblait reconnaître. Les yeux
bleus de la tante Judith rayonnaient de contentement en se reposant sur cette verte solitude des bois, et les cheveux blanchis du
père d'Ella étaient mollement soulevés par
la brise du pays natal qui passait fraîche et

douce. C'était sur cette scène de calme et de joie, de paix et d'amour que le soleil se couchait rouge et doré, pour faire place à une belle et paisible nuit, et renaître ensuite dans une plus belle aurore.

FIN.

MA VOISINE ROSE.

MA VOISINE ROSE.

I

Je n'avais jamais mis le pied chez elle;
elle n'était jamais venue chez moi, et cependant nous nous voyions et nous nous
parlions tous les jours. Dès le premier regard et le premier salut que nous avions
échangés, par un beau lever de soleil, un
matin, nous avions compris, elle et moi,
qu'il existait entre nous de secrètes sympathies. Toutes deux nous étions jeunes, pauvres, inconnues; nous avions toutes deux
la vie, l'avenir et le travail devant nous, et
toutes deux nous aimions les fleurs. Nos
appartements respectifs étaient étroits, modestes, un peu sombres; aussi nous cou-
rions à nos fenêtres dès que, au milieu de ce

grand vilain Paris, nous voulions goûter un peu d'air pur, de lumière, de fraîcheur et de soleil. Nos fenêtres! elles n'étaient pas grandes, elles n'avaient pas de balcons ciselés ni de tentures de velours, mais elles s'ouvraient en face l'une de l'autre, si près, si près, que d'un rivage à l'autre on pouvait s'adresser un salut sans plus élever la voix que si l'on eût parlé à une personne assise au fond de la chambre. En outre, elles étaient claires, nettes, gentiment drapées de rideaux bien blancs, et, lorsque nous commençâmes à nous connaître et à nous parler, elles étaient si joliment fleuries! Sur la sienne, s'étalait une large caisse pleine de pâquerettes roses et de pensées d'un violet sombre s'épanouissant autour d'un rosier blanc; une mince tige de lierre et des volubilis à jolis clochetons bleus grimpaient autour de la mienne. Tout cela fleurissait au quatrième, des deux côtés d'une étroite cour, ou plutôt d'un puits carré au fond duquel il n'y avait pas d'eau, mais un pavé sec et sale en été, de la boue en hiver. Vilain coup d'œil que celui d'en

bas ! Pour reposer nos yeux sur quelque
chose de riant, de gracieux et de fleuri, il
fallait que chacune regardât en face et con-
templât le petit jardin de l'autre, ou regardât en haut pour voir un peu de ciel
d'azur, moiré de nuages blancs, doré de
soleil ou diamanté d'étoiles. Quand on regardait en haut, on soupirait ; quand on
regardait en face, on souriait ; mais ce sourire et ce soupir étaient également doux, et
donnaient tous deux de la force au cœur et
de l'élan à l'âme.

Puis, ce n'étaient pas les fleurs de Rose
que j'apercevais seulement. Au centre du
cadre obscur que traçaient sur le mur ta-
pissé d'un gris clair les montants de la
fenêtre, je voyais reluire à la muraille un
christ d'ivoire sur une croix d'ébène, deux
petits cadres dorés contenant deux portraits
souvent parés de fleurs, un bénitier de stuc
blanc avec sa branche de buis, et un demi-
globe de verre abritant deux vieilles épaulettes passablement rougies et une croix de
la Légion d'Honneur qui, sous les rayons du
soleil de midi, scintillait comme une étoile

d'or. Et point de miroir, point de brimborions ciselés ou dorés, point de gravures
criardes ou éclatantes. Ce petit fond de tableau, modeste, austère et religieux, avait
suffi pour m'apprendre que ma voisine
Rose était une bonne et pieuse fille, ayant
un tendre respect pour la mémoire de son
père, et ne voulant pas perdre de vue l'image
et le souvenir de son Dieu.

Ce fut au milieu de ce cadre tout simple,
bienséant et très-pur, que je la vis le lendemain de mon installation dans la rue de B.,
et que je me sentis tout aussitôt portée vers
elle. A l'aurore, elle avait ouvert sa fenêtre ;
elle y était venue, toute souriante et reposée, pour dire bonjour à ses fleurs. Les
premiers rayons du soleil levant doraient
son front blanc et limpide et les ondes de
ses cheveux bruns, qui se pressaient en
bandeaux modestes sous la fine ruche de
son petit bonnet tuyauté. Ses yeux bleus
s'entr'ouvraient, humides et étoilés comme
deux pervenches ; sur ses lèvres rieuses, sur
ses joues d'enfant, toutes lisses et toutes rondes, s'épanchait une fraîcheur purpurine

et veloutée qui n'empruntait rien aux premières rougeurs du soleil. Elle s'était penchée un peu en avant pour effleurer, de son petit nez fin, un rameau de son rosier où venait de s'entr'ouvrir la première de ses roses blanches. En la voyant ainsi fraîche, jeune et souriante au milieu des rameaux verts, je me dis aussitôt que c'était une rose aussi, plus vermeille, plus colorée que sa blanche sœur, mais fille du ciel comme elle, baignée comme elle de soleil, de rosée et de parfums.

Quand elle eût longtemps respiré, admiré longtemps, elle releva la tête et m'aperçut. Involontairement, je souriais; elle me répondit par un gentil sourire, puis par une aimable petite révérence qu'elle crut me devoir apparemment, remarquant bien que j'étais son aînée. Je lui renvoyai un salut, bien simple, mais déjà familier et cordial; puis notre connaissance en resta là pour cette première journée.

Le lendemain, elle se trouvait déjà à sa fenêtre lorsque je parus à la mienne : « Vous avez maintenant deux roses, lui dis-je en

voyant un second bouquet blanc s'épa-
nouir à l'extrémité d'une belle branche verte.

— Oui, vraiment. Le printemps a été
doux; elles viennent que c'est un plaisir!
répliqua-t-elle en secouant doucement sa
jolie tête joyeuse... Et il me semble vraiment que les tiges de vos liserons ont beaucoup grandi depuis hier, Madame... Mademoiselle, balbutia-t-elle avec un embarras
visible, ne sachant pas réellement quel titre
me donner.

— Madame... Et pourtant vous me verrez
toujours seule... Je suis veuve, répondis-je
avec un soupir.

— Veuve? si jeune! et toute seule! Oh!
c'est bien malheureux. Je comprends ce
que c'est, moi, car je suis orpheline... Par
bonheur, j'ai encore grand'mère, ajouta-
t-elle en jetant un regard content et affectueux sur la petite fenêtre contiguë à la
sienne et dont les rideaux bien blancs, soigneusement fermés, indiquaient que là sans
doute une personne reposait et sommeillait
encore. Ah! je crois l'entendre remuer;
voici qu'elle s'éveille... J'y cours, au re-

voir, Madame. C'est qu'elle est bien vieille, et presque impotente, voyez-vous. »

Là-dessus, Rose me quitta ; puis, une demi-heure après, je la vis reparaître, soutenant, avec beaucoup de tendresse et de précautions, une respectable dame fort âgée, vêtue d'une robe noire très-propre et portant une cornette plissée d'une admirable blancheur. Approchant un fauteuil de la croisée, elle y fit asseoir l'aïeule bien commodément ; après quoi, comme les rayons du soleil n'effleuraient plus qu'obliquement le rebord de la fenêtre, elle y plaça la modeste cage où babillait et chantait une fauvette qui croyait retrouver un peu du soleil des beaux jours et du printemps de la liberté, au milieu de ces rameaux, de ces parfums et de ces fleurs. Puis, je la vis circuler au fond de la chambre, tenant en main, tantôt une cafetière, tantôt un plumeau, tantôt un balai, s'occupant des préparatifs du déjeuner et des soins du ménage. Puis, je ne vis plus rien, car je quittai mon logis, l'heure de mes leçons étant venue.

Quand je rentrai chez moi, dans le courant de l'après-midi, la grand'mère en cheveux blancs était encore assise auprès de la
fenêtre, tricotant doucement un bas ou li-
sant parfois quelques lignes dans un vieux
petit livre relié en chagrin noir. Mais, outre
la fauvette qui chantait toujours, elle avait
encore à son côté sa petite-fille pour lui
tenir compagnie. Rose avait avancé une
petite table auprès du grand fauteuil ; sur
cette table, elle avait étalé ses godets à couleurs, ses pinceaux, ses feuilles gravées, son
modèle ; penchée sur ses gravures, elle peignait tout en écoutant jaser la grand'mère
et fredonner l'oiseau. J'appris ainsi qu'elle
gagnait leur pauvre vie à toutes les deux et
soutenait le petit ménage en coloriant des
gravures de modes, des images pour les
livres illustrés, humble occupation pour
laquelle il ne faut pas de savoir ni de talent, mais simplement du goût, de l'attention et de l'adresse.

Puis, j'appris beaucoup de choses encore
avec la suite des temps. D'abord l'histoire
de Rose et de la grand'mère, qui était celle

de beaucoup d'autres pauvres femmes perdues dans ce grand désert et ce grand tourbillon de Paris. Rose était fille d'un soldat,
c'est-à-dire d'un sergent artilleur qui avait
fait bien des campagnes et obtenu, à grand'-
peine, le grade de sous-lieutenant. Il était
déjà vieux lorsqu'elle était bien petite, et,
grâce à sa décoration, avait pu la faire ad-
mettre à la maison royale de Saint-Denis.
Mais il était mort bientôt après, et sa veuve
était tombée gravement malade. Elle avait
alors pensé à Rose pour soigner le petit
commerce de mercerie qu'elle avait dans
un faubourg et qu'elle voulait lui laisser,
et, sentant approcher sa fin, elle avait rappelé l'enfant près d'elle. Par malheur, la
maladie de la pauvre femme avait duré
longtemps et avait tout englouti : le petit
fonds, les quelques épargnes, les dernières
ressources du ménage. A sa mort, il ne restait que des dettes à la pauvre vieille et à
l'enfant de quinze ans. Rose alors s'était
trouvée bien heureuse de pouvoir utiliser
quelques notions de dessin et d'aquarelle
qu'elle avait rapportées de la maison de

Saint-Denis, pour trouver une occupation un peu moins monotone et mieux rétribuée que la couture.

Ses gains étaient cependant des plus modestes, et elle devait les employer avec une grande prudence et une sévère modération. Mais c'était plaisir de voir comme elle était alors sensée et prévoyante pour son âge, Rose, ma gentille amie!

« Je ne gagne pas beaucoup, — disait-elle, — mais il ne nous faut pas grand'chose, et c'est ce qui fait que peu, pour nous, c'est encore assez. »

Ce qui n'empêche pas qu'avec ce *peu*, qu'il fallait ménager, la grand'mère ne fût toujours bien soignée, le front de Rose toujours joyeux, sa simple mise toujours proprette, sa petite chambre bien rangée et sa fenêtre toujours fleurie.

Lorsque vint le dimanche, et que je passai chez moi toute une longue et triste après-midi, essayant de m'accoutumer à mon nouveau logement et à ma solitude, pensant à ceux qui étaient loin et à ceux qui étaient partis, je découvris un nouveau

commensal dans la demeure de ma voisine,
et ce nouveau venu me fit l'effet d'un honnête garçon, autant que Rose elle-même me
paraissait être une honnête et joyeuse fille.
C'était un jeune homme de vingt-cinq ans
environ, que j'aurais trouvé beau, moi,
mais que bien d'autres auraient peut-être
trouvé gauche, timide et simple. Il y a des
hommes, en effet, dont les nobles qualités
morales et les belles qualités intellectuelles
se reflètent et se dessinent sur la physionomie. Leur front large et pur nous dit : intelligence, loyauté ; la courbe énergique
de leurs lèvres : ardeur et force; la profon-
deur lumineuse de leurs regards : courage
et volonté, tendresse et dévouement. L'é-
tranger que je vis dans l'appartement de
mes voisines, élaguant le rosier et parlant
à l'oiseau, était un de ces hommes, ce qui
n'empêchait pas qu'il n'eût un habit râpé,
un chapeau de date respectable, et, plus
que tout cela, dans les mouvements, l'atti-
tude, comme sur le visage, cette expression
de timidité, de contrainte et de souffrance
que donnent de longs labeurs, la dépen-

dance et de fréquentes humiliations, cruelles à un cœur fier et à une âme élevée.

Cependant, entre mes deux voisines, la
gentille Rose et la bonne grand'mère, il se
redressait, il souriait ; il paraissait respirer
à l'aise et redevenir heureux. Ils ne sor-
taient point du logis, car la vieille femme
marchait difficilement, et l'honnête garçon
n'aurait pas voulu que Rose sortît avec lui
seul, tant il tenait à ce qu'elle fût consi
dérée et respectée. Les ressources de
deux petites bourses étaient des plus min
ces, et une ou deux fois par an seulemen
on pouvait se permettre le luxe d'un fiacr
pour aller en famille manger un melon su
l'herbe au bois de Vincennes ou tirer de
macarons à la foire de Saint-Cloud. Mai
notre petite cour humide s'ouvrait d'u
côté, par bonheur, sur le jardin d'un hôte
voisin ; de vagues parfums des bois et de
prés s'échappaient des pelouses lointaine
et des touffes de grands arbres, et nos re
gards à nous, pauvres déshérités, pouvaien
s'arrêter par delà le mur, sur un bea
groupe de tilleuls et d'acacias ; et sur le

eaux bleues d'un bassin baignant le pied
d'un bouquet de saules. C'était comme un
petit coin de campagne transporté, pour
nos plus grandes délices, au milieu de cet
océan de pierres et de plâtre de Paris. Mes
voisines savaient en profiter tout aussi bien
que moi, et, lorsqu'à l'intérieur nos trois
amis eurent suffisamment causé et paisiblement soupé, ils vinrent s'installer à la
fenêtre, continuant de causer, tout en regardant l'eau du bassin et la verdure des
saules. Par discrétion, je me tins derrière
mon rideau, ne voulant pas les troubler,
mais je les regardais de loin ; je remarquai
que le jeune homme avait l'air bien honnête et bien bon, et je me réjouis en pensant que, s'il venait en fiancé, ainsi qu'il
était tout naturel de le croire, la gentille
Rose serait probablement heureuse un jour,
avec un honnête et bon mari. Jusqu'ici, je
ne m'étais pas trompée, car le lendemain,
Rose, souriante, m'interpella ainsi, de sa
fenêtre, avec la confiance naïve d'une enfant qui lit sans crainte dans le cœur des

autres, parce qu'il n'y a pas d'ombres ni de
replis dans le sien.

« Eh bien! vous l'avez vu, hier?... Ah
je sais bien, vous faisiez comme si vous n'é-
tiez pas là. Mais, quand on veut, est-ce qu'on
ne voit pas tout, sans avoir l'air d'y prendre
garde? »

Je fis connaître à ma voisine mon avis
très-flatteur concernant le nouveau-venu, à
quoi elle me répondit en secouant doucement sa jolie tête inclinée :

« Oui, c'est vrai, il est bien honnête, il
est bien bon. Il a même bien de l'esprit,
allez. Quel dommage qu'il soit si pauvre,
aussi pauvre que moi; et, ce qui est pire
encore, maître d'études dans une grande
pension. On ne peut pas songer à se marier
avec cela... Il loge dans un dortoir, et ces
méchants bambins lui font des niches..
Mais il y a un employé du ministère qui
s'intéresse à lui, et, lorsqu'il aura achevé
son stage de quatre ans, il aura une place
d'instituteur communal en province. Ce
sera dans un village, m'a-t-il dit. Comme

nous serons bien alors! J'aime tant la campagne! Dire que nous aurons un petit berceau de vigne, et une chèvre et des poules,
et toujours sous les yeux, devant, derrière
notre maison, et partout autour de nous,
de beaux arbres verts et de l'eau bleue
comme celle-là! » ajouta-t-elle toute souriante, sa petite main blanche étendue vers
les grands massifs du jardin.

Ce fut ainsi que j'appris les projets d'ave-
venir et les préoccupations de cœur de ma
voisine Rose. Je m'associai franchement
aux unes et je fis des vœux sincères pour
le succès des autres. Chaque fois que je revis M. Louis Morel, — c'était le nom du
jeune fiancé, — je fus plus frappée de son
air loyal et réservé, de sa contenance digne
et modeste. J'admirai la bonté de Dieu, qui
envoyait promptement une protection si
secourable et si nécessaire à ce simple cœur
d'enfant, si naïf encore et si peu gardé!
Dès lors, j'eus moins de craintes pour la
sagesse et le bonheur de ma gentille Rose,
chaque fois que je la vis sortir, le samedi,
allant faire ses provisions ou reportant ses

gravures, si simple, si fraîche et si attrayant
avec ses petites bottines bien faites, sa pauvre petite robe de jaconas ou de mérinos
selon la saison, et son petit bonnet si blanc
si léger, si bien posé sur sa jolie tête. Ca
il y a longtemps de cela, bien longtemps
environ un quart de siècle, si l'on compt
les années, bien plus d'un siècle, hélas! s
l'on observe les mœurs. On n'en était pa
encore aux *poufs*, aux *péplums*, aux *bache
liks*, aux faux chignons, aux fausses nattes
aux jupes de douze mètres d'ampleur et au
chapeaux composés d'un bouton de ros
cousu sur deux doigts de tulle. Rose, qu
s'habillait à la simple mode de son temps
ne devait pas voir les modes audacieuse
du nôtre, la pauvrette! Ah! si elle avai
voulu, si elle avait su garder sa simple e
seyante toilette d'alors qui aurait fait s
sauve-garde, sa parure et son bonheur! J
l'avais trouvée, quoique seule et pauvre, s
heureuse, si joyeuse au début. Il va m
falloir vous conter maintenant pourquoi j
la surpris à devenir si ambitieuse, si ex
geante d'abord; pourquoi je la vis ensuit

si triste, si désespérée. Et puis je ne la revis
plus... Mais je dois vous exposer le drame
avant de vous en laisser deviner la fin.

II

Il ne fallut qu'une misérable robe de soie
bleue pour causer tout le malheur. Oh! pourquoi cette fatale robe changea-t-elle de propriétaire; pourquoi ne fournit-elle pas sa
carrière, n'acheva-t-elle pas sa destinée en
drapant les larges épaules et l'encolure re-
bondie de madame Bourichon, l'épicière occupant le magasin d'en bas, à laquelle, par
suite d'un acte de tendresse conjugale, elle
était primitivement destinée? Mais madame,
ayant reçu de monsieur ce cadeau à sa fête,
n'en fut nullement satisfaite et communiqua
sa douloureuse déception à toutes ses pratiques du quartier.

« Il y a longtemps, c'est vrai, que je de-
mandais une robe de soie à Bourichon pour
ma fête ou pour mes étrennes; mais me se-

rais-je jamais attendue à ce qu'il allât choisir un si drôle de bleu barbeau, tout uni, tout simple, et qui ne fait pas le moindre effet, à vingt pas de distance... On dirait du mérinos ou de la levantine... Oh! les hommes! ça se croit libéral, ça paye cher et ça n'a pas le moindre goût!... Ce que je voulais, ce qu'il m'aurait fallu, c'était une belle robe de gros de Naples ou de taffetas changeant, voyant, vert de mer, par exemple, ou gorge de pigeon; quelque chose qui aurait pu aller à mon teint vermeil et avec mon petit châle cachemire..... Mais cette robe-ci, elle m'ira mal; je la déteste, je n'en veux pas... Tiens! une idée!.. j'aurai tout de même une robe gorge de pigeon; je mettrai celle-ci en loterie. »

Madame Bourichon était une femme de parole : ce qui fut dit fut fait. Les quatre-vingt-dix billets de rigueur confectionnés, dans ses loisirs, par le petit commis aux écritures qui occupait l'une des mansardes, furent promptement placés par la respectable épicière, chez les divers locataires de la maison, chez les clients du faubourg.

Nous en prîmes chacune un, Rose et moi,
non point par l'effet du désir ni de l'envie,
mais par celui d'une intime et secrète terreur. Nous craignions instinctivement la
rancune de l'excellente madame Bourichon,
si nous avions refusé de participer à sa petite
entreprise. Elle nous comptait toutes deux
au nombre de ses pratiques, et ne se serait
pas fait scrupule de mettre plus que de raison de la chicorée dans son café et de la cen-
dre dans son poivre, si elle avait cru avoir
quelque offense à venger.

Mais, une fois le billet pris et l'argent
donné, j'oubliai complétement l'objet de la
loterie, la fameuse robe de soie bleue. J'a-
vais déboursé mes deux francs pour l'ac-
quit de ma conscience et dans l'intérêt de
ma sûreté; aussi puis-je affirmer que nul
désir ambitieux ne troubla mon repos et
que la belle pièce de taffetas bleu ne m'apparut dans aucun rêve. Je pense que ma
voisine Rose partageait mon indifférence et
ma quiétude à cet égard, car ses petits doigts
ne cessaient de manier toujours gaîment,
toujours diligemment, le pinceau et la pa-

lette, et sa jolie voix, souple et mélodieuse,
accompagnait encore, toujours joyeuse et
vibrante, le murmure doux de la fontaine
voisine et les trilles perlés de l'oiseau. Cependant, un matin, m'étant levée plus tard
que de coutume, — car une ancienne amie
de pension m'avait, la veille, menée avec
elle à l'Opéra, — je m'aperçus que quelque
chose d'inusité se passait chez ma voisine.
Les pinceaux et les godets ne paraissaient
point; Rose ne travaillait pas, ainsi qu'elle
le faisait d'ordinaire, à cette heure un peu
avancée. La grand'mère n'était pas encore
sortie de sa chambre, et il me semblait l'entendre, de sa voix chevrotante, appeler sa
petite-fille et demander son déjeuner. Qu'é-
tait donc devenue Rose? Était-elle couchée?
était-elle sortie? Moi-même je me hasardai
à l'appeler une ou deux fois à voix basse.
Peine inutile; Rose ne paraissait point. A
la fin cependant, grâce à un rayon de soleil
qui vint sourire à sa chambrette, je vis une
ombre, svelte et gracieuse, se dessiner sur
le mur. Et cette ombre n'était pas immobile ni songeuse comme ce silence et cette

solitude auraient pu me le faire croire.
Bien au contraire, l'ombre était fort active
et paraissait fort occupée. Elle inclinait,
puis relevait la tête, étendait, pliait et
agitait les bras, semblait chercher à son
côté ou relever quelque chose de terre.
A la fin, Rose joignit les mains de plaisir, fit un bond joyeux et m'apparut, en
plein soleil, les joues empourprées, le regard radieux, les lèvres souriantes, traînant
après elle les longs plis chatoyants d'une
étoffe de soie bleue qui miroitait au soleil.
« Quel bonheur! j'aurai de quoi faire une
belle jupe bien large, bien ample, » cria-
t-elle, « et un beau petit mantelet pareil,
avec une ruche autour du cou et un volant
dentelé. »

Au milieu de ses transports, elle m'aperçut, s'arrêta brusquement et rougit un peu.
Puis, la joie du triomphe l'emportant, elle
reprit bien vite :

« J'ai la robe, voyez-vous : c'est moi qui
l'ai gagnée... J'avais le numéro 18, le chiffre
de mon âge. Je vous avais bien dit qu'il me
porterait bonheur. »

O pauvre petite Rose aux yeux bleus,
comme elle souriait naïvement en disant
cela, comme elle était heureuse et triomphante! Je ne sais pourquoi, en ce moment,
sa gaîté me fit mal et sa grande joie me fit
peur.

« Mais... je pensais que vous ne garderiez
pas cette robe, » balbutiai-je. « D'abord,
pour l'accompagner, il faut de coûteux acces-
soires, et puis, vous avez si peu de loisirs,
vous ne la porterez pas souvent.

— Oh! que si, je la porterai. Cette année,
l'été est si beau. Et puis, grand'mère marche
mieux depuis quelque temps... Nous irons
encore à Asnières et à Fontenay, après la
fête de Vincennes... Toute cette nuit, j'y ai
bien pensé, c'est vrai; je me suis demandé
si la chose était raisonnable. On a tiré la loterie hier, voyez-vous, et, à neuf heures
du soir, madame Bourichon est venue m'apporter ma robe dans ma chambre. Je n'ai
rien dit à grand'mère, qui était couchée
déjà; mais, vous le comprenez bien, je n'ai
pas fermé l'œil de toute la nuit. Une si belle
robe de soie, et une robe bleue, la couleur

que je préfère! Je n'ai jamais eu, voyez-
vous, de si belle robe à moi. Et M. Louis
me disait dernièrement que, après notre
mariage, il voudrait pouvoir me donner des
robes neuves tous les jours, et ma robe de
jaconas lilas est terriblement passée... Un
petit chapeau blanc pour aller avec celle-
ci coûtera si peu de chose! Et, voyez-vous,
quel avantage : j'aurai le mantelet pareil. »

Ma pauvre petite voisine babillait ainsi,
toute à sa joie et à son orgueil. Pendant ce
temps, la grand'mère, oubliée, négligée
pour la première fois depuis des années d'a-
mour, appelait et s'agitait en vain dans sa
chambre.

A la fin, Rose l'entendit et se rendit à son
appel, non sans avoir pris le temps d'abord
de plier et de ranger soigneusement la belle
robe bleue. Et la grand'mère, pour satisfaire aux vœux de sa petite-fille, impatiente
de lui faire partager sa joie et sa surprise,
dut sans doute s'habiller promptement et
déjeuner au hasard de la circonstance, car
je la vis hocher la tête en prenant son café

oublié sur la table, et je remarquai que sa cornette plissée était posée un peu de travers sur ses beaux cheveux blancs. Mais Rose, ayant emporté à la hâte la cafetière et la tasse, lui montra la robe, et jasa, et sautilla, et sourit, et je vis qu'elle se réjouissait et souriait aussi, la pauvre vieille femme.

Quand je revins vers quatre heures à mon domicile, l'intérieur de mes deux voisines me parut d'abord être rentré dans l'ordre accoutumé. La cage de l'oiseau était à sa place; la grand'mère, à son tricot; et Rose, à ses gravures. Mais la jeune fille quitta son ouvrage beaucoup plus tôt que de coutume et sortit, emportant un paquet. Elle allait sans doute choisir un chapeau, porter sa robe à la couturière. Elle s'attarda longtemps; pendant ce temps, la grand'mère était seule. Elle commençait à s'inquiéter; je la voyais hocher impatiemment sa tête ridée et se pencher à la fenêtre, et ses doigts osseux s'agiter faiblement sur le bras du fauteuil d'où elle aurait voulu se lever.

« Vous vous ennuyez en attendant Rose,
ma bonne madame Dupuis, » lui criai-je une
fois de ma fenêtre.

« Oui, Madame, je m'impatiente un peu,
et sûrement j'ai tort. Une belle petite jeunesse comme elle a besoin de mouvement,
de grand air, d'un peu de gaîté et de beaux
habits; et elle n'a guère de tout cela, voyez-
vous, aux côtés d'une pauvre vieille infirme
comme moi, ou à sa besogne avec ses couleurs et ses images. »

Rose rentra cependant, et, le lendemain
matin, elle reprit, dans toute leur régularité,
ses occupations de tous les jours. Il m'arrivait
néanmoins de surprendre parfois les traces
d'une pensée nouvelle s'établissant dans son
esprit en reine et en conquérante. Parfois,
au milieu de son travail, je voyais son pinceau s'arrêter, sa main retomber pesamment
sur la page, son front se relever, son regard s'en aller bien loin, le front rêvant,
le regard cherchant, l'âme parlant en eux
et s'égarant comme eux dans ces désirs et
dans ces rêves. Ou parfois Rose, en s'asseyant à sa table, repoussait d'abord ses pin-

ceaux et ses godets d'un air boudeur; ou
bien, au contraire, elle se perdait en con-
templation devant les splendides costumes
qu'offrait à ses regards la gravure de modes
nouvelles et qu'elle s'ingéniait sans doute
à copier du plus près possible dans l'intérêt
de sa robe neuve et de sa jeune beauté.
Et puis, elle sortait beaucoup plus souvent;
n'avait-elle pas de nombreuses emplettes
à faire? Un soir, je la vis rentrer, appor-
tant un grand objet carré bien enveloppé,
qui paraissait assez embarrassant. Le lendemain matin, à la place du bénitier, re-
légué dans un coin obscur de la chambre,
je vis s'étaler sur le mur un grand miroir
au large cadre mal doré. La couturière vint
essayer la fameuse robe ce jour-là, et Rose
avait voulu se voir, s'examiner, se trouver
radieuse et belle.

Le dimanche suivant, qui donc aurait pu
reconnaître ma voisine Rose partant pour la
messe? Comme le brillant costume de soie
bleue, ruché et découpé, la vaporeuse capote
de tulle blanc, les gants frais, les bottines
vernies et l'ombrelle blanche et bleue étaient

différents de la robe de jaconas déjà vieille, du simpl chapeau de paille et du parasol brun des anciens jours! Naturellement, cette toilette de Rose, à pareille heure et en pareil lieu, fit une énorme sensation. Pour la voir passer, les locataires habitant sur la rue se mirent à leurs fenêtres; la portière s'élança du fond de sa loge; et madame Bourichon, servant une pratique, s'arrêta brusquement, la main et le cornet en l'air : « Regardz-la donc, cette mamz'elle Rose, » dit-elle. Comme elle est fière et pimpante ce matin!... Ma foi! son costume n'est pas mal; mais ma robe gorge de pigeon me va encore mieux... C'est égal, ce n'est pas se mettre d'une manière conforme à sa positon; voilà une jeune personne qui tournera mal, » acheva l'épicière retournant à sa boîte à café, après cette conclusion de son discours.

Mais la surprise des habitants de la maison et des gens du quartier fut loin d'égaler celle de ce pauvre et honnête Louis Morel, lorsqu'il fut admis, dans l'après-midi, à ce bonheur imprévu de contempler la toilette

19

de Rose. Il se trouvait en fonds, car c'était
le premier dimanche du mois, et ma voisine me dit ensuite que, sur sa modeste
paye, il avait proposé de prendre un des
coucous de la banlieue, et d'aller manger
une friture à Sant-Maur. Quand je le vis
paraître dans la cour, donnant le bras à la
grand'mère, il contemplait encore sa fiancée avec des regards éblouis; il semblait
gêné, presque effrayé de marcher à côté
d'elle; il était prêt à redevenir contraint,
timide, humilié, comme il l'était tous les
jours. « Il est bien bon, mais si gauche, si
maladroit, » me dit Rose le lendemain.
« On aurait dit qu'il me prenait pour une
princesse, et qu'il était gêné de s'asseoir à
côté de moi. Cela fait justement qu'en me
servant il a fait tomber sur moi un petit
poisson frit et une feuille de salade. Si je
n'avais pas mis mon mouchoir sur ma robe,
par précaution, voyez un peu ce qui serait
arrivé! »

Le dimanche suivant, Louis Morel fut
moins embarrassé, mais beaucoup plus triste,
et Rose, toute l'après-midi, eut l'air sombre

et boudeur, car j'avais entendu sa joyeuse voix d'enfant proposer une promenade en famille à Asnières, où il lui tardait d'aller faire parade de ses beaux habits, et le pauvre maître d'études, sans doute à court d'argent, n'avait pu, à son grand regret, faire droit à cette demande. Puis je vis, un jour de la semaine suivante, Rose, pour reporter ses gravures, apparaître en frais costume de chiné noir et gris. La robe de jaconas des anciens jours était regardée comme une respectable antiquaille, et il fallait une petite toilette simple, mais élégante, pour *seconder* la belle robe bleue. Puis, deux jours plus tard, Rose ne rentra pas seule. Une jeune fille fort gentille, mais paraissant un peu étourdie, l'accompagnait et monta chez elle, où elles causèrent longtemps ensemble et un peu avec la bonne maman. C'était, me dit plus tard Rose, une autre jeune coloriste qu'elle avait rencontrée au bureau du journal et avec laquelle elle avait fait connaissance : « A mon âge, on a besoin d'amies, » ajouta-t-elle en manière de commentaire, « et moi, jusqu'ici, je n'osais pas en faire, tout simplement parce que je n'avais pas de toilette, voyez-vous. Mais j'ai fini par voir que je prenais un mauvais parti, car M. Louis, tout hon-nête et savant qu'il est, n'est pas toujours fort amusant, et si j'avais continué à ne voir personne et à ne prendre jamais de distraction, j'aurais fini par tomber malade d'ennui, et je n'aurais pas pu m'occuper de mon ouvrage. »

Je n'osai dire à ma voisine combien j'é-tais étonnée de la voir modifier si considé-rablement ses opinions à l'égard de M. Louis, dont elle m'avait fait, deux mois aupara-vant, un si chaleureux éloge; mais je me contentai de lui répondre en souriant à demi et en secouant un peu tristement la tête :

« Ce pauvre M. Louis! il deviendra certai-nement jaloux de cette nouvelle amie, s'il la voit dimanche, lorsqu'il viendra pour se pro-mener avec vous.

— Oh! il ne viendra pas, » répondit vivement ma voisine Rose ; « je lui ai écrit que je suis invitée quelque part. Adeline et moi, nous allons à la fête de Saint-Germain.

— Deux jeunes filles seules dans cette cohue, ce n'est guère convenable, ni possible, » interrompis-je.

« Oh ! nous n'irons pas seules. Adeline a une tante qui l'accompagne souvent, et un cousin qui viendra avec nous, un jeune homme fort bien sous tous les rapports, un des premiers commis du *Grand - Sully*..... Vous le verrez, Madame ; il viendra nous voir avec sa cousine un de ces jours... Nous ferons, je vous assure, une bien belle promenade. »

Je ne sais pourquoi je frémis en entendant ces simples mots. N'ayant à la vérité d'autres droits que ceux que me donnait une bonne mais récente connaissance, j'allais, invoquant les priviléges de mon expérience et de mon âge, hasarder quelques conseils, adresser quelques représentations, lorsque la portière m'appela d'en bas, m'annonçant une visite. C'était celle d'une amie d'enfance résidant en province depuis longtemps, qui venait d'acheter, aux portes de Paris, une charmante maison de campagne où je dus, bon gré mal gré, l'accompagner pour une quinzaine de jours.

Lorsque je rentrai dans mon modeste domicile, un jeudi soir, si je m'en souviens bien, je fus fort étonnée de voir qu'il y avait réception, joie, festin et bruit dans l'appartement de ma voisine Rose. Pas de table de travail, de godets ni de pinceaux, mais la table d'un souper où s'étalaient les restes d'un jambonneau, d'un petit panier de fraises et d'un fromage à la crème. Auprès de la fenêtre, la grand'mère, en cornette blanche bien tuyautée, et parée, pour la circonstance, d'un mouchoir à grandes fleurs, causait avec une femme d'un certain âge, dont le type, les traits et le costume rappelaient d'assez près ceux d'une revendeuse du Temple ou d'une marchande à la toilette. C'était sans doute la tante de mademoiselle Adeline, que je voyais causer avec Rose et son cousin, en petit conciliabule dans la chambre de la grand'mère. J'examinai avec attention le jeune homme

inconnu qui, peut-être parce que j'étais un
peu prévenue, et parce que je portais quelque intérêt à ce pauvre Louis Morel, ne me
plut que médiocrement. Il avait cependant
une chevelure soigneusement frisée, une
contenance des plus gracieuses et un costume irréprochable. Il avait, de plus, un
de ces jolis visages frais, lisses, rasés, rosés,
qui paraissent faits, de toute éternité, pour
représenter derrière les planches d'un comptoir, ou briller sur les feuillets d'un journal de modes; figures où rien ne manque, et qui ne disent rien; où tout est ré-
gulier, joli, coquet : yeux, sourire, moustache et nez, mais où il n'y a point d'âme,
point de physionomie. Je me sentis plus
inquiète encore après avoir examiné soigneusement ce nouveau-venu, à travers les
rideaux de ma fenêtre, et je m'endormis
plus triste que de coutume ce soir-là.

« Je croyais pourtant que ma petite voisine Rose avait du goût, » me disais-je, en
pensant à l'austère simplicité des pieux souvenirs qui, jadis, décoraient son mur, au

choix et au charme des fleurs qui s'épanouissaient sur sa fenêtre.

Le lendemain, je vis bien que quelque chose encore lui manquait, outre le goût. Elle était jeune et un peu frivole ; elle n'avait pas la fermeté de jugement, la sûreté d'instinct, la constance d'affections qui auraient pu la sauver, la pauvre fille !

Lorsque je rentrai de mes leçons, vers onze heures, qui, à mon grand étonnement, rencontrai-je dans mon escalier? Ce pauvre Louis Morel, encore plus timide, plus contraint et plus ému que de coutume.

« Ah ! monsieur Morel !.... vous venez voir ces dames. Vous avez donc congé, aujourd'hui, » lui dis-je en passant à côté de lui et en essayant de lui sourire.

«Non.... Madame.... non,» balbutia-t-il un instant, tenant ses yeux fixés à terre, comme s'il n'avait pu se décider à parler.

Puis, au bout d'un instant de réflexion, il parut reprendre courage, me regarda, de ses grands yeux tristes, et me dit de sa voix qui tremblait :

« Ce n'était pas mademoiselle Rose que
j'allais voir, Madame, c'était vous. Mademoiselle Rose me repousse; je n'ai plus rien
à faire chez elle... Je voulais voir si l'influence et les avis d'une personne qu'elle
respecte et qu'elle aime auront plus de pouvoir sur elle que mes prières et mes conseils... Vous êtes bonne, vous êtes juste;
vous lui parlerez, Madame, n'est-ce pas?...
C'est pour son bonheur, à elle, et, moi, je
vous en prie. »

J'assurai l'honnête garçon que, s'il était
nécessaire, je mettrais volontiers ma très-
modeste éloquence à son service, et il reprit,
baissant sa tête humiliée et tordant entre
ses doigts le bord de son chapeau râpé :

« Elle a maintenant des amis élégants,
des amis joyeux, et moi, je sais que je suis
gauche et mal vêtu, que je suis triste, que
je suis pauvre... Ceux-là, je me le dis, peuvent bien l'aimer autant que moi, et c'est
tout naturel : elle est si aimable, si mignonne et si charmante!... mais ils ne peuvent pas l'aimer aussi profondément, aussi
loyalement que je le fais, souhaiter son

19.

bonheur aussi ardemment, aussi tendrement que je le désire... Je ne le lui ai jamais dit autant que je le pense, voyez-vous;
c'est pour cela sans doute qu'elle ne le sait
pas; elle m'a écrit dernièrement une lettre
si dure et si froide.... Mais dites-lui bien,
Madame, je vous en prie, que je ne vis, ne
travaille et ne souffre que pour elle; que
si elle veut avoir encore un peu de foi et de
force, de confiance et de fidélité, je par-
viendrai à lui donner un jour un sort tranquille et prospère, un beau petit coin tout
fleuri, avec du soleil et de l'ombre, où la
grand'mère sera bien soignée et contente,
et où nous serons heureux.... Et puis, dites-
lui bien aussi, Madame, qu'elle se méfie et
se garde de ces nouveaux amis pour lesquels elle se fait belle et près desquels elle
est si gaie; dites-lui que, tout pauvre et gauche que je suis, je ne les envie point, mais
que je les crains pour elle, car au fond du
cœur, j'en suis sûr, ils n'ont rien de sa
franchise et de sa vertu, comme ils n'ont
rien de mon dévouement ni de ma tendresse. »

L'honnête Louis Morel m'aurait parlé sur
ce sujet longtemps encore, s'il n'eût compris de lui-même que cette conférence sur
l'escalier n'avait rien que d'un peu inusité et
de très-fatigant. Il se retira encore attristé,
mais ayant cependant recouvré un peu d'espoir et de confiance, et je me pris à réfléchir sérieusement aux difficultés et à l'importance du mandat que j'avais accepté.
Pendant la journée, je ne pus trouver aucune occasion de procéder à l'intervention
que j'avais assez étourdiment promise,
mais, le soir venu, je vis ma pauvre petite
voisine qui se trouvait en ce moment toute
seule, venir s'accouder, sérieuse et pensive,
sur le bord de sa fenêtre, respirant un peu
mélancoliquement le parfum de ses rosiers,
et écoutant vaguement murmurer la fontaine voisine. Il me sembla deviner que de
graves, peut-être de tendres rêveries, incli-
naient et attristaient ainsi sa jolie tête blonde ; je crus le moment bien choisi pour lui
communiquer mon message.

« Ma bonne petite Rose, vous paraissez
triste, » lui dis-je de ma fenêtre. « Est-ce du

regret d'avoir négligé un ami, chagriné un
absent? »

Elle releva sa tête blonde et me regarda
sans dire un mot, un grand air d'étonnement se peignant sur son charmant visage.

Je parlai alors, aussi longtemps, aussi élo-
quemment que je le pus, racontant la douleur du pauvre fiancé, ses craintes, ses protestations et sa profonde tendresse. J'espérais par moment, j'avais confiance, car je
croyais voir Rose s'ébranler, baisser les
yeux et rougir. Lorsque j'eus achevé, néanmoins, elle garda le silence un instant, puis
me répondit d'une voix tremblante d'abord,
puis un peu mutine et décidée :

« Non, cela ne se peut pas, voyez-vous...
Si ce pauvre garçon est malheureux par
ma faute, je me le reprocherai fort et longtemps ; mais je ne veux pas le tromper. Je
ne peux pas me marier pour me trouver
ensuite ennuyée et malheureuse. Monsieur
Louis est bien bon et bien savant, c'est vrai,
mais il est si gêné, si gauche !... Quand il
serait mon mari, je suis certaine que j'aurais à rougir chaque fois que j'irais en so-

ciété avec lui... Et puis, il nous faudrait attendre si longtemps qu'il sortît de cet enfer
de pensionnat!... Et puis, encore, où irons-
nous alors? Dans quelque vilain trou qui
sentirait les vaches, les choux et le fumier,
et où l'on ne verrait âme qui vive, si ce
n'est les paysans à la charrue et les bambins
de l'école... Quel agrément, quelle distraction aurait-on là, mon Dieu!... Mettre le
pot-au-feu, repasser les chemises, et après
cela, peut-être... faire la classe. Mais il n'y
a rien d'aussi assommant que d'entendre toujours autour de soi ce vacarme et ces cris
des marmots. Et Adeline, avant-hier, nous
amusait tant en contrefaisant la voix, les
gestes, la mine d'un magister de village
tenant la règle de l'alphabet. C'était sot, c'é-
tait ridicule; c'était à en mourir de rire...
Non, non, cela ne se peut pas; M. Louis,
pour moi, a une profession beaucoup trop désagréable... Je le lui ai dit dernièrement;
pourquoi ne s'est-il pas fait commis, tout
du moins.

— Mais, quand on est orpheline, et seule,
et sans fortune, il n'est pas facile de choisir

la profession et le rang de son mari, ma petite Rose, » interrompis-je.

« Oh ! que si ; on le peut toujours, à mon
âge, » répliqua-t-elle en se redressant pour
jeter un regard fier sur ses petites mains
blanches, sa petite taille fine et sa jolie robe
de chiné noir et gris. « Je sais bien, Madame, que les relations et la fortune font
beaucoup, mais enfin, la jeunesse, la... tour-
nure... et l'a... l'amabilité font bien aussi
quelque chose. Et c'est dans le commerce,
surtout, que ces avantages-là peuvent servir... Je calcule vite, je m'habille bien, j'ai
une jolie écriture : c'est tout ce qu'il faut
pour tenir un comptoir, une caisse, si j'é-
pouse... un négociant. N'est-ce pas un joli
sort, Madame, dites-moi ? Être toujours bien
mise, toujours en vue, avoir sans cesse de
beau monde et de jolies toilettes sous les
yeux, et, en fin de compte, de jolis béné-
fices... Sans compter un mari élégant aussi,
et gracieux, et bien aimable. Cela ne vaut-il
pas mieux, dites, que d'épouser un pauvre
instituteur timide et perpétuellement gêné ? »

En présence de cette frivolité égoïste de

ma voisine Rose, l'espoir et la confiance
étaient sur le point de me faillir ; je résolus
cependant de rappeler à la pauvre enfant
quelques-unes de ses confidences et de ses
paroles passées, qu'elle avait par malheur oubliées si promptement.

« Autrefois, pourtant, vous aimiez la campagne, Rose, » lui dis-je. « Vous souvenez-
vous des rêves que vous faisiez... ?

— Oh! des rêves, j'en fais toujours; la
campagne, je l'aime encore, » interrompit-
elle vivement; « mais je ne savais vraiment
pas ce que je voulais ; j'étais une enfant
alors. Ce que je voudrais maintenant à la
campagne, voyez-vous, ce serait un petit
pavillon tout blanc avec une marquise peinte
en gris et un perron de plusieurs marches;
et un jardin autour avec un petit bassin
au milieu, et beaucoup de rosiers, de troë-
nes, de pivoines et de lilas. Une de ces mai-
sonnettes ou de ces châlets comme on en
voit partout à Bouvigal, à Nogent, à Asnières ; comme nous en aurons une, M. Philippe me l'a dit, dans une dizaine d'années
d'ici, quand nous serons rentiers, » acheva-

t-elle brusquement, trahissant ainsi ses projets et ses résolutions dans sa naïve préci-
pitation enfantine.

« Ainsi tout est bien fini ; vous êtes décidée, Rose, » repris-je tristement.

« Oh ! oui, très-décidée. Il est inutile
maintenant que M. Morel se tourmente et
me tourmente, je ne reviens jamais sur ce
que j'ai bien résolu.

— Et M. Philippe est aussi décidé que
vous ? » interrompis-je sans prendre la
peine de contredire la vérité de cette assertion audacieuse.

« Oh ! oui... certainement... On ne peut
pas s'imaginer comme il est prévenant pour
moi, et empressé, et aimable.

— Alors, ma petite Rose, je n'ai plus qu'à
faire des vœux pour votre bonheur dans cette
nouvelle situation.

— Oui, Madame, je vous en remercie...
Et tenez, faites-en aussi, comme j'en fais,
moi, pour que ce pauvre M. Louis se console. J'ai eu une véritable amitié pour lui ;
il est si sincère et si bon... Bah ! à notre
âge, les peines ne sont pas longues. Nous se-

rons encore bien tranquilles et bien heureux,
chacun de notre côté, j'en suis sûre, »
acheva-t-elle en tournant vers le ciel, avec
un mouvement plein de confiance et de gaieté,
son fin et gracieux visage, auquel les premiers rayons de lune glissant sur les toits
d'alentour faisaient comme un cadre d'argent ou plutôt comme une couronne blanche.

Après quoi, comme il était tard, ma voisine Rose me souhaita une bonne nuit, et
s'en alla dans sa chambrette rêver, j'en suis
certaine, à son nouveau fiancé aux boucles
soyeuses, et à son futur pavillon à marquise
et à parterre fleuri. Pour moi, j'écrivis alors
bien péniblement, bien tristement, une
lettre, disant à ce pauvre Louis Morel que
j'avais parlé et remontré en vain, que la vanité de Rose était toute-puissante, la tendresse
de Rose effacée, et qu'il ne lui restait plus
d'espoir.

III

A dater de cette conversation, je commen-
çai à perdre de ma sympathie pour ma pau-

vre petite voisine, et je lui parlai moins souvent. Je pouvais remarquer, du reste, qu'elle
était occupée de toute autre chose que de
mes simples et sérieuses causeries. Adeline
et une ou deux autres jeunes filles venaient
souvent la voir; M. Philippe accompagnait
fréquemment sa cousine, et toute la bande
joyeuse s'en allait ensemble. Rose devenait
de plus en plus élégante; par conséquent,
de moins en moins laborieuse. Il m'arriva
plus d'une fois de remarquer que, faute de
précaution, la pauvre fauvette gémissait et
haletait en plein soleil; faute d'eau, les pâquerettes et le rosier blanc se desséchaient
sur la fenêtre. Les bonnets de la grand'mère
étaient infiniment moins blancs et moins délicatement tuyautés; mais, en revanche,
lorsqu'il m'arrivait de me lever dès l'aurore,
je voyais toujours la pauvre Rose occupée à
se confectionner quelque objet de toilette,
gracieux, mais inutile; à chiffonner un ruban,
festonner un canezou ou monter une colle-
rette. Et de notables changements aussi s'é-
taient opérés à l'intérieur de la chambrette.
Plus jamais de couronnes de fleurs autour

des portraits de famille; mais parfois Rose
accrochait, aux clous qui leur servaient de
support, un ruban détaché de ses cheveux,
une écharpe de tulle ou de gaze enlevée à
ses épaules. Les traits chéris des amis perdus
disparaissaient sous le tissu léger, sous le
clinquant de ces ornements fragiles; c'était
comme dans le cœur de l'enfant elle-même,
où la foi, la tendresse et les souvenirs des
anciens jours étaient désormais ensevelis
sous le voile brillant et trompeur des délices
d'un jour et des amitiés frivoles. Le crucifix
terne et poudreux était encore oublié là,
par mégarde, mais la branche de buis, jau-
nie et desséchée, n'abritait plus la coupe d'al-
bâtre du bénitier, ses pauvres feuilles s'en
allant une à une et achevant de se flétrir à
terre. En revanche il y avait souvent, sur la
petite table, quelque beau bouquet bien roide
bien éclatant, bien monté, qui s'étalait et
se pavanait dans un vase de verre. M. Philippe offrait ces bouquets à Rose lorsqu'elle
devait aller au bal. Car elle allait au bal,
maintenant, ma pauvre voisine, mon insouciante amie ! Accompagnée de son amie Ade-

line et de la tante fripière, chaperon peu re-
commandable et très-insuffisant, elle aban-
donnait le travail, le foyer, le logis, et la
pauvre grand'mère, qui restait seule et triste,
et pourtant ne se plaignait point, car son intelligence était maintenant bien incertaine,
et son cœur avait toujours été bien faible et
bien tendre. Rose veillait, Rose dansait,
Rose avait le délire; si même les voisins ne
me l'avaient point dit, le témoignage de mes
yeux me l'auraient dit assez, car son teint de
rose du Bengale commençait à perdre de sa
transparence et de son éclat; par l'effet des
journées de travail suivant les longues soirées de fatigues et de veilles, ses lèvres in-
carnates devenaient pâles, et ses jolis yeux
bleus étaient parfois rougis.

Je l'observais, je la plaignais, et pourtant
je ne désespérais pas encore. Ce nouveau
fiancé paraissait lui porter une affection sincère; il était, m'avait-on dit, fort considéré
par le patron de ses magasins. Rose pouvait donc encore faire un bon parti, compter sur un avenir agréable, brillant peut-
être. Et pourtant, comme j'aurais été plus

certaine de son bonheur, plus joyeuse et plus
fière pour elle, si je l'avais vue conserver son
cœur et donner sa main à ce pauvre Louis
Morel, si timide sous sa vieille redingote,
mais si beau dans sa pâleur austère et si noble dans sa courageuse simplicité !

Mais quand j'espérais, quand je cherchais à
me rassurer encore, j'étais bien loin de deviner les secrets d'inquiétude, degêne et de douleur qui se cachaient maintenant à l'ombre
des murs de cette pauvre chambrette. Un
jour, je ne vis plus briller la croix d'honneur
de l'ancien lieutenant sur la tenture gris-
pâle qui formait fond de tableau; un peu plus
tard, les deux épaulettes, toutes vieilles et
rousses qu'elles étaient déjà, disparurent également. Je crus alors que Rose les avait enle-
vées pour faire place à quelques gravures
destinées à orner la pièce où maintenant elle
recevait ses amis. Je ne savais pas, hélas !
que maintenant, chez ma voisine, les créanciers frappaient à la porte, que la misère était
au logis, et que Rose, pour écarter l'une et
apaiser les autres, avait engagé la croix et
vendu les épaulettes à un vieux juif du voi-

sinage, qui louait aux habitants du quartier
latin des costumes de carnaval. N'était-ce
pas honteux, cruel et horrible à penser ?
Les pauvres vieilles épaulettes, que la poudre des batailles et la fumée des canons
avaient roussies, que le sang de quelque frère
d'armes avait peut-être arrosées de gouttes
vermeilles encore tièdes, qui avaient fait la
gloire, l'orgueil et l'honneur d'un vieux soldat, puis la gloire, l'orgueil et l'honneur d'une
faible jeune fille, — ces épaulettes flétries,
déshonorées, souillées, allaient maintenant,
aux jours de tumulte et de grossière orgie,
flotter aux épaules de quelque ignoble *hus-
sard* de barrières, de quelque débardeur
ivre, hantant les tavernes de faubourgs ! O
oubli ! ô désastre ! ô destin ! pauvre Rose
frivole, pauvre Rose égarée !

Il y a des sacrifices qui ne profitent point
et des ingratitudes qui ne portent point bonheur. La malheureuse enfant s'acharnant,
s'agitant, luttant, et au milieu de cela pré-
tendant *s'amuser* toujours, ne révélait rien
de sa gêne et de ses embarras à personne.
Un jour, toute cette histoire intime d'expé-

dients, d'emprunts, de ruine et de désastre
nous fut révélée soudain. Un jour, deux re-
cors vinrent demander mademoiselle Rose
Dupuis à la portière ; puis, sur son indication,
montèrent, exhibèrent un mandat, un jugement bien en règle et se mirent en devoir
de saisir les meubles de la fille du vieux
soldat. J'étais absente en ce moment, et les
autres habitants de la maison, se disant que
Rose était ombrageuse et fière et les dédai-
gnait depuis qu'elle avait de brillants amis
et de beaux atours, se tinrent dans leur
coin, rirent sous cape, et laissèrent faire.
Lorsque je revins, il était trop tard ; je ne
pouvais rien empêcher ; rien que consoler,
encourager, soutenir, si cela était encore
possible. Alors, pour la première fois depuis
que j'habitais la maison, j'allai voir la pauvre Rose dans sa chambre triste, dépouillée,
presque vide. Quelle misère, et quel abandon ! Les murs étaient nus, le foyer était
éteint. Le pauvre lit de l'infirme avait seul
été respecté, et Rose avait prié avec larmes
qu'on emportât sa petite couchette aux rideaux bien blancs, pour obtenir qu'on lui

laissât le fauteuil de la grand'mère. J'encourageai de mon mieux ma pauvre voisine; je pleurai avec elle; je la priai d'accepter, en attendant mieux, la somme très-modique que je pouvais mettre à sa disposition et quelques meubles qui trouvaient difficilement place, lui dis-je, dans mon appartement des plus modestes. Puis, comme il était déjà tard, je quittai ma voisine Rose, l'engageant à prendre courage, à se souvenir de son père; à se remettre au travail, à aimer et prier Dieu.

Le lendemain, je fus réveillée de très-grand matin pour recevoir un message, que cette amie dont j'ai parlé déjà m'envoyait de la campagne. Elle se trouvait au début d'une longue et pénible maladie, et, sachant qu'elle pouvait compter sur moi comme sur une sœur, me priait de venir auprès d'elle, s'il m'était possible, pour veiller sur son ménage et prendre soin de ses enfants. Les vacances commençaient; beaucoup de mes élèves avaient déjà quitté Paris; je me trouvais donc à peu près libre, et je ne pouvais guère hésiter devant des instances aussi

pressantes. Je fis à la hâte mes préparatifs pour prendre le premier train, et tout
occupée que j'étais à régler mes comptes,
à ranger mon petit ménage et à emballer mes
effets, je n'eus guère le temps de prendre
congé de ma voisine Rose. Je voulais cependant lui dire adieu avant mon départ, et au
moment de sortir, je l'appelai doucement.
Elle ne tarda pas à se montrer à sa fenêtre.

« Ma petite Rose, je pars pour un mois;
je vais à la campagne, » lui dis-je. « Je vais
voir une amie dangereusement malade; pardonnez-moi de vous quitter si brusquement.
Promettez-moi d'être patiente et courageuse,
de travailler, de m'écrire, de penser aux
amis qui vous restent, et surtout au bon
Dieu. Et ne vous laissez pas abattre par le
regret : vous êtes jeune, vaillante et bonne.
A votre âge, la réparation est facile et l'a-
venir est grand.

— Oh ! oui; c'est ce que je me dis... Quand
on n'a pas vingt ans, on peut encore, n'est-
ce pas, devenir tranquille et heureuse?...
Oh ! oui, j'ai confiance; j'espère... Et M. Philippe doit venir ce matin; hier je lui ai

20

écrit... Adieu, bonne chère Madame, ne tremblez pas pour moi... Vous le voyez, je ne pleure plus, j'ai confiance... M. Philippe viendra, j'en suis sûre... et j'espère. »

Ce furent là les dernières paroles que je lui entendis prononcer, et, en ce moment où je pense si tendrement à elle, tout m'est encore présent comme si je l'avais vue hier : le son de sa voix, la grâce de son geste, le sourire de ses lèvres. Elle tenait sa petite main blanche étendue en s'inclinant à demi vers moi, mais son beau front fier et pur relevé vers le ciel bleu, le doux rayon de ses yeux souriants, encore à demi voilés de larmes, l'expression joyeuse de son regard et l'accent pénétrant de sa voix, tout en elle disait : « J'espère! » Tout près d'elle cependant et presque sous ses doigts, les dernières fleurs de son rosier s'effeuillaient une à une, et le vent d'orage, qui soulevait ses boucles blondes en passant, emportait les pétales de neige et les dispersait au loin comme autant de belles joies éteintes et d'espérances envolées.

. . . .

Lorsque, six semaines plus tard, mon amie commença à entrer en bonne et pleine convalescence, les brumes flottaient, les feuilles tombaient, l'automne était venu. J'avais hâte de rentrer à Paris, de reprendre mes occupations, et aussi, je l'avoue, de revoir ma voisine Rose. Elle ne m'avait point écrit et je ne m'en inquiétais pas très-profondément, car je la savais un peu légère et oublieuse. *Point de nouvelles, bonnes nouvelles*, dit-on d'ailleurs, et je songeais que, probablement, à mon retour, elle aurait la grande nouvelle de son mariage à m'annoncer. Je me sentais donc assez tranquille à son égard, sinon très-joyeuse, lorsque je descendis un matin de la fin d'octobre à la gare Montparnasse, et me dirigeai, suivie d'un commissionnaire, vers notre logis assez voisin, situé dans la rue de B. Mais, arrivée au coin de la rue, je m'arrêtai brusquement et me penchai en avant pour mieux voir. Il me semblait distinguer le reflet de deux flambeaux vacillant devant notre porte. Je ne m'étais pas trompée; le faible rayon d'une lumière tremblante et pâle se jouait dans les vitres de la boutique voisine et dans les flaques d'eau qui bordaient le trottoir. Deux ou trois personnes passèrent devant l'étroite entrée en se signant, et je les vis étendre la main, répandant, sur le lit funèbre de quelque mort inconnu, la dernière goutte d'eau bénite. Toute surprise que j'étais, je hâtai le pas et je vis, toute sombre et ouverte tristement, la porte de l'allée, une étroite draperie blanche l'encadrant comme un voile; un modeste cercueil blanc, tout fleuri, déposé sur le seuil.

« Oh! qui donc, qui donc est là? » m'écriai-je, interrogeant du regard le cercueil immobile et muet.

Aucun des passants qui attachaient sur moi un regard d'étonnement et peut-être de pitié ne pouvait me donner de réponse. Mais madame Bourichon m'avait aperçue, et, accourant à mon secours, m'entraîna dans son magasin.

« C'est Rose, la pauvre petite Rose qui demeurait au cinquième, en face de vous, sur la cour, » me dit-elle lorsqu'elle m'eut installée sur sa chaise à dossier de cuir et eut placé devant moi un grand verre d'eau sucrée.

« Rose, la pauvre chère Rose ! Je l'ai pensé; j'en avais peur... Mais, mon Dieu, comment... comment a-t-elle pu mourir si tôt? elle était si jeune et si gaie, et paraissait vive et bien portante.

— Pas si forte que vous croyez, Madame, » me répondit la digne épicière en hochant lentement la tête d'un air sentencieux et profond. « D'abord, la petite ne vous avait-elle pas dit que sa mère était morte de la poitrine ? Et elle-même, depuis qu'elle veillait les nuits, et allait au spectacle et au bal, elle avait pris froid, et elle avait parfois une petite toux sèche qui n'annonce rien de bon, quand elle vient aux jeunes filles. Et puis les soucis sont venus avec la misère; et puis, cette histoire avec ce beau monsieur de commis... Pour moi, voyez-vous, ç'a tout bonnement été sa fin.

— L'a-t-il donc délaissée ? Elle espérait tant en lui ! » m'écriai-je...

« Ma foi, dans ce cas, elle se faisait une de ces chimères que les *jeunesses* rêvent parfois et qui ne les mènent jamais à bien. Du

20.

reste, à parler franchement, ç'a été une bien
singulière affaire. Figurez-vous, Madame,
que ce grand bon à rien de commis, voyant
toujours la demoiselle si requinquée et si
pimpante, s'imaginait qu'elle avait quelques
rentes, quelque petite dot que la grand'-
mère... tenait en réserve... Il y en a, vous le
savez, de ces vieilles femmes qui ont un bon
magot caché, qu'elles gardent comme la
prunelle de leurs yeux et ne veulent découvrir à personne. Une fois qu'elles n'y sont
plus, ça se trouve à point pour monter la
maison du jeune ménage, et ce beau monsieur Philippe comptait positivement là-
dessus... Mais, quand est arrivée la débâcle,
et la saisie, et la fin des fins, en un mot, le
jeune homme est tombé de son haut et a
commencé à y voir clair. Il est devenu furieux ; il a dit qu'on l'avait pris pour dupe.
Il n'a pas répondu un mot à la lettre de la
petite Rose, et n'a plus jamais remis les
pieds à la maison. Aussitôt après, il a commencé à rechercher la fille du petit fruitier
du coin, qui est laide et sotte, mais qui a
des écus, et aujourd'hui vous pourriez voir

leurs bans affichés à la mairie... Cela fait
que la petite mamselle Rose, toute triste, et
ruinée, et pauvre, et seule, a pris le chagrin
à cœur. Les forces s'en sont allées, la fièvre
est venue : elle a beaucoup souffert, mais
allez, ça n'a pas duré longtemps... Et la
voilà là aujourd'hui... où nous irons tous,
après tout, les uns à la file des autres...
Savez-vous bien, Madame, une drôle de
chose ; avant-hier, un moment avant la fin,
à peine si M. le vicaire était sorti de chez
elle, qu'elle a demandé à être habillée, dans
sa bière, avec cette robe de taffetas bleu...
vous savez bien... que Bourichon m'avait
donnée et que j'avais mise en loterie. Quelles
drôles d'idées ça a, ces jeunesses. Penser à
se faire belle encore pour s'en aller au cimetière attendre le jour où l'on passera la
grande revue là-haut !... Enfin, elle l'a, sa
robe : on ne se risquerait pas, d'abord, à
aller contre la volonté d'un mort, et puis,
ce jeune homme qui venait autrefois, et qui
l'a assistée jusqu'à la fin, aurait fait beau
train si l'on n'avait pas prêté attention aux

dernières recommandations de mademoiselle Rose !

« — Qui donc est venu ? M. Louis Morel ? »
m'écriai-je.

« Lui-même, assurément. Aussitôt qu'il
a su qu'elle était malade, et misérable, et
délaissée, il est accouru, et, autant que sa
besogne le lui permettait, il l'a aidée et soignée jusqu'à la fin. Il va revenir pour le
convoi, bien sûr. Tout à l'heure il était encore là-haut à consoler la vieille grand'-
mère. »

Ces dernières paroles de l'épicière me
rappelèrent que la pauvre infirme si fatalement délaissée devait avoir grand besoin
de courage et de consolations. Je montai
près d'elle, dans cette petite chambre si
triste maintenant, d'où pour toujours ma
voisine Rose était partie. Je la trouvai moins
accablée que je ne l'aurais cru : il semblait
que la cruelle et irrévocable vérité ne parvint pas encore à se faire jour dans son intelligence affaiblie. De l'escabeau boiteux
où elle était assise, elle laissait pendre vers
la terre ses pauvres bras décharnés, et se-

couait machinalement sa vieille tête entièrement blanchie, en répétant de temps à
autre d'une voix sourde, tremblante et
comme effarée : « Où est Rose, ma petite
Rose avec sa belle robe bleue? où est-elle
mon enfant mignon, mon petit oiseau en-
volé, ma petite rose des haies? »

Je ne lui répondis pas, mais je pris en
tremblant sa pauvre vieille main; je m'assis
à côté d'elle et je pleurai en silence. Et je
ne la quittai que lorsque le bruit de pas
plus nombreux dans la rue et les sons de la
voix du prêtre entonnant le *De Profundis*,
m'apprirent que le cercueil blanc s'en allait,
emporté loin de nous, que ma voisine nous
quittait pour toujours comme elle avait
quitté tant d'autres choses avant nous :
l'espoir, la joie, la force, la vie. Je me levai
alors et la suivis à l'église, lui disant jusqu'au bout cet adieu plein de larmes qu'on
dit aux jeunes morts regrettés et aimés.

Puis, quand je m'en revins seule et triste
au logis, je me rappelai les paroles de
l'épicière, la dernière recommandation de
Rose, et je compris bien qu'en demandant

la fatale robe bleue pour parure, au lieu de
linceul, la pauvre enfant avait moins songé
à se faire une riche toilette sépulcrale qu'à
paraître en habit de pénitente aux pieds de
son juge, revêtant encore, en signe de honte
et d'expiation, la livrée de ses vanités, de
ses erreurs, de sa première et unique faiblesse.

La pauvre vieille infirme, grâce aux dé-
marches de quelques amis, à la tête desquels
je puis citer M. Louis Morel, ne tarda pas
à être admise dans un hospice. De bonnes
sœurs la soignèrent et, autant qu'il leur fut
possible, adoucirent ses derniers jours. Du
reste, elle recevait quelques visites de temps
en temps, et je me rappelle la joie enfantine
avec laquelle elle me parlait un jour de
celles que lui faisait l'humble maître d'é-
tudes, devenu instituteur communal dans
la banlieue de Paris.

« Oh! pourquoi Rose ne l'a-t-elle pas
épousé! si vous saviez comme il est bon! »
me dit-elle avec un regard d'admiration
et de respect, en faisant tourner entre ses
doigts sa tabatière de corne tout écaillée. « Il

m'a lu, dimanche, une longue histoire dans
un livre, et, pour qu'il ne me manque rien,
il m'apporte du tabac tous les quinze
jours. »

Ici, elle s'arrêta un instant pour sourire
d'un sourire terne et vague où il y avait
pourtant encore comme un reflet lointain
de vie et de bonheur; puis, elle reprit d'une
voix plus basse et plus lente, tournant vers
moi ses yeux éteints qui brillèrent un instant parce qu'il y venait une larme :

« Et ce beau rosier de mai, ce rosier
qu'elle aimait tant!... vous savez... celui
qui fleurissait sur sa fenêtre? il fleurit maintenant sur sa tombe; c'est Louis qui l'a
porté, qui l'a planté, et, un jour, il m'a menée la voir... Oh! comme il y a déjà longtemps que je ne l'ai entendue rire à mon
chevet, et chanter en travaillant auprès de
sa fenêtre?... L'entendrai-je rire et chanter
encore dans le paradis du bon Dieu?... »

Et, en achevant, elle se reprit à sourire
de son sourire vague et incertain, de grosses
larmes tombant en même temps de ses yeux
tandis qu'elle secouait sa vieille tête ridée.

O ma voisine Rose! que n'étiez-vous là,
épouse heureuse, mère bénie, auprès de cette
vieille mère orpheline et délaissée, pour
chanter en travaillant près d'elle, et pour
sourire à son chevet!

FIN.

POURQUOI LES HÉRITIÈRES DE BOISRENAUD

RESTÈRENT VIEILLES FILLES.

POURQUOI LES HÉRITIÈRES DE BOISRENAUD RESTÈRENT VIEILLES FILLES.

I.

Oui, vraiment, elles l'ont été : vieilles filles toute leur vie, vieilles filles jusqu'à la tombe. Vieilles filles!... qui l'aurait dit, en les voyant toutes deux si belles, si fières et en même temps si douces, vivantes presque, et souriant dans le grand cadre d'or bruni, sous l'ombre de la verte futaie, se tenant par la main et relevant le pan de leur habit de cheval d'un violet sombre, entr'ouvrant au soleil leurs grands yeux noirs limpides, coiffées, sans plumes et sans poudre, de leurs beaux cheveux blonds de lin, qui, relevés à la Maintenon, formaient un coussin d'or sur le cou, et, sur le front, un diadème? Eh! quoi donc, mains mignonnes, aucun cavalier ne vous a-t-il conquises? Lèvres malignes et pures, n'avez-vous jamais prononcé

le *Oui!* si timide, si doux, si solennel? Fleurs
écloses sous les chênes de Boisrenaud, n'a-
vez-vous jamais quitté l'ombre du vieux manoir paternel pour suivre, en son château ou
en son hôtel, quelque brillant gentilhomme?
— Non, répondraient les deux ombres sœurs,
les deux bouches roses jumelles, si, s'ani-
mant sur la toile, elles pouvaient s'ouvrir
et parler. — Êtes-vous mortes jeunes, avant
que votre cœur eût parlé, avant que votre
voix eût dit oui? — Hélas! non;... pas avant
soixante ans, répondraient les deux héritières. — Oh! par exemple, voilà qui est étonnant! Est-ce qu'au bon temps du petit roi
Louis XV il n'y avait plus de goût en France?
Quels cavaliers peu courtois pouvaient permettre à ces charmantes sœurs de rester vieilles filles, étant nobles, jolies, et surtout bien
dotées? Ou bien, les demoiselles de bonne
maison ne connaissaient-elles pas, comme
celles d'aujourd'hui, l'art si charmant et si
facile de faire briller leurs yeux noirs,
valoir leurs blanches mains, et de se montrer mutines et séduisantes, tout en restant
modestes et dignes?

Mille pardons, chères lectrices, il y avait jadis, comme aujourd'hui, de la tendresse, de l'élégance, du goût, et chez les demoiselles de bonne maison, le tout petit brin de coquetterie honnête et permise. Il est vrai qu'on ne collait pas de potiches, mais on parfilait du galon, et les jolis petits doitgs blancs se montraient encore mieux à leur avantage, au milieu de ce léger brouillard d'or et de soie, que parmi les pots à colle et les paysages de papier peint. De même, on connaissait fort peu de duos et on n'exécutait point de nocturnes, mais les charmantes reines du temps passé pouvaient faire preuve de force et de *bravura* en maniant les rênes de soie et le fouet de chasse, ou de majesté et de grâce dans les pas mesurés et les mouvements séduisants de la gavotte et du menuet.

Berthe et Blanche de Boisrenaud possédaient tous ces talents; elles dansaient, chassaient, brodaient, parfilaient, souriaient comme des anges et trônaient comme des fées, et pourtant... elles restèrent vieilles filles. Il fallait qu'il y eût sur elles, vraiment, un

malheur particulier dont je vais vous donner
l'explication, telle à peu près que je l'ai
trouvée dans de vieux papiers de famille.

II.

Le vieux château de Boisrenaud est encore
aujourd'hui une des plus belles antiquités
de sa province ; on en admire le haut perron
seigneurial à marches cintrées, la belle
façade de style Louis XIII en briques larges,
brunies par le temps, rehaussées et soutenues
par leur encadrement de pierre ; le toit d'ar-
doises haut, étroit et pointu ; les girouettes
ciselées faisant tourner au vent le fer de flèche et le coursier ruant, armes de la famille,
riche et puissante jadis, éteinte aujourd'hui.
Mais qu'il devait être plus beau, plus hospi-
talier, plus majestueux encore, et surtout
plus animé, au temps où il était habité par
le vicomte de Boisrenaud et ses deux filles,
dont le grand portrait nous conserve le
lointain souvenir et les traits gracieux !

Elles étaient jumelles ; elles n'avaient plus

de mère, et elles s'aimaient comme peuvent
le faire deux cœurs de vingt ans qui n'ont pas
encore autre chose qu'un vieux père bien
respectable et une jeune sœur bien charmante à aimer. Elles se ressemblaient extrêmement; vous pourriez le voir, si comme
moi vous aviez sous les yeux cette toile ;
seulement Blanche était plus rose et plus
replète, Berthe plus blanche et plus élan-
cée. Blanche riait toujours et Berthe souriait rarement; parfois un soupir de l'une
interrompait les fredons de l'autre, mais
c'était un soupir à peine saisissable, presque
instinctif, inavoué, car, au fond, l'âme des
deux jeunes filles était aussi paisible et leur
avenir aussi souriant, que leur front était
pur et que leur vie était belle.

M. le vicomte de Boisrenaud n'avait rien
d'aussi cher au monde que son vieux nom,
sa noble épée et ses deux belles filles. Son
nom, il s'en enveloppait comme d'un man-
teau de duc et d'une armure de guerre; sa
grande épée, il l'avait suspendue à la place
d'honneur dans sa grand'salle et la faisait
fourbir tous les jours, quoiqu'il ne s'en

servit plus ; ses deux filles, il les portait dans
son cœur, il ne les quittait pas des yeux, se
faisant suivre par elles en visite, à la promenade, à la chasse, et même dans la capi-
tale de sa province, lorsqu'il y assistait aux
grands jours du Parlement. Cependant,
cette tendresse exigeante et exclusive n'empêchait pas que le vicomte ne se laissât en-
trevoir sous le père, conservant, au milieu de
ses attentions et de ses caresses, son grand
air et sa sévère gravité. Dans ce temps-là, —
voyez le préjugé antique, — la maman n'é-
tait point considérée par les enfants comme
une femme de chambre ou une ménagère,
ni le papa comme un fournisseur de dra-
gées ou un camarade de jeu. Une forte dose
d'autorité d'une part, de respect de l'autre,
tempérait la familiarité et fortifiait l'amour :
la barbe du jeune seigneur ne poussait point
trop vite, la jeune demoiselle ne s'éman-
cipait point trop tôt, et les pères tendres
étaient, en même temps, des pères dignes.

Puisque le château de Boisrenaud avait
son seigneur, sa salle d'honneur, son grand
parc et ses deux beautés, il avait aussi ses

fêtes. Parfois la noblesse des environs s'y
réunissait, aux beaux jours d'automne, che-
vauchant sous la feuillée et courant le cerf
au son des cors; au souffle des premières
brises du printemps, les groupes de dames
en falbalas, en *corps* étroit et allongé, en
fontange de rubans et de tulle, les cavaliers
en rabats de dentelle et en habits de satin,
montaient dans les batelets détachés du rivage et s'en allaient écouter une sérénade de
flûtes et de violes, donnée sur la rivière qui
coulait autour du parc. Quelquefois aussi, en
hiver, Boisrenaud ouvrait ses portes à deux
battants et illuminait sa grand'salle; puis,
lorsqu'il avait fait servir à ses convives les
hochepots bien épicés, les bisques savou-
reuses excellemment garnies, les pâtés
géants où se mêlaient les pigeons aux lièvres
et les perdrix aux lapins, il faisait un signe
à ses laquais et un autre à son orchestre...
On enlevait les tables et le bal commençait.
Ah! qui verra jamais tant de menuets pompeux, tant de gracieuses pavanes, tant de
vives sarabandes! Et comme Berthe et Blanche y brillaient, elles qui, par leur âge,

21.

étaient les fleurs du bal, et qui, par leur beauté, en étaient les reines.

C'était à qui les ferait danser, à qui les conduirait à table ; tous se pressaient autour d'elles : officiers, financiers, magistrats, gentilshommes. Ah ! vous n'eussiez pas cru qu'elles resteraient vieilles filles, en ce temps-là ! Pendant bien longtemps, du reste, elles n'eurent point de préféré, accueillant tous les danseurs, rendant toutes les révérences et acceptant tous les hommages. Puis, un temps arriva où les douairières du voisinage firent leurs remarques furtives, qu'elles échangèrent en confidence derrière leurs éventails, majestueusement assises dans les grands fauteuils où elles faisaient tapisserie. On observait que damoiselle Berthe dansait souvent avec son cousin Gaston, beau jeune enseigne au *Royal Bourgogne* ; qu'elle lui avait brodé un baudrier de chasse et qu'il dressait pour elle un lévrier. Certes, ce n'étaient pas là des indices bien graves, mais voyez quelle était la sévérité de déduction des douairières de cette époque ! Elles allaient jusqu'à conclure de ces infimes circonstances

de ces menues galanteries, que monseigneur
Gaston était un heureux enseigne et que le
petit cœur de Berthe n'était plus indépen-
dant.

Et elles n'étaient point trop mal fondées,
les conjectures des douairières. Il arriva qu'un
jour où le beau cousin et la plus blanche des
cousines s'étaient longtemps promenés dans
le parc, le jeune enseigne s'en alla ensuite
seul, le front timide, le cœur tremblant,
trouver son oncle le vicomte et s'enferma
avec lui, pour une heure, dans son grand
cabinet. Il y était entré dans le trouble, il
en sortit dans la joie, béni, heureux et fiancé,
fiancé à Berthe ! Seulement, les mariages ne
se faisaient point trop vite dans ce temps-là :
rien ne marchait à la vapeur, ni les affections, ni les inventions, ni les idées, ni les
machines, et ce n'était pas tout de se dire
tendre, il fallait aussi se montrer brave et
constant. Aussi le beau fiancé Gaston ne de-
vait-il devenir époux qu'à la fin de la guerre,
de la guerre d'Espagne, à laquelle prenait part son régiment et qui allait voir à

Almanza, à Villa-Viciosa, s'illustrer les drapeaux de la France.

Mais ce n'était point là un sujet de douleur pour Gaston. Il savait que noblesse oblige; il se disait que la guerre c'est la gloire, que l'amour le protégerait et que Berthe resterait fidèle, et il espérait revenir triomphant, rayonnant, attendu, avec son brevet de capitaine et quelque belle blessure, le bras en écharpe et la croix de Saint-Louis à la boutonnière. Ce serait là un heureux retour qui commencerait une plus heureuse vie, et il aurait, pour aviver ses rêves d'amour, ses souvenirs de gloire, lorsque, paisible et marié, il emmènerait Berthe en son castel.

Le vicomte de Boisrenaud n'était pas moins heureux des projets du jeune gentilhomme. Le suprême désir, la plus haute ambition de sa vie avait été d'avoir un fils, et cette ambition n'avait point été réalisée. Mais voici que Dieu lui en envoyait un dans ce fier et jeune Gaston qu'il connaissait, qu'il surveillait, qu'il aimait depuis son enfance. A cette âme généreuse, à ce cœur tendre et loyal, il pou-

vait, sans crainte de déception, confier l'a-
venir et le bonheur de sa fille. Et puis le roi
était si généreux, et Gaston était si brave !
Est-ce que Sa Majesté, eu égard aux loyaux
services et aux éclatants exploits du jeune
enseigne, ne lui accorderait pas la faveur de
prendre le nom et les armes des Boisrenaud ?
« De cette façon, se disait le vicomte, en
achevant sa longue rêverie, de cette façon,
jamais un étranger ne possédera ce sol où
nous avons vécu, ce toit où ont passé mes
ancêtres. Il n'y aura pas de nouveau maître
dans ces salles, pas de nouvel écusson sur
ces murs; ils resteront à nous, bien à
nous.... N'ai-je pas assez fait pour nous les
conserver ?... »

Quand cette dernière pensée traversa l'esprit du vicomte, un observateur attentif, s'il
se fût trouvé là, eût pu apercevoir, dans ses
yeux, un trouble subit, sur son front, une
rougeur involontaire. On eût dit que ce
triomphe du vicomte n'était pas absolument
pur, et qu'au fond il y avait une appréhen-
sion, une angoisse, un remords peut-être.
Mais la rougeur s'effaça vite, le trouble du

regard se dissipa bientôt, et le seigneur de
Boisrenaud se releva calme et joyeux, car,
dans la salle d'à-côté, il venait d'entendre les
pas de Gaston et de Berthe.

« Mon père, Gaston m'a tout conté, dit
la douce Berthe en entrant. Nous étions déjà
cousin et cousine ; nous voici fiancés maintenant, avec votre consentement paternel,
et nous serons un jour femme et mari, s'il
plaît à la Providence... Gaston me dit qu'il
est bien heureux, et moi, mon père, je vous
remercie. Mais mettez le comble à vos bontés
en consentant à nous bénir, pour que Dieu
aussi nous bénisse.

— De tout mon cœur, mes enfants, dit le
vicomte en posant ses mains étendues sur la
tête brune de Gaston et sur la tête blonde
de Berthe. Vous, mon fils, soyez brave, loyal
et entreprenant ; vous, ma fille, soyez une
fiancée aimante, indulgente et fidèle ; portez
dignement votre nom, craignez Dieu, aimez
votre pays et servez le roi comme il convient
à des Boisrenaud que vous êtes.

— Je sais que Gaston va partir, dit Berthe.
Mais je ne le retiendrai pas et je ne l'afflige-

rai pas, mon père. Je lui ai promis de vivre
pour lui, de l'attendre, de l'attendre longtemps, toujours, sans murmurer, sans faiblir,
sans changer, sans quitter ce château, où il
me retrouvera toujours tendre.

— Berthe, mon enfant, tu as raison, s'é-
cria le vicomte en saisissant avec vivacité
la main de sa fille. C'est ici ton bien, c'est ici
ta demeure, à ta sœur et à toi... ne vous
en dessaisissez jamais, et... si je venais à
mourir pendant que Gaston sera loin de
vous, qu'il vous retrouve ici à son retour
honorées, riches et puissantes, dans la splendeur et dans la paix, comme il convient à
des filles nobles et à des héritières.

— Oh! père, père! répondit Berthe, ne
parlez pas ainsi. Tous ces biens ne sont point
à nous, mais à vous seul. Plaise à Dieu qu'encore bien longtemps vous en soyez le maître,
et que ce soit votre main qui, au retour de
Gaston, me remette aux mains de mon seigneur... Si je n'étais pas alors fille heureuse,
pourrais-je être épouse bénie? »

Et elle s'approcha du grand fauteuil de
chêne et elle entoura de ses bras blancs en-

guirlandés de dentelles, le front ridé et la
chevelure grise du vieillard, les caressant
avec amour, avec piété, avec respect, jusqu'au moment où une autre pensée lui vint
et où elle se releva, disant avec un sourire
affectueux :

« Je vais aller retrouver Blanche... Elle
sait pourquoi je suis ici, pourquoi Gaston est
venu me chercher d'un air à la fois si joyeux
et si timide, et si je tardais à aller lui conter
ma joie, elle croirait que je l'oublie et que je
n'ai plus besoin de lui faire partager mon
bonheur... Ma chère petite sœur !... Gaston,
n'en soyez pas jaloux. Elle encore me restera
quand vous serez parti pour la guerre. »

Elle donna un dernier baiser à son père et
sortit en souriant, laissant à leurs rêves d'a-
venir et à leurs joyeuses réflexions, le jeune
homme et le vieillard, l'enseigne et le vicomte.

III.

Le château de Boisrenaud était sans échos
et sans fêtes. Gaston était parti, le vicomte

chassait, et les deux jeunes filles restaient
seules, l'une toute à sa gaîté, l'autre toute à
ses souvenirs. Mais elles n'avaient pas besoin
de visites ni de bruit pour s'occuper; tendres
et confiantes comme elles l'étaient, l'une
suffisait à l'autre, et il se formait un tout
complet et un charmant assemblage de la
vivacité de celle-ci et de la rêveuse tendresse
de celle-là!

« Oh! Berthe, Berthe! s'écriait un matin
la rose et mignonne Blanche, menaçant du
bout de son petit doigt sa sœur qu'elle venait
de découvrir solitairement assise sur l'un des
bancs du parc, — oh! Berthe, fallait-il la
déclaration et le départ de notre très-cher
cousin (que Dieu bénisse!) pour te rendre plus
muette, plus rêveuse, plus grave encore
qu'autrefois?... Quand le cœur s'agite, faut-il
nécessairement avoir des soupirs sur les lèvres
et des larmes plein les yeux?... L'amour est-il
si sérieux, ma mie?... En ce cas, je le tiens
quitte... Pour moi, mon cœur est gai comme
un oiseau, et si l'amour veut se donner des airs
mélancoliques, il peut aller loger ailleurs; je
lui annonce que je ne l'hébergerai pas.

— Est-ce bien vrai, ce que tu dis là, Blanche?» dit la douce Berthe en prenant les mains
de sa sœur et en plongeant, dans ses clairs
yeux noirs, son regard si profond, si pénétrant, si limpide, sous lequel les joues de la
rieuse devinrent plus roses encore, tandis que
ses lèvres ébauchaient un sourire à demi confus, à demi malin.

« Certainement. Quelle question me fais-
tu là !... Nous n'avons pas deux cousins, il me
semble?

— Oui, nous n'en avons qu'un, mais, à part
lui, il ne manque pas dans la province, de
nobles et riches seigneurs, de beaux et brillants
cavaliers. Et je sais qu'ils se croiraient tous
trop heureux d'obtenir un regard, une
préférence, un serment de ma mignonne
Blanche.

— Oh! par exemple... Où donc vois-tu
tant de chevaliers servants attachés à mon
service. Cite-m'en donc quelques-uns pour
voir, dit la jeune espiègle en souriant et en
s'asseyant près de sa sœur avec une petite
mine triomphante.

— Par exemple, le baron de Malavert.

— Fi donc! c'est un trop grand chasseur...
Il publierait partout nos bans au son du cor,
et puis d'abord je ne voudrais pas d'un mari
qui me ferait la cour en passant, entre une
battue aux loups et un affût à la bécasse.

—Bien, mettons-le de côté... Mais le colonel
de Saint-Prix?

— Oh! ma sœur, il est balafré!... Je ne
pourrais jamais jurer amour à un mari qui
aurait un grand coup de sabre au travers du
visage... C'est très-glorieux, bien sûr, mais
pas du tout attrayant... Je veux que mon
futur époux ait le cœur bien net et le visage
bien lisse.

— Alors, le marquis de Fontreilles... Il a
la peau très-unie et très-blanche, celui-là!

— Oui, parce qu'il la farde et la parfume.
Et puis ses souvenirs de cour m'humilient et
m'assomment. Je suis trop provinciale pour
lui, ma sœur, et je ne me sentirais pas tout à
fait à l'aise avec un mari qui n'aurait d'admiration que pour l'élégance de M. de Lauzun et
les grâces de Mmes de Thianges. Sans doute il
voudrait me faire mettre du rouge, des mou-
ches, et, vraiment, j'ai ces choses-là en hor-

reur. Quand je veux me faire belle et rose, je vais à la fontaine, et j'y lave mes joues, j'y retrousse même mes cheveux, sans autre miroir. »

Et ici Blanche tourna vers sa sœur un visage riant, dont le coloris pur et rose témoignait victorieusement de la vérité de son assertion.

« Tu as raison, » poursuivit Berthe. « Mais que dirais-tu du comte de Naulles.

— Oh! celui-là, c'est un cordon bleu, et ce cordon bleu ne se mariera qu'avec un tabouret... Ma sœur, je ne suis pas du bois dont on fait les duchesses.

— Ah! comme tu es dédaigneuse! » dit Berthe avec un sourire, « et comme tu fais bon marché des prétendants... Mais j'en oublie un, il me semble... Le plus jeune, le plus timide, et, à mon avis, le plus intéressant de tous, René Le Cointe, le fils du premier président. »

Cette fois, la réponse de Blanche ne fut ni si sûre ni si prompte. Il y avait, dans le regard baissé de la jeune fille, dans sa voix plus douce, une certaine hésitation lorsqu'elle répondit :

« Oh!... pour monsieur René... je n'y ai jamais pensé.... Il est très-jeune; il ne vient pas souvent, et... d'abord, il n'est pas noble.

— Point noble de noblesse d'épée, ma mie, mais de bonne et ancienne noblesse de robe, ce qui vaut bien autant. Songe donc que la première présidence du parlement de Dijon, qui équivaut à un marquisat, est héréditaire dans sa famille.

— C'est égal... balbutia Blanche, toujours les yeux baissés et avec un certain embarras; il me semble que le mortier et le rabat de M. René s'accorderaient mal avec le fer de flèche et le coursier ruant de notre famille.

— Allons, sœur, tu as peut-être raison, » dit Berthe en détournant la tête avec un demi-sourire... « Je crois que la famille de M. René lui prépare une alliance... On m'a parlé d'une petite nièce de M. le président Séguier. »

Nous ne savons si la prudente Berthe avait prononcé à dessein ces paroles, mais nous pouvons affirmer qu'elles firent un effet surprenant. La joyeuse et mignonne Blanche se leva toute droite sur ses pieds, laissant tomber le bouquet de jonquilles qu'elle avait éparpillé

sur le jupon de sa robe de satin mauve; ses
joues roses devinrent un peu pâles, et ses lèvres mutines ne purent s'empêcher de trembler pendant qu'elle disait, en se relevant :

« En vérité!... je ne l'aurais pas cru...
M. René se marie!...

— Oui,... il se mariera peut-être; mais, si
tu le veux... ce sera avec toi, petite sœur...
Ne rougis pas, mignonne; tu t'es trahie... si
toutefois l'on se trahit en laissant deviner son
secret, son penchant, sa tendresse à sa
sœur. »

Et Berthe, entourant de ses bras la taille
ronde et mignonne de Blanche, la força de se
rasseoir près d'elle, inclinant sur son épaule
cette jolie tête blonde, qu'elle voilait de sa
chevelure et qu'elle couvrait de ses baisers.

« Blanche, ne sois pas confuse; ne pleure
pas et ne rougis pas, » disait-elle. « Notre meilleure joie, c'est la tendresse; notre vrai destin,
c'est d'aimer, d'aimer loyalement, fidèlement,
légitimement, avec la grâce de Dieu et la bénédiction de notre père. Et qu'y a-t-il d'étonnant à ce que toi, comme moi jeune, comme
moi sensible, de même que j'ai choisi Gaston,

dans ton cœur tu aies choisi René?... Ce sont
les mariages de respect et d'amour qui pré-
parent les belles vieillesses et qui donnent les
heureuses familles... Et je sais que tu n'as pas
mal placé ton affection, ma Blanche. René
Le Cointe t'aime; il te mérite, et quoiqu'il
soit trop humble pour aspirer ouvertement à
ta main, il est aisé de voir que son plus grand
bonheur serait de l'obtenir.

—Le crois-tu?» murmura Blanche d'un ton
timide, la voix toujours tremblante et le visage toujours caché.

« J'en suis sûre et je le vois... C'est assez
aisé à découvrir. Ah! le pauvret, comme il
tremble quand tu l'abordes, et quand tu lui
souris, comme il rayonne. Et puis, lui qui est
éloquent comme un procureur et droit comme
un peuplier, quand tu lui parles, il se courbe,
il se rapetisse, il bégaie, il tremble, il est stupide... Et il ne serait pas amoureux! Crois-moi,
ma Blanche, ce sont là des symptômes qui
n'ont jamais trompé... Seulement, ma mignonne, vous vous voyez trop rarement; il
faut que vous vous connaissiez mieux, afin
que M. René se corrige de son péché de timi-

dité, et toi, de ta vilaine hypocrisie. C'est à moi, qui suis maintenant grave, promise et quasi-mariée, à remédier à cet inconvénient. Je trouverai moyen de dire à mon père quelques mots, afin qu'il invite ici plus souvent M. Le Cointe.

— Oh! Berthe... oh! non... ne dites rien à notre père... Je serais si honteuse! » s'écria Blanche avec une sorte de terreur.

« Honteuse de quoi?... honteuse d'avoir un cœur, d'aimer un jeune homme aimable et honorable?... Il n'y a pourtant point là de quoi rougir, mon enfant... Mais, rassure-toi; je m'y prendrai de façon à ne pas froisser ta délicatesse. »

Et Berthe tint sa parole avec la finesse d'une grande dame et la tendresse d'une bonne sœur. Sans révéler le penchant de Blanche ni à son père, ni à René, ni au monde, elle sut si bien accueillir à Boisrenaud le jeune magistrat, elle lui accorda des encouragements si discrets, des prévenances si fraternelles; elle lui ménagea quelques occasions si favorables de causer avec Blanche et de lui avouer ses sentiments, qu'elle vit, au bout de quelques mois,

son œuvre de patience et d'amour accomplic.
M. Guillaume Le Cointe, premier président à
mortier, arriva en collet d'hermine et en
grande cérémonie au château de Boisrenaud,
chargé de transmettre l'humble demande de
son fils à Mgr le vicomte. Celui-ci s'attendait
un peu à la demande et ne s'en offusqua
point trop; Berthe n'était-elle pas là? Il fut
donc à peu près convenu qu'en cette circonstance la noblesse de robe serait admise à
l'honneur de s'allier à la noblesse d'épée, et
d'ailleurs, le vicomte de Boisrenaud, accordant
l'une de ses filles à un brillant gentilhomme,
ne pouvait trouver fâcheux de donner l'autre
à un futur premier président.

Donc, après le sérieux entretien des deux
pères, après les chaleureuses plaidoiries du
fils, surtout après le timide aveu de Blanche,
qui s'en vint tremblant, hésitant, rougissant, défaillant devant l'hermine du président et devant le visage imposant de son
père, il fut convenu que les jeunes gens
échangeraient une solennelle promesse, et
que René serait reçu dans la famille du vicomte comme futur gendre et comme fiancé.

22

De mariage immédiat, il ne fut point question. Le premier président déclara à son fils qu'il ne serait point décent de prendre une femme avant de posséder une charge, et le vicomte, si prévoyant, si anxieux, si tendre père, n'était point fâché de garder quelque temps encore ses filles près de lui.

« Et puis je ne voudrais pas te quitter maintenant, déclara Blanche en embrassant sa sœur... Je veux me faire désirer d'abord, et ainsi René m'attendra. Nous soignerons mon père, nous resterons ici, nous parlerons de Gaston, jusqu'à ce qu'il revienne. Et, un jour, lorsqu'il sera devenu capitaine, et mon René assesseur ou président, nous tiendrons notre parole, ma sœur, et nous nous marierons ensemble... Il faudra que nous entrions dans le mariage le même jour, comme le même jour nous sommes entrées dans la vie. »

Puis toutes deux se taisaient, rêvant et souriant, et se disant que pour elles, sans doute, le mariage serait heureux et doux, comme avait été douce et heureuse la vie.

IV.

Et comment vos héritières de Boisrenaud restèrent-elles vieilles filles, me dira-t-on ici, puisque les voici toutes deux fiancées?... Hélas! n'y a-t-il pas bien des risques, bien des changements, bien des périls, entre la coupe et les lèvres, entre la veille et le lendemain? Nos plus brillantes espérances ne durent qu'un matin; nos édifices les plus orgueilleux sont bâtis sur le sable; tout ici-bas est incertain, troublé, fugitif, excepté les éternelles misères de l'homme, assouvies ou soulagées par l'éternelle bonté de Dieu... Heureusement (ne l'oubliez pas!) que le bonheur vous sourie ou que le malheur vous accable, que la bise souffle ou que le printemps s'éveille, heureusement Dieu est toujours là, pour les fiancées heureuses comme pour les vieilles filles, pour les amours naissants comme pour les cœurs brisés.

Il y avait six mois que Blanche avait promis sa main au fils du premier président,

un an passé que Berthe avait vu partir son
fiancé pour la terre d'Espagne, et les sévères
beautés de l'hiver avaient blanchi les plaines
et les forêts de Boisrenaud. Cependant le vicomte n'avait point abandonné son château
pour les splendeurs de Paris, ni pour les dis-
tractions de la ville voisine. Il y vivait avec
ses deux filles, recevant peu, chassant beaucoup, voyant parfois avec plaisir son futur
gendre Le Cointe, et attendant avec anxiété
les lettres de son futur gendre Gaston. C'est
que, sur ce dernier, s'étaient concentrées
toutes ses espérances de père, toutes ses
affections de parent, tout son orgueil de
race. C'était le sang de Boisrenaud qui
coulait dans ces jeunes veines ; c'était le
nom des Boisrenaud qui ennoblirait un
jour ce jeune front altier; aussi le vicomte,
lorsqu'il comparait les époux futurs de ses
deux filles, pensait-il avec une certaine
tristesse au sort de sa joyeuse Blanche, destinée à vivre à l'ombre du parlement, unie
à un président à mortier, tandis que sa douce
Berthe rayonnerait aux côtés d'un des plus
brillants gentilshommes de sa province...

Puis il se disait qu'après tout, c'était bien
heureux encore que son neveu se trouvât là
pour conserver son nom et pour perpétuer
sa race : « La Providence est grande dans
ses dédommagements, se disait le fier gentilhomme. Elle ne m'a pas donné de fils, mais
elle m'a envoyé Gaston... Dieu merci, quand
je n'y serai plus, il y aura... ici... encore
des Boisrenaud! » Mais souvent, quand le
vicomte avait achevé cette pieuse réflexion
et cette effusion reconnaissante, son regard
se baissait, comme furtif et honteux, et son
front se couvrait de cette âpre rougeur que
nous lui avons vu prendre dans une autre
circonstance.

Dans une des soirées les plus longues et
les plus tristes de cet hiver mémorable, le
vicomte et ses deux filles étaient assis dans
une des salles les moins vastes et les mieux
chauffées du vaste château. M. de Boisrenaud,
étendu dans son grand fauteuil, présentait
ses pieds à la joyeuse chaleur de l'âtre, et
les deux jeunes filles s'étaient placées auprès
de la massive table de chêne, dans le cercle
lumineux que projetaient de grands flam-

22.

beaux d'argent. Blanche tressait de ses doigts
mignons des fils d'argent et d'or dont elle
formait une sorte de dentelle de filigrane,
ouvrage fragile et coquet qu'on appelait alors
de la *frivolité*. Berthe tenait, ouvert devant
elle, un livre qu'elle lisait à haute voix. La
cadence rhythmée des phrases et des mots,
l'harmonie des consonnances annonçaient
des alexandrins, d'une moelleuse et riche
poésie, rien autre chose que l'*Esther*, de Ra-
cine, telle qu'elle avait été représentée une
vingtaine d'années auparavant par les demoiselles de Saint-Cyr.

Soudain, la jeune lectrice fut interrompue
par des piétinements de chevaux dans la cour,
mêlés à des clameurs bruyantes. Les dogues
attachés aux angles de la grille faisaient entendre des aboiements furieux ; une sorte de
trompe ou de cor résonna, puis, les cloches
annonçant l'arrivée d'un visiteur à cette
heure déjà avancée, le vicomte sonna et
dépêcha un domestique.

« Qui donc vient à cette heure ? dit Blanche
en s'interrompant. Ce ne peut être encore
le messager de Dijon qui apporte le courrier

d'Espagne?... En prononçant ces mots, elle regardait sa sœur qui n'avait rien dit, mais qui, un peu plus pâle que de coutume et avec un certain tremblement, venait de déposer son livre.

— Un messager de Perpignan, envoyé par le colonel de Royal Bourgogne, monseigneur, » dit au même instant le domestique entrant dans la salle.

« Faites-le venir, » balbutia le vicomte, qui s'était levé, et qui, pâle comme un spectre, faible comme un enfant, chancelait hors de son fauteuil. Sous l'étreinte de son angoisse, dans l'amertume de son anxiété, il ne pensait même plus, ce père malheureux, que sa fille était là, et qu'il aurait fallu ménager la faiblesse de la femme, le cœur de la fiancée.

Mais le messager était entré; il tenait à la main un paquet cacheté, qu'en saluant il remit au vicomte. Les jeunes filles n'eurent pas le temps d'apercevoir la couleur de la cire, ni les armes qui scellaient le paquet : immobiles, muettes, consternées, elles tenaient les yeux fixés sur leur père, qui, en brisant rapidement le cachet, s'était approché d'un des flambeaux de cire.

Soudain, elle le virent pâlir, frémir, chanceler, et sa main qui tremblait laissa tomber sur la table l'enveloppe de parchemin, d'où s'échappèrent quelques lettres et un ruban bleu d'enseigne, noirci de poudre et taché de sang... C'était là tout ce qui restait de Gaston.

Blanche poussa un cri perçant et fondit en larmes ; Berthe s'avança, pâle et ferme, et prenant en main le ruban bleu : « Mon père, dit-elle, est-ce lui-même ou bien... un autre qui vous l'envoie... Où est maintenant Gaston ?... Est-il... mort ? »

La jeune fille avait dit ce dernier mot bien bas : d'une voix haletante et étouffée, comme si elle-même eût craint de l'entendre en le prononçant. Mais elle était encore plus courageuse que son père, car elle avait dit le mot, et le vicomte n'eut pas la force de le répéter.

« Nous ne le reverrons plus... voici sa dernière lettre... et son dernier souvenir que son colonel nous envoie... » balbutia le

vicomte, avant de retomber anéanti, en arrière sur son fauteuil.

Berthe prit le ruban bleu et le porta à ses
lèvres : « C'est celui d'un soldat, c'est celui
d'un martyr, » dit-elle... « Gaston est mort,
mais il me voit; il sait maintenant que je
l'ai bien aimé et que, ici ou là-haut, je tien-
drai ma promesse... Mon père, consolez-
vous; vos filles vous restent encore, et l'on
n'est pas plus malheureux parce qu'on ne se
mariera qu'au ciel.

— O ma sœur, ma sœur! « cria Blanche
au milieu de ses larmes, couvrant Berthe de
baisers et l'entourant de ses bras.

« Mignonne, je suis forte, répondit la
courageuse jeune fille en s'asseyant, la lettre
et le ruban à la main... « Mais il me semble
que notre père faiblit... Va donc soigner
notre père. »

Hélas! oui, il faiblissait, le robuste gentilhomme, frappé si soudainement, si cruellement, si sévèrement, dans sa plus tenace
ambition, dans son plus cher désir, dans ses
plus radieuses espérances. Il s'était trouvé telle-
ment anéanti en présence de ce grand désas-

tre qu'il ne pouvait plus rappeler sa fierté de
noble, ni ménager la tendresse de sa fille,
ni se contraindre en présence du messager.
Il n'avait pas même pu lire jusqu'au bout
la lettre fatale, la lettre funèbre, où le colonel de Royal Bourgogne lui annonçait que son
neveu était mort en homme de cœur, en
vaillant officier et en digne gentilhomme.
Il ne voyait plus, ne sentait plus, ne comprenait plus qu'une chose, c'est que Gaston
avait été son espoir, sa gloire, sa joie, l'appui le plus solide et le plus beau rejeton de
sa race, et qu'une balle ennemie lui avait
enlevé Gaston.

Aussi tout son courage, et son orgueil, et
son cœur même semblaient s'être brisés
d'un seul coup; et lorsque Blanche s'approcha
du grand fauteuil pour venir en aide à son
père et pour tâcher de le consoler, elle le
trouva renversé en arrière, les dents serrées,
les yeux éteints, immobile, froid et livide.

Elle poussa de grands cris; les domestiques accoururent, on transporta le vicomte
dans sa chambre, et le barbier de Boisrenaud, appelé en toute hâte, accourut et

pratiqua une saignée . Bientôt après, le ma_
lade fit un mouvement, rouvrit les yeux,
bégaya quelques paroles confuses et sans
suite, et cette défaillance le quitta, mais
la fièvre le saisit. Le vicomte s'agitait sur son
lit; il poussait des exclamations de souffrance et de terreur ; il cachait sa tête dans
ses mains et se voilait les yeux, croyant voir
des fantômes ; il demandait pardon à Dieu
et semblait lutter contre un être invisible.
Quelques vieux domestiques l'entouraient, ef-
frayés de ses transports et s'attendant à le
voir mourir. Et la pauvre Blanche se tenait
là, elle encore si insouciante et si joyeuse la
veille, faisant son apprentissage de la douleur au chevet d'un père en danger, avec le
deuil et l'anxiété dans l'âme.

Pour Berthe, elle n'était point là, car, malgré son courage, la vaillante fille avait à la
fin faibli, et, pendant toute cette longue nuit,
nuit d'angoisses et de douleur, sa sœur
l'avait confiée aux soins d'une vieille servante qui les avait soignées toutes petites et
aimées dès le berceau.

Au point du jour cependant, le vicomte de

Boisrenaud devint silencieux et plus calme, ses joues pâlirent, ses membres s'affaissèrent, sa respiration se ralentit et bientôt on le vit s'assoupir. Alors Blanche, un peu rassurée, examina avec un commencement d'espoir, le visage pâle et fatigué de son père, baisa doucement sa main ridée qui pendait hors du lit, puis le recommanda aux soins de l'intendant et d'une femme de confiance, et sortit sur la pointe des pieds pour aller retrouver sa sœur.

Elle la trouva debout, pâle mais résignée, agenouillée à son prie-Dieu et fixant des regards avides de consolation et reposés par la prière, sur son crucifix d'ivoire, aux pieds duquel elle avait déposé le ruban.

Un petit portrait de Gaston était suspendu à la muraille, et c'était sur ce portrait que se fixaient les yeux de Berthe, quand, à de rares intervalles, ils s'éloignaient du crucifix.

« Je viens le pleurer avec toi, » s'écria en entrant la triste Blanche.

Berthe alors se leva sans pouvoir dire un mot. Elle se jeta au cou de sa sœur, et la serra longtemps contre sa poitrine, pleurant, sanglotant, étouffant, versant toute son âme et sa douleur dans ses baisers. Puis elle se releva, plus forte et à demi apaisée.

« Nous ne le pleurerons pas toujours, » dit-elle, « mais toujours nous l'aimerons, nous penserons à lui, nous parlerons de lui, jusqu'au jour où j'irai le revoir et où nous commencerons l'éternité ensemble... D'ici là, il y a encore des devoirs pour moi, Blanche, des devoirs... et peut-être du bonheur, car je me réjouirai de ton bonheur à toi... Et puis, c'est à moi de remplacer Gaston auprès de mon père, de redoubler de soins et d'amour pour le lui faire oublier. Pauvre père! oh! j'ai bien vu combien cette épreuve lui est dure!

— C'était affreux, » reprit Blanche, « de le voir souffrir cette nuit!... O Berthe, je ne connaissais pas la douleur. Est-ce que la douleur apporte un accablement si morne, une agitation aussi désespérée? Vois donc, toi qui regrettes et qui souffres, toi qui perds le préféré de ton cœur, l'ami de tes jeunes ans, tu as encore le front calme, la voix douce et l'âme résignée... Mais mon père!...

23

Il gémit, il crie, il maudit, il se torture ; i.
accuse le ciel et ne se résigne pas. Il faudra.
Berthe, que tu ailles près de lui ; peut-être
s'apaisera-t-il en te voyant si forte et s.
douce... Mais il dort en ce moment ; il ne fau;
pas troubler son sommeil, ajouta-t-elle, e1
voyant sa sœur prête à se lever.

— Alors, prions pour lui, » dit Berthe e1
s'agenouillant. « C'est la Providence qui ¿
frappé nos pauvres cœurs ; elle seule peu
y verser son baume. Nous serons plus tranquilles pour notre père, quand nous l'aurons
recommandé à Dieu. »

IV.

Elles priaient longuement, tendremen,
avec ferveur, quand un domestique les ir-
terrompit au milieu de leur prière : « Mor-
sieur le vicomte était réveillé, il se trouvat
en ce moment calme, quoiqu'un peu a-
faibli, et demandait à voir mesdemoiselles. »
Ce message les remplit de joie ; elles s-
vaient combien toujours leur présence état

douce à ce bon père, et elles espéraient parvenir à l'apaiser tout à fait, à le consoler à demi.

Mais pourquoi, lorsqu'elles entrèrent dans la chambre du vicomte, cet espoir si récent s'évanouit-il presque aussitôt?... Elles s'étaient attendu à trouver leur père faible et triste, elles le trouvaient concentré et sombre; il n'y avait pas de larmes dans ses yeux, pas de sanglots dans sa voix; seulement ses regards étaient furtifs et étincelants; ses lèvres closes et serrées comme si elles eussent voulu demeurer pour jamais muettes. Le nuage qui voilait le front du vicomte n'était pas celui du regret, on eût dit celui du remords; la rougeur qui montait parfois à ses joues était peut-être celle de la fièvre... peut-être celle de la honte. Les jeunes filles ne se disaient pas ceci, mais elles se sentaient embarrassées et timides près du malade; elles craignaient un malheur inconnu, elles tremblaient sans savoir pourquoi, devant ce silence, cette morne agitation, cette froideur étrange de leur père.

Longtemps le vicomte se tut, jetant de côté et d'autre des regards obliques, inquiets, effarés, passant la main sur son front, comme pour en chasser le souvenir, paraissant chanceler sous un lourd fardeau et lutter contre lui-même. À la fin, après avoir attaché un long regard sur son crucifix, il se décida à parler.

« Le chapelain viendra me trouver dans une heure, » dit-il d'un son de voix rauque, entrecoupé, sifflant, où se peignait encore l'anxiété de la lutte. « Mais, avant de me confesser à lui, je veux me confesser à vous... Approchez-vous, mes filles.

— Que dites-vous, mon père? » dit Berthe qui vint, en s'agenouillant, serrer les mains du vicomte, et qui crut que le délire recommençait à l'agiter.

« Taisez-vous et écoutez-moi ; j'ai toute ma raison, ma fille... Je suis un coupable, et ne suis point un insensé... Si je vous ai fait appeler auprès de moi pour vous avouer le mal que j'ai fait, c'est qu'il faut que vous me le pardonniez d'abord... que vous le répariez ensuite. » — Et le malheureux père prononça ces mots d'une voix si solennelle, que les deux jeunes filles, effrayées et tremblantes, s'approchèrent et écoutèrent sans oser répliquer.

« J'ai péché par affection pour vous, » reprit-il ; « je vous ai trop aimées, peut-être mal aimées... Là a été mon crime et mon erreur... peut-être mon excuse aussi... Mais une fois la faute commise, je voulais qu'elle vous profitât, mes enfants, je m'acharnais à conserver pour vous notre splendeur antique, notre luxe mal acquis... je rougissais en secret, je me repentais en silence, mais je me taisais toujours... A présent, devant ce châtiment qui me frappe, devant la mort qui s'approche, mon silence est brisé, mon orgueil est vaincu... Je vais parler, mes filles, et vous condamner à la misère...

« Depuis deux ou trois générations, l'opulence de notre famille s'est constamment amoindrie. A la mort de mon père, de toutes les anciennes propriétés que nous possédions dans la province, il ne nous restait plus que ce château, mais vaste, important, et entouré de terres considérables... Seulement, mon père, à son lit de mort, m'avait révélé un

secret important, un secret fatal. A la suite
de procès longs et acharnés avec une autre
branche de notre famille, au sujet de la pos-
session des domaines de Boisrenaud, il avai
été convenu que notre lignée en resterai
maîtresse, tant qu'il s'y trouverait des héri-
tiers mâles, directs, pour en porter la ban-
nière et pour en relever le nom. Mais le fief
de Boisrenaud retournerait à nos cousins, si
l'un de nous ne laissait que des filles. Mon
père, en me faisant part de cet arrangement
me conseilla de me marier.

« C'est ce que je fis promptement, aimant
déjà votre mère. Ce mariage fut, du reste,
heureux, paisible, béni, excepté sous un rapport... J'attendais, je désirais, j'implorais un
fils, et ce fils ne vint pas... Pendant huit ans,
notre maison resta sans enfants; l'antique
berceau des Boisrenaud resta vide... Puis vous
vîntes au monde, deux trésors, deux amours,
mais deux filles, et vous n'aviez pas encore hui
jours, lorsque votre mère mourut.

« Alors, je me trouvai livré à un désespoir
horrible... Je n'avais pas de fils, plus d'espoir,
plus d'épouse; et je verrais s'approcher lent-

ment, sûrement, jour par jour, sans recours
et sans salut, l'instant où se consommerait la
ruine de ma famille... J'aurais pu me rema-
rier, mais je vous aimais déjà tant, ô pauvres
petits anges !... Devais-je remplacer, par une
belle-mère, celle qui vous avait laissées, si
frêles et si jeunes, au berceau ?... Ne serait-ce
pas vous condamner à l'isolement, à la froideur, aux mauvais traitements peut-être ?...
Et si la faveur d'avoir un fils m'était encore
refusée, sans avoir pu empêcher votre ruine,
j'aurais détruit votre bonheur.

« Dans ces perplexités funestes, un autre
projet me vint, projet coupable, projet fatal...
Pardonnez-moi, mon Dieu ; si je l'ai formé,
c'est que j'étais père... Pour moi, j'aurais
accepté peut-être la ruine, la décadence,
l'obscurité, mais je ne voulais pas les léguer
à mes enfants... J'ai aimé, et j'ai failli ;... j'ai
souffert, et j'ai péché... Mais apprenez mon
crime, et si vous en avez la vertu, expiez-le,
mes filles.

« L'acte écrit depuis un siècle déjà et qui
stipulait la clause que je vous ai révélée, se
trouvait entre les mains de mon parent, l'autre

Boisrenaud. C'était un jeune gentilhomme pauvre, étourdi, grand chasseur, aimant le plaisir, et s'y livrant avec d'autant plus de fureur, que les occasions en étaient plus rares.

« Il était marié depuis deux ans avec une jeune fille sans fortune, mais de noblesse ancienne, et il avait déjà un fils, lui le favorisé, lui l'heureux... Je me rapprochai de lui, je lui fis de grandes caresses ; il fut, pendant quelque temps, de toutes mes chasses, de tous mes projets, de tous mes plaisirs. Puis... je l'emmenai avec moi, dans un voyage que je fis à Versailles.

« Vous avez peut-être entendu raconter, mes enfants, qu'à cette époque, il y eut à la cour de tristes scandales et de fâcheux exemples. La fureur du jeu s'était introduite chez les grandes dames, chez les princes, chez les nobles, et quelques grands seigneurs osèrent tricher au jeu du roi. J'étais lié avec plusieurs d'entre eux, et... oserai-je vous le dire ?... ils m'enseignèrent leur adresse coupable... A différentes reprises, j'introduisis mon cousin dans leur cercle, il en revint toujours dépouillé. Le pauvre provincial n'était guère de force à lutter contre ces beaux messieurs de la cour, si séduisants, si assurés, si habiles... Mais je l'encourageais sans cesse ; je lui représentais que la fortune avait ses instants de bonne volonté, et le jeu, ses chances favorables, et je lui avançais d'assez fortes sommes, pour qu'il pût se livrer à son penchant nouveau. Du reste, je savais parfaitement que sa ruine était sûre ; aussi, quand nous revînmes à Boisrenaud, il était envers moi considérablement endetté.

« Pourtant le goût du jeu ne l'abandonna pas, et nous reprîmes les cartes et les dés pour charmer l'ennui des longues soirées monotones. Mais je n'avais pas pris en vain les leçons des d'Aumont, des Lauzun, des Dangeau, et Pierre de Boisrenaud perdait toujours. Avec moi, il jouait sur parole, m'offrant en garantie sa pauvre gentilhommière, sa maigre ferme et son pigeonnier ; puis le mince douaire de sa femme, seule ressource de son enfant. A la fin, un soir, il jeta les cartes sur la table ; ses yeux devinrent flamboyants, son visage devint livide, et je l'entendis s'écrier :

23.

« Je suis un misérable... j'ai tout risqué, j'ai tout perdu... Si vous le voulez, vous pouvez tout prendre... Ma femme n'aura plus d'asile et mon fils n'aura plus de pain... Il ne me reste que mon épée.

« — Et l'acte qui concerne les domaines de Boisrenaud ! lui répondis-je d'un ton significatif. Voulez-vous le jouer contre tout ce que vous avez perdu, contre cinq mille écus de surplus que je vous offre ?

« Pierre hésita un moment ; tout égaré qu'il était par la passion du jeu et par la gravité de ses pertes, il sentait qu'il allait risquer d'un seul coup l'avenir, le nom, les espérances et le splendide héritage de son enfant. Pourtant, il se décida enfin ; séduit par quelque espoir que je sus lui inspirer, il alla chercher le document. Il le portait toujours avec lui, le considérant comme le gage de sa prospérité future. Sans dire un mot, il le posa sur la table, et nous commençâmes à jouer.

« La partie fut longue et acharnée. Pierre se défendit vaillamment, et moi, du reste... je ménageais mes moyens pour ne pas pa-

raître ouvertement tricher mon parent et
mon adversaire... A la fin, je décidai la victoire, au moyen d'un as que j'avais su me
réserver.

« Alors Pierre se leva, furieux, désespéré,
implacable. Il se dressa de toute sa hauteur,
et jeta le parchemin à mes pieds, en s'é-
criant :

« — Vous êtes un misérable et j'ai été
un lâche... Il vous faut tout; prenez tout,
mon or, mon pain, mon avenir, mon nom...
et jouissez en paix de votre triomphe : ne craignez pas que je publie votre honte. Ce n'est
pas moi qui voudrai jamais attacher une
flétrissure au nom que moi-même je porte,
à l'écusson de Boisrenaud.

« Je voulus le retenir, le persuader, le dé-
dommager, mais il me repoussa et s'élança
dehors. Il prit un des chevaux tout sellés
qu'on tenait toujours dans nos écuries, et
disparut dans la grande allée, sous le vent,
sous la pluie, sous les éclairs. Quelques jours
après, j'appris qu'il avait quitté la France.
Il était allé rejoindre le régiment des volontaires qui partait pour l'Autriche sous les

ordres du comte de Coligny, et il se fit tuer, peu de temps après, à la bataille de Saint-Gothard.

« Je fis remettre les cinq mille écus que je lui avais promis, à son orphelin et à sa veuve, et je passai pour leur bienfaiteur... On vanta ma générosité, on me donna mille louanges..... je sentis mes premiers, mes plus cruels remords en les recevant.

« J'aurais dû assurément, pour diminuer ma faute, faire élever l'orphelin près de moi, le traiter comme un fils, et lui rendre un jour son héritage légitime en l'unissant à l'une de vous, mais cette réparation eût été au-dessus de mes forces; j'aurais rougi en face de celui que j'avais dépouillé; je n'aurais pu supporter mon humiliation et mes remords en sa présence... J'abandonnai donc à leur sort la veuve et l'orphelin de Pierre, et, désormais délivré de toute crainte pour votre avenir, je reportai tous mes projets futurs, toutes mes ambitions paternelles sur le fils de ma sœur, sur mon pauvre et cher Gaston.

« Mais le coup qui m'a enlevé Gaston est

plus qu'un malheur, c'est un châtiment ;
c'est un avertissement de la vengeance cé-
leste. C'est une juste revendication de cette
loi providentielle qui a dit à l'homme : Tu
ne prendras point le bien d'autrui ; tu ne
tueras point ton prochain ; tu ne dépouil-
leras point sa veuve.

« Moi pécheur, moi coupable, j'ai pris,
par le crime et par la ruse, l'héritage de mon
parent ; je l'ai tué par le désespoir et par la
misère ; j'ai condamné sa veuve et son fils à
la ruine et à l'abandon. Je vous laisse, mes
filles, à la face des hommes, un nom antique
et glorieux, mais en secret, un nom souillé ; je
vous lègue, en apparence, un héritage riche
encore, mais devant ma conscience et devant
Dieu, je déclare que cet héritage ne vous
appartient plus... Ah !... que ferez-vous, mes
enfants ? Voudrez-vous profiter de ma faute,
ou en réparer les suites ? devrai-je mourir
dans le désespoir, dans la terreur, dans les
remords, ou bien vous laisser pauvres, obs-
cures, sans asile, mais le front pur, les mains
vides et point souillées, et pourrai-je espérer,
grâce à vous, le repos et le pardon ? »

— Est-il besoin de nous le demander, mon père ? » dit Berthe, après un moment de stupeur et de silence, où elle s'était recueillie à la suite de cette confession du mourant. « Blanche, n'es-tu pas de mon avis?

— « Parlez pour moi, ma sœur, » répondi celle-ci. « Il ne peut y avoir, en cette circonstance, qu'une juste et sage décision, et j(sais déjà que c'est la vôtre. »

Alors Berthe se leva, et posant sa main su le bras du vicomte :

« J'espère, ô mon père ! » dit-elle, « que vou; ne nous quitterez point si tôt ; j'espère qu Dieu se laissera toucher par nos larmes e vous accordera encore une longue et paisible vie ; mais s'il lui plaisait de vous rappeler bientôt dans son éternel séjour, ne l craignez point, mon père, et allez à lui sans trembler... Tant que vos filles vivront, l n'y aura pas une tache sur votre nom, pa une ombre sur votre mémoire. Nous rendroıs ce château, ces terres, ces richesses à la veuve et au fils de Pierre de Boisrenau. Nous ne voulons de vous, père, que votre épie pour héritage, votre nom pour trésor, et

pour sauvegarde votre bénédiction... Blanche,
approuves-tu ma décision; était-ce là ce qu'il
fallait dire?

— Oh! oui, Berthe, oui; ajoute seulement
que, même dans la gêne et dans l'obscurité,
nous ne cesserons jamais de bénir et d'aimer
notre père, parce que c'est son sang qui nous
a faites nobles, ses leçons qui nous ont faites
chrétiennes, et son exemple qui nous fait
courageuses.

— Oh! vous êtes de nobles cœurs, vous
êtes de tendres filles! Mes petits anges d'autrefois, vous m'enverrez des rêves de paix
et d'espoir dans ma tombe... Je crois que
Dieu me pardonnera, puisque vous m'avez
pardonné.

— Cher père, ne parlons ni de pardon ni
de tombe, » dit Blanche en s'approchant du
malade et en lui baisant les mains. « Consolez-
vous et vivez; que votre amour et notre résolution puissent vous rendre l'espérance! »

Le vicomte secoua la tête et sourit faiblement. « Je sens que mes jours sont comptés, »
reprit-il d'une voix résignée. « Ma vue faiblit,
ma force s'en va, mon esprit s'égare... Je

puis vivre ainsi quelque temps encore, mais
inactif, malade, inutile, et j'ai voulu profiter
pour vous avouer mes fautes, du dernier instant de force et de raison que Dieu m'ait
peut-être accordé... Allez, c'est à lui-même
que je vais m'adresser maintenant, » con-
tinua-t-il en voyant entrer le prêtre. « C'est à
lui que je vous confie, pauvres filles sans
biens, sans abri, sans amis et sans père
bientôt... Ne craignez rien, mes enfants, il
bénira votre pauvreté, il récompensera votre
sacrifice, et puis, Gaston et moi, en vous attendant, nous le prierons pour vous. »

Après ces paroles consolantes et cette bénédiction suprême, le vicomte, dont les yeux
commençaient à se remplir de larmes, re-
tomba sans force sur son lit, et les deux
jeunes filles quittèrent la chambre, en
voyant que le chapelain s'approchait de
leur père et s'apprêtait à entendre sa confession.

VI.

Les prévisions du vicomte n'étaient que
trop bien fondées. Environ un mois plus

tard, on déposait, dans le caveau placé sous la chapelle, le corps inanimé du dernier des Boisrenaud. Ses deux filles, en grand deuil, désolées, mais courageuses, l'avaient veillé sur son lit de douleur, puis sur son lit funèbre, et ne le quittèrent qu'au moment où, sur son cercueil, le vieil intendant de la famille éteignit sa torche, où la dalle mortuaire redescendit, où le sépulcre se ferma.

Elles avaient invité tout ce qui leur restait de parents à cette cérémonie. Entre autres s'y trouvait la veuve de Pierre de Boisrenaud. A peine les derniers honneurs eurent-ils été rendus au vicomte, que Berthe et Blanche tinrent, avec la veuve, une longue conférence secrète dans le cabinet du défunt, au grand étonnement des assistants, qui savaient que les jeunes filles, du vivant de leur père, n'avaient jamais eu de relations avec cette parente. Chacun aurait bien voulu savoir ce que les cousines avaient à se dire, mais rien ne transpira, le secret fut bien gardé, et le lendemain, avec les autres, la veuve de Pierre quitta le manoir des Boisrenaud.

Ce même jour-là, Blanche dit à Berthe :
« Je vais écrire à René, lui annoncer que je
suis maintenant sans asile et sans dot, lui
dire qu'il est désormais libre de renoncer à
moi... Mais faut-il en même temps lui expliquer pourquoi, et lui révéler le secret de notre père ? »

Berthe réfléchit un moment, puis elle répliqua :

« A tout autre qu'à lui, ma sœur, je dirais
non... Mais il ne doit pas y avoir de secrets
entre deux cœurs qui se sont donnés l'un à
l'autre... Tu ne peux rien cacher à René,
puisque c'est René qui doit être ton mari. »

Mais elle connaissait bien peu le cœur des
hommes, la douce Berthe, et surtout celui
des premiers présidents. Quelques jours après,
en réponse à la lettre de Blanche, lettre tendre, lettre éplorée, où la pauvre jeune fiancée
avait laissé parler toute sa douleur et deviner
tout son amour, ce ne fut point une lettre
de René qui arriva, mais bien une solennelle
missive écrite sur grand vélin, cachetée du

grand sceau judiciaire de la province, signée du président Guillaume Le Cointe, et qui se terminait ainsi :

« Mon fils ayant pris le sage parti de me consulter avant de répondre à votre lettre, je viens vous avertir, Mademoiselle, qu'il m'est impossible de l'autoriser à donner suite au projet d'union concerté entre vous. Il est du devoir d'une des familles les plus connues et les plus estimées de la haute magistrature, de ne chercher des alliances qu'avec des personnes dont le nom est à l'abri de tout reproche et de toute outrageante imputation. Le cœur ne doit point faire pencher chez nous la balance du jugement et de l'équité, et nous qui n'avons pas de blason, nous ne pouvons souffrir de tache à notre hermine.

« Je n'ai pas besoin de vous dire, Mademoiselle, que, tout en rompant des relations qui, jusqu'à ce jour, m'avaient été fort précieuses, je saurai garder, sur toutes ces circonstances, le silence qui convient à mon caractère et à ma profession. »

Il était fort habile, le président Le Cointe. Son hermine, qui ne pouvait souffrir de ta-

che, se fût bien accommodée d'une solide
doublure d'or et de velours, qu'elle fût bla-
sonnée ou non. Mais cette riche doublure
qu'avait pu fournir Blanche héritière, on ne
pouvait l'attendre de Blanche ruinée. Voilà
pourquoi le premier président qui, en sa qualité de voisin de la cour des comptes, calcu-
lait fort bien, avait écrit cette lettre, et voilà
pourquoi René, en fils docile, eut grand soin
de son hermine et ne se maria point.

Mais Blanche! cœur trompé, cœur souffrant, pauvre âme désabusée! Elle reçut la
lettre, la regarda, s'évanouit, puis, lorsqu'elle revint à elle, elle se jeta dans les bras
de sa sœur qui avait lu l'épître du président,
et qui, les larmes aux yeux, le désenchante-
ment au cœur, veillait et tremblait auprès de
sa couche.

« O sœur, nous nous étions trompées ! » murmura la pauvre fille. « J'avais donné mon cœur
trop vite. René ne m'aimait pas... Je l'ai cru,
je l'ai aimé, je l'ai attendu,... c'était illusion
et faiblesse... Il m'a oubliée, il m'a délaissée... et, comme toi, je suis veuve maintenant... Mais plus tristement veuve que te,

ma sœur, car les cœurs qui ont aimé faiblement ne se retrouvent pas au ciel, tandis que Gaston que tu as perdu, t'attend là-haut et t'appelle. »

Berthe alors éclata en sanglots et tâcha de consoler sa sœur par ses baisers, par ses paroles; mais l'effort était à peu près vain, la tâche presque impossible, car elle-même, qui avait cru à la loyauté de René et à son amour, ne pouvait se consoler.

« Ne pleure pas, Berthe, » lui dit sa sœur à la fin. « Dieu nous a ôté nos époux, mais il nous a laissées l'une à l'autre. C'est assez pour notre bonheur, remercions-le de sa bonté. Plus rien ne nous séparera : nous prierons, nous vivrons, nous passerons ensemble, tôt ou tard, ici ou ailleurs, mais en nous soutenant, en nous consolant, en nous aimant toujours. »

Elles vieillirent et vécurent ensemble, en effet, comme l'avait dit Blanche. Et leur vieillesse et leur vie se passèrent pauvrement, mais paisiblement, dans le château de leurs pères, ce qui fut pour elles une grande consolation.

La veuve de Pierre de Boisrenaud avait,, elle aussi, une âme généreuse.

Touchée du noble sacrifice des deux héri-- tières, elle consentit à accepter la restitutiom de leurs biens, mais elle ne voulut point les exiler de leur manoir, du lieu où leurs rêves avaient été brillants, où leur enfance avait été heureuse, où leur jeunesse avait été douce. Au bout de quelque temps, elle vint elle- même s'établir au château, mais voulant mé- nager jusqu'au bout la mémoire de son pa- rent, elle fit croire qu'il l'avait chargée de veiller sur ses deux filles. Quelques années plus tard, elle mourut; son fils, brillant offi- cier du roi, établi dans une autre province, écrivit à ses deux cousines pour les prier, selon les dernières volontés de sa mère, de ne point quitter leur position ni leur asile, et de rester, jusqu'à la fin de leurs jours, seules maîtresses et habitantes du château.

Et elles y vécurent encore longtemps, vieil- les filles, déchues, appauvries, oubliées. Avec les jours monotones, avec les lentes années, s'en allèrent les cheveux blonds, les dents d'émail, l'éclat du regard, la fraîcheur du

teint, le charme du sourire. Tous ces attraits
s'envolèrent, comme le bonheur et l'amour
s'étaient envolés. Mais ce qui resta à Berthe et
à Blanche, ce qui les consola, ce qui les se-
courut, ce fut la foi puissante, l'inépuisable
charité, l'espérance silencieuse; ce fut le sentiment de l'honneur satisfait, du sacrifice
juste, du devoir accompli, devoir difficile,
constant, impérieux, qui leur avait donné
l'isolement et la pauvreté à leurs vieux jours,
mais qui leur assurait en même temps la protection de Dieu et la bénédiction de leur père.

FIN.

TABLE.

———

24

BIBLIOTHÈQUE
DES MÈRES DE FAMILLE

FORMAT IN-16 JÉSUS

PUBLIÉE SOUS LA DIRECTION

DE Mme EMMELINE RAYMOND

Rédactrice de la Mode illustrée

Le cartonn. en percaline, tr. dorée, se paye ensuis 1 fr. par vol.

Typographie Firmin Didot. — Mesnil (Eure)

www.ingramcontent.com/pod-product-compliance
Lightning Source LLC
Chambersburg PA
CBHW050737030726
47505CB00002B/296